U0691622

历史小说

何佳舒——著

海棠落日

Chinese Crabapple
in the Royal Garden

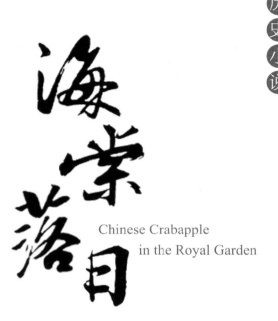

中国文史出版社
HINA CULTURAL AND HISTORICAL PRESS

图书在版编目（CIP）数据

海棠落日 / 何佳舒著 . -- 北京：中国文史出版社，2020. 10

ISBN 978-7-5205-2219-9

Ⅰ . ①海… Ⅱ . ①何… Ⅲ . ①长篇历史小说—中国—当代

Ⅳ . ① I247. 5

中国版本图书馆 CIP 数据核字 (2020) 第 163076 号

责任编辑：秦千里

出版发行：中国文史出版社

社　　址：北京市海淀区西八里庄路 69 号院　　邮编：100142

电　　话：010-81136606　81136602　81136603（发行部）

传　　真：010-81136655

印　　装：廊坊市海涛印刷有限公司

经　　销：全国新华书店

开　　本：32 开

印　　张：10.625

彩　　插：8

字　　数：200 千字

版　　次：2020 年 10 月北京第 1 版

印　　次：2020 年 12 月第 2 次印刷

定　　价：58.00 元

文史版图书，版权所有，侵权必究。

文史版图书，印装错误可与发行部联系退换

《海棠落日》读后

陈建功

　　《海棠落日》所展开的，是自康熙以降直至清王朝覆灭近
300年间，天朝由英气勃勃走向飘零萎顿的历史图卷。作者笔下
繁复出现的"海棠"，由盛而衰，岂不是一个充满意蕴的象征？
从纳兰性德到载沣，又何曾不是人生由"少年"而"老成"，
由"率性"而"苟活"的人格图谱？本书并未仅仅止于对有清
一代重要历史事件和历史人物的梳理和呈现，举凡涉及文化的
诸多方面，如官制、礼俗、建筑、服饰、书画、文学等等，都
展示了作者对"无所不窥"之问学境界的追求和积累，显示了
作为一个历史小说家良好的开端。更使我感到欣喜的是，小作
者以历史的和人性的态度来理解、展示笔下的人物，这是使文
学超越时空而具有永恒感染力的基础。

2020年10月11日

（陈建功，第十二届全国政协常委、中国作家协会副主席）

目 录

第一章

长风万里送秋雁

非关癖爱轻模样，冷处偏佳。别有根芽，不是人间富贵花。
谢娘别后谁能惜？飘泊天涯。寒月悲笳，万里西风瀚海沙。

——纳兰性德

一

康熙十年（1671年）秋，京城。

九月的天空，飘过丝丝缕缕的白云，微风随意拂过，吹紧了什么，又吹散了什么。头顶那片无比高远的蓝色，让人内心平静，忍不住凝神而思。

皇城之内，紫禁城西，与筒子河相连的一片水域便是南海、中海，再往北是北海、前海、后海和西海。它们与玉泉山的水相连，是京城的龙脉，从古至今被视为风水宝地。这里的寺庙香火不断，王公大臣们在沿岸修府造园。

后海北岸有一座幽静的院落，大门为单檐歇山式屋顶，面阔三间，灰砖八字影壁，油绿色的大门上布满了银光锃亮的门钉，两座石狮屹立门前。这里就是当朝从一品官员、兵部尚书纳兰明珠的府邸。

府邸的东部是个三进院落，规矩而方正。西边有一座月亮门通向花园，月亮门上有块匾额，写着"初见园"三个字，落款是"成德"，字体饱满圆润。

花园里，两棵西府海棠树上结满了澄黄的果实，掩映在绿油油的树叶中。在阳光的照耀和秋风的吹动下，海棠果微微摇曳。

不远处，荡漾着一池秋水，一座攒尖顶六角亭子横跨在池水之上，灰色的檐角高高翘起，"如鸟斯革，如翚斯飞。"檐角下的匾额上写着"渌水亭"三个字。亭子连着长长的游廊，颇有江南园林的韵味。院中最亮丽的建筑便是紧邻池水的南楼了。南楼有两层，坐南朝北，面阔五开间，进深三间，宽敞明亮，灰砖红墙，菱纹的窗格，鎏金的纹饰，简洁而又庄重。正门开在一层，面对池水。东边顺着一条倾斜的游廊蜿蜒而上便可到二层。

南楼前，明珠17岁的长子纳兰成德①正呆呆地站在两株明开夜合树下出神。

这两株明开夜合树，树干向水面伸展开去，浓密的枝叶在水中留下一片荫凉。夏季它们白天开花，夜晚花合，是当年容若和爱妻卢氏一同栽下的。如今斯人已逝，独留一树残花枯叶。

谁念西风独自凉，萧萧黄叶闭疏窗。沉思往事立残阳。被酒莫惊春睡重，赌书消得泼茶香。当时只道是寻常。

容若轻叹了一口气。

---

① 纳兰成德，字容若，后改名纳兰性德。

这时，小厮落照疾步走过来，对容若行了礼，欣喜说道："今日公子外出时，国子监祭酒徐元文大人来府上见了老爷，对公子的诗词大加赞赏，说要把公子推荐给翰林院编修徐乾学大人，老爷听了十分高兴。"

容若轻轻点点头。远处传来一阵鸽哨声，他望向碧空，一群鸽子正在天空下振翅飞过，阳光照在它们洁白的后背上，投映出无限蓬勃的生机。

今年秋闱十分顺利，考中举人，明年就要参加春闱和殿试。入翰林院是他多年的梦想，容若唯愿明年殿试能够榜上有名，有朝一日能以一己之长而名留青史。

时光静静流逝。不知不觉，已是康熙十一年（1672年）初春。容若顺利参加完会试、殿试，在家中等待消息。

这日午后，春光正好，容若坐在南楼窗前写字。落照跑进来禀报，容若的一众好友相约登门。容若大喜，放下笔，提起衣衫快步赶了出去。

来的是姜宸英、严绳孙、陈维崧、秦松龄、朱彝尊几人，都是素日与他交好的汉人士子。容若虽为满人，但他热爱汉人的诗词学问，与他交往的文人雅士以汉人居多，平日常常一起或切磋学问，或吟诗作对，或评议朝政，甚是投缘。

众人知容若殿试后赋闲在家，特来探望。进门后，他们也不见外，说要先去赏花，就径直奔花园中的西府海棠而去。此时西府海棠正开得烂漫，远望如同一片片粉色祥云，尽现春光的明媚。走到近前看得更真切，花瓣一半嫣红一半洁白，花朵开得茂盛饱满，坠满枝头。微风吹过，轻飘飘洒下一片花雨，留下一阵悠淡的清香。一丛一丛的丁香也在盛开，白色的小花朵团团簇拥在一起，轻风吹拂下如同涌动的雪涛，与西府海棠争香。人人都要对这些春花品评一番，园子里欢声笑语，好不热闹。一会儿，又有人提议去观鱼，大家便簇拥着来到渌水亭。容若命落照拿上好的蒙顶茶来，再加上一壶好酒和厨房新做的点心。

姜宸英泡茶向来老练稳重。热水从细嘴铜壶里滚滚流出，散开一缕淡淡的氤氲水汽，随即消失在飘着海棠香的空气中。等了半刻的工夫，他才用茶勺分别盛了半匙茶叶在每个茶盏中，又拿起茶壶，向茶盏中注入开水。茶叶在杯盏内翻滚着，清香阵阵，久凝不散。眨眼间，众人面前都各有了一盏金色的茶汤。

姜宸英本是汉族的世家公子，虽不大富大贵，但是日子清净悠闲。他平日里对茶道极有研究，最推崇陆羽"不羡黄金罍，不羡白玉杯；不羡朝入省，不羡暮入台；惟羡西江水，曾向金陵城下来"的潇洒。

"这蒙顶茶味甘而清，色黄而碧。白居易有诗曰：'琴里知闻惟渌水，茶中故旧是蒙山。'黎阳王也有诗赞曰：'闻道蒙山风味佳，洞天深处饱烟霞。冰绡剪碎先春叶，石髓香黏绝品花。蟹眼不须煎活水，酪奴何敢问新芽。若教陆羽持公论，应是人间第一茶。'陆圣未将其列入《茶经》第一茶，实为一大憾事！"

"贤弟，这茶汤清爽，回味又极甘甜，不知这水可是山泉水？"严绳孙向容若问道。

"苏友兄果然见多识广！小弟上月往西山寻胜，见山林中有清泉，流过一片冷杉林，泉水清冽甘甜，小弟回府后时常记挂。几日前，便让落照再去运回几坛，埋于海棠树下，兄台若喜欢，可带回去品尝。"

"常言道，'扬子江心水，蒙顶山上茶'，不想这西山清泉水与蒙顶茶如此般配。我等便不费事带回了，只是今后少不得常到府上叨扰。"

谈笑间，浙西词人朱彝尊提议联句。在场的皆为文人雅士，平日里最爱吟诗作对，众人听说都连声附和。

"眼下春光旖旎，不如以春色为题作联句诗，各位意下如何？"说话的陈维崧是阳羡词派的开创者，词风以豪放著称，众人推他出首句。陈维崧想了一下，脱口而出："出郭寻春春已阑。"

"东风吹面不成寒。"秦松龄起身便续。他十年前便被罢了官，在无锡是闲人一个，看尽人间沉浮，吟的诗、作的对都更为老道。

"青村几曲到西山。"严绳孙接道。

坐在角落里的姜宸英对道："并马未需愁路远。"

这倒是一个难句了。骑着马，无须为路途遥远而担忧，看似前程似锦，但那"路远"却又显得扑朔迷离起来。作词向来稳重的朱彝尊将杯中酒一饮而尽对道："看花且莫放杯闲。"

那本是一句表达及时行乐的诗，不知为何，容若竟从中读出些许伤感来，起身接道："人生别易会常难。"

"好句！贤弟乃情深义重之人！"

"小弟与各位仁兄乃莫逆之交，难得如此投契。小弟不久前殿试，如此逍遥时光恐将一去不回。"

容若与大部分满洲子弟不同，交到的朋友多为汉家子弟，游山玩水之余也经常谈经论道，令容若愈加觉得高山流水觅知音是件十分难得的事。他的这些朋友，大多仕途不顺，容若便常常请客作东，又爱仗义疏财，谁有难事他都主动相帮。

"听闻贤弟在编纂《渌水亭杂识》，可否一阅？"陈维崧近日正在编纂新的诗集，前段时间听说了容若的《渌水亭杂识》，心下好奇，想要一睹真容。

容若便招呼众人随他一同沿着游廊来到南楼二层，请众人在窗前落座，转身从阁橱中取出一本黛蓝色棉布封面的书卷来。姜宸英轻轻翻开，书页中隐隐透出淡淡的墨香和花香，书卷的扉页上用漂亮的正楷书写着：

> 野色湖光两不分，碧云万顷变黄云。
> 分明一幅江村画，着个闲亭挂西曛。

"渌水亭在贤弟笔下，有悠然世外之韵味！"

"贤弟，此书纸张怎如此别致？尚有淡淡花香！"

"前两日西府海棠初绽，小弟摘了几朵花苞夹于书页内，昨日方取出。初春时花将开未开，香气并不馥郁，多些时日便清淡如斯了。兄台实为懂花之人。"

容若正准备将搜读经史过程中的见闻整理成文，收录进
《渌水亭杂识》，包含天文、地理、历史等，第一册即将完成。
这些朋友一见都分外喜欢，忍不住纷纷阅读和品评起来。

春风吹起浸着海棠香的柔软宣纸，又吹得树上绿叶沙沙作
响。已是黄昏时分，南楼一室暖光。

二

几日后，有宫使来府上通告，容若顺利通过殿试，一举考
中二甲第七名，赐进士出身。皇上召他进宫。

容若被领进了东华门，这是十八岁的容若第一次来到紫禁
城，眼中所见红墙金瓦、巍巍宫阙，如此庄严肃穆，恢宏大气。
沿着一条长长的道路走了很久，又进景运门，终于来到一座大
门前。大门为单檐歇山式黄琉璃瓦顶，绘有金龙和玺彩画，上
面用满汉两种文字写着"乾清门"。容若心想，原来这里就是
皇上御门听政的地方。乾清门设有三个门，内廷太监带着容若
从右门进入，眼前一条长长的汉白玉高台甬道通向远处一座建
筑，重檐庑式琉璃瓦顶，面阔至少九间，高大巍峨，庄重宏伟。
那一定是康熙皇帝居住的乾清宫了。

乾清门早有内廷太监等候。他下了台阶，却并没有领容若
去乾清宫，而是继续西行，一片空场展现在眼前。空场四周一圈

箭靶，角落还有个亭子。空场后是一间西厢房，坐南朝北，旁边栽种着高大的桧柏。内廷太监说，这里原来是皇上的书房，皇上从幼年起便在此处读书习字，书房前的空场是当年太皇太后为皇上特意准备的练习骑射的场所。

容若猛然想起，是了，此地一定是三年前皇上和一众布库少年智擒鳌拜的地方。

当年，为了避免出现顺治初年多尔衮一人摄政专权的情形，孝庄皇太后和顺治皇帝决定不由皇族宗亲中的长辈摄政，而是为康熙钦定了四大辅臣——索尼、苏克萨哈、遏必隆、鳌拜，不料时间久了，四大辅臣互相倾轧、争权夺势，最终索尼病死，苏克萨哈被鳌拜诛杀，遏必隆明哲保身，权力集中在鳌拜一人身上。

鳌拜年轻时被称为满洲第一勇士，曾追随皇太极南征北战，晚年却剪除异己，为害朝廷。为了除掉鳌拜，年轻的康熙暗中从八旗子弟中挑选了二十几个身强力壮又机智聪慧的布库少年，由索尼的次子索额图为首，每日在书房外的空场上摔跤练拳。鳌拜进出乾清宫常常看到这群少年，有时他们就在鳌拜身边扭打成一团，鳌拜也习以为常。

见时机成熟，康熙召鳌拜入宫议事。这是一个炎炎夏日，骄阳似火，布库少年们和往常一样摔跤滚打，见鳌拜经过也不退让。鳌拜正欲呵斥，少年们突然一拥而上将他团团围住。鳌拜虽为满洲第一勇士，奈何这些少年初生牛犊不怕虎，鳌拜手脚被众人扭住，任凭他怎样挣扎也挣脱不开。鳌拜就这样被擒获了。

康熙本欲将鳌拜处死，但鳌拜袒露出后背上几十条伤疤，哭诉着自己对爱新觉罗家族的忠诚，康熙皇帝心软了下来，将议政诸王合议的死刑改为终身囚禁。曾经权倾天下的鳌拜，不久便在府邸郁郁而终。

如今，用虎、豹、熊皮制成的兽形靶依然屹立在空场四周。昔日的书房静静伫立，显得厚重、巍峨。布库少年苦练武艺的喧闹声仿佛犹在耳边回响，容若想象着当时惊心动魄的场景。

"纳兰公子，这边请。皇上今日去了造办处，就在养心殿召见公子。"太监的声音把容若拉回到现实。他赶忙收敛思绪，略微整理了一下衣衫，加快了脚步。

内廷太监领容若出了月华门，又进了对面的遵义门。没几步右手边有一个坐北朝南的巨大院落，门口有一对铜狮，庑殿式门楼，明黄色的琉璃瓦在阳光的照耀下金灿灿的一片，绿色的琉璃照壁上装饰着鹭鸶卧莲盒子，整座门既精美又大气。

令容若吃惊的是，养心殿前，竟有两株和家里一样的西府海棠，只是枝叶更茂密，树木更高大，已经高过屋顶的金黄琉璃瓦了。养心殿正中设地平宝座，宝座后有一山水屏风，屏风后设书格。旁边摆着一座两层紫檀木中式阁楼形滴漏。太监领容若进了西侧的隔扇门，穿过一个过道后进了另一扇隔扇门，这便是西暖阁了。容若看到西暖阁屋子中央摆放着一张巨大的紫檀木书桌，桌上摊着一张图，上书"坤舆全图"四字。桌上有个开光山水人物画笔筒，还有一个赭红色珐琅五彩四季花盖碗，屋中留有茶的余香，既有绿茶之清香，又有乌龙茶之甘醇，容若识得那是福建武夷山岩顶新茶的气味。

北侧靠墙是一个檀香木书架，康熙皇帝背对着门，正站在书架边看书。书架中间整齐地摆满了典籍，因经常被翻阅，书角都已经微微翘起。旁边摆了一对青花龙纹瓶，别无他物。

容若低下头，叩首行礼。

"平身吧。"康熙的声音十分好听，柔和而又充满了朝气。他放下书，转过身，缓缓走到桌前坐了下来。

康熙身着一身宝蓝色常服袍，年龄与容若相仿，面庞俊朗、眉目清秀，身材虽然略显瘦削，却颀长英挺。他的目光炯炯有神，眼睛里仿佛跃动着智慧和火一般的热情，不难想象出他当年智擒鳌拜的果敢与威风。

"你便是兵部尚书明珠的长子？"

"启禀皇上，正是。"

"你的祖姓是？"

"祖姓叶赫那拉。"

叶赫那拉！屋子里突然静得出奇，养心殿里的滴漏沙沙地发出有规律的声响，康熙陷入了沉思。叶赫部首领金台石，其妹便是嫁与太祖努尔哈赤的孝慈高皇后——自己的曾祖母。为争夺疆土叶赫部与太祖反目，金台石投靠了明军。天命四年（1619 年），金台石战败自焚而亡。此后他的儿子尼雅哈率叶赫部投降。想来尼雅哈便是明珠的父亲、容若的祖父。爱新觉罗家族与叶赫一族虽有前仇，却又血脉相连，这其中的关联难以割断。如今大清一统天下，别说叶赫部，便是汉人，皆为大清子民，怎能没有容人之心？何况大清根基未稳，明朝反清势力犹存，对于同宗同族的叶赫部，更需要摒弃前嫌。

想到这儿，他不由得细细打量起容若来。这位人们口中的才子身着天青色棉布长衫，体态清瘦，面容俊逸，翩翩若仙，却又隐隐透出一种与生俱来的尊贵和不卑不亢的风骨。看到大清才子有如此风貌，康熙甚是欢喜。

"朕听闻你至纯至孝，你阿玛生病时，你侍疾在侧几日几夜衣不解带。"

容若没想到皇上这样说，不好意思地笑笑，不知该如何应答。他也听说过，今年年初，皇上陪同太皇太后巡幸赤城汤泉，过八达岭时，皇上从山脚下一路亲扶慈辇，步行上山下山。

"朕几日前才看过你的策论，文笔不俗，见解独到，果然是治国良才。"

按照规矩，皇上只会阅读一甲三名所作文章，皇上特意找自己的文章来阅读，容若感到意外。

"成德不才，承蒙皇上厚爱，深感荣幸。"

康熙微微一笑。这纳兰成德尚无官职，却不似其他人一样自称"奴才"，想来是读书人的清高。

"朕听徐乾学说起你，也读过你的《侧帽词》，诗词学问有如此造诣，实属不易。你虽出身官宦之家，却无世家子弟骄纵之气，潜心向学，难能可贵。"

"皇上过奖了。"

"朕自幼便爱读书，熟读《大学》《中庸》《论语》《孟子》，必使字字成诵方肯罢休，从来不敢自欺，夜里读书常至夜半。那时教我读写者有张姓、林姓两位内侍，俱系前明喜爱读书之人。朕欲推广儒学，融合满汉。唯如此，才可保我大清基业永固，四海安定，生民乐业，共享太平之福。"

"成德谨记皇上教诲，愿以平生所学回报圣恩。"

"下月，朕钦选翰林庶吉士，朕知你期待入选。先莫急。你且看这图，可识得否？"

"成德不识。"

"此乃南怀仁所制坤舆全图设计草图，尚未完成。大千世界，浩瀚乾坤，此图让朕大开眼界。朕正跟随南怀仁学习算术、天文、解剖，以及希腊文。"康熙沉思了一会儿，"我大清基业未稳，百业待兴，更需兼具文韬武略、学识见识之人才。朕荷天眷佑，嗣缵弘基，夙夜孜孜，期登上理。今读你所作策对，又见你人品，甚为喜欢。你可愿时时伴朕左右？"

容若明白了皇上的意思。入翰林院是自己的期望，但在翰林院学习三年，散馆时最优秀之人也只能成为翰林院编修，正七品官职。康熙皇帝给自己指了另一条路，这是只有满族世家公子才有可能达成的愿望——作为侍卫常伴君侧。前有遏必隆，今有索额图以及自己的阿玛，均以侍卫身份进入仕途，官至领侍卫内大臣，鳌拜也曾做过领侍卫内大臣，他们借此而成为朝廷重臣。

容若迟疑了，一边是自己的梦想，一边是皇上、阿玛等人的期望，该如何选择？不知为何他突然想到了南书房前的那片空场。看着年轻的康熙皇帝那热切诚恳的目光和无比坚定的表情，他感到一股热血在胸中沸腾，哪一个读书人没有济世报国的热望呢。容若深深叩首谢恩。

康熙微笑着点了点头说："封纳兰成德三等侍卫①，赐白银五百两。"

三

康熙十二年（1673 年），夏天的京城。夜晚的阵阵微风带走了白日的暑热。

容若连续三日没有回府。终于，这晚他疲惫地回到后海的府邸。虽然连日劳累，却并无睡意，容若命落照拿了酒来，一个人慢慢踱到南楼前。美好的夏夜，一轮圆月遥挂中天，将环绕的彩云染上一层红晕。月光洒在池塘里，荷花都入睡了，只留荷叶的剪影在风中微微摇曳，蛐蛐轻声鸣叫，偶尔响起一两声蛙声。月光将容若头顶的海棠树影投射到旁边的石凳上。

容若身后响起稳健的脚步声，接着便传来纳兰明珠的声音："容若，你三日未归，可是有什么要紧的事？你额娘甚是担心。"

---

① 清代武官职，正五品。

"阿玛还未歇息？孩儿让您和额娘惦念了。"容若向明珠行礼，"圣上连日不眠不休，孩儿与曹寅公子一直伴驾左右。"

"圣上可是为吴三桂请求撤藩之事烦忧？"

"正是。平西王吴三桂、平南王尚可喜、靖南王耿精忠势力强大，各自为政，圈占土地，掠卖人口。昨夜圣上还说：天下财富半耗于三藩也！"

"圣上所言极是！仅吴三桂所管辖之云南，每年支出库银九百万两。不仅如此，这三人设立税卡，私行铸钱！吴三桂竟派亲信到他省任职，美其名曰'西选'，西选之官几满天下。此贼散财结士，人人得其死力，专制滇中十余年。尚可喜、耿精忠虽未如此嚣张，却也大权在握，威胁朝廷。"

"阿玛，此次满朝文武多反对撤藩，称撤藩必会导致政局不稳。"

"哼！"纳兰明珠冷哼一声，"一派胡言。吴三桂横征暴敛，随意搜刮民脂民膏，实乃云南恶霸，不可不除！为父明日便联合户部尚书米思翰，上书朝廷，请求圣上撤藩。"

"阿玛明鉴！依孩儿所见，圣上确有撤藩之决心。圣上曾言'今日撤亦反，不撤亦反，不若先发。'孩儿亦支持圣上撤藩，只是如此一来，大清又将陷于战乱，百姓流离，兵士别离妻子，牺牲性命。一想到此，孩儿心中便难过。"

"容若，为父知道，你性情仁厚，但此话万不可在圣上面前提起。三藩多留一日，大清便少一分安宁。此时不决断，将来大清恐基业难保，惟先发制人方可占得先机。圣上平定三藩，定可成就一番伟业，为父看得出，圣上心意已决。明日朝堂之上，为父定会禀明圣上，力主撤藩。"

明珠铿锵有力的声音在寂静的院子里回荡。微风吹过，一片海棠树叶翻转着落下，消失在廊阶下的黑暗之中。

紫禁城内，康熙同样难以入眠。乾清宫外月朗星稀，万籁俱寂，他索性披衣下床，静静地走到屋外。

亲政伊始，康熙便将三藩、治河与漕运三件大事书写悬于宫中柱上，其中又以三藩最为紧要。

吴三桂、尚可喜、耿仲明①为顺治年间所封云南、广东和福建三地藩王，当年率军南征，平定南明政权和农民军余部，曾为大清一统中原立下汗马功劳。但如今三藩势力极度膨胀，专制一方，特别是吴三桂拥兵自重，如不根除，日后恐为一大祸患。康熙自幼熟读史书，知道唐朝繁华两百多年最终衰亡，很大程度上是因为藩镇割据。

康熙为了慢慢削减吴三桂的势力，收缴了平西大将军印，并裁减了云南绿旗兵。此事引起了吴三桂的警觉。吴三桂上了一道奏疏，声称患眼疾，请求辞去云贵两省事务。他一面上书试探，一面却又暗中派亲信党羽施压。他没有想到，康熙果真顺势解除了他总管云贵和"西选"的特权。之后便发生了南明遗臣查云龙游说吴三桂反清之事，康熙不由得忧心忡忡。

① 耿继茂父、耿精忠祖父。

不久，尚可喜上书朝廷，表示想回辽东老家养老，请准撤藩。康熙大喜，立即允准。几日前，吴三桂也上了一道奏疏，请求撤藩。康熙已把谕旨拟好，却未料到，撤藩一事在尚可喜身上没有遇到任何反对，轮到吴三桂时竟在朝中掀起大的波澜。

满朝文武除明珠、米思翰二人力主撤藩以外，以大学士图海、索额图为首的其他重臣都不愿与吴三桂为敌。

已是四更了，康熙发现不知不觉已走到了奉先殿。更声远远传来，之后四周是更深的寂静，又增添了夜晚的一丝凉意。康熙轻轻拉了拉披在身上的衣袍。奉先殿里供奉着大清列祖列宗的牌位，康熙想，定是撤藩之事难以决断，所以不由自主地来到这里吧。

大清太祖努尔哈赤，二十五岁起兵统一女真各部，后平定关东，建立后金，割据辽东，建元天命，攻下明朝在辽七十余城。太宗皇太极，能征善战，在盛京称帝后，征服李氏朝鲜，生擒明将洪承畴，大败明朝关外精锐。皇考世祖福临，六岁登基，十四岁亲政，他招降弭乱，重用汉臣，屯田垦荒，整顿吏治，在皇考治下，大清除东南沿海悉数统一。康熙自幼受皇祖母悉心教导，常听皇祖母讲起大清历代帝王的功绩，立志成为有为明君，从幼年起便勤奋耕读、苦练骑射，亲政以来所有的政务都亲自过问，所有的决定都反复推断，生怕走错一步。康熙望向深邃广阔的夜空。先祖英灵在上，换作你们，会怎样决断呢？

夜更深了。突然间刮起了一阵狂风，一片浓云飘过，遮挡住月亮的光芒。一只橙眼黑猫从草丛里跳出来，惊起枝头的一只乌鸦，嘶叫着冲向夜空。

几日后，康熙顶住压力，允准吴三桂撤藩。不久，耿精忠上奏请求撤藩。康熙同样应准。十二月，吴三桂首先举旗反清，从云贵起兵，占领湖南，进而占领四川，数月攻陷六省。耿精忠在福建起兵，尚可喜被其子尚之信胁迫在广东起兵。广西孙延龄和陕西王辅臣也起兵响应。面对如此危局和朝廷一片反对之声，年轻的康熙皇帝并没有被吓住，指挥若定，先杀了留居京师的吴三桂之子吴应熊以示决心。他大胆重用汉将，并对三藩实行分化政策，一方面坚决打击吴三桂，另一方面招抚耿精忠和尚之信。历经八年，三藩之乱终告平息。

四

康熙二十一年（1682 年）一月，晴空万里，北风凛冽。午门吱呀呀缓缓打开，一队精兵排列整齐，气宇轩昂地鱼贯而出，彩旗在风中发出啪啪的声响，混杂在兵士整齐的步伐和清脆的马蹄声里。

容若骑坐在一匹白色高头战马上，身披甲衣，戴着护肩，前胸佩有铁制护心镜，甲衣下是天青色蟒皮袍，蟒袍上的镶金蟒纹与海水江崖若隐若现。

八年过去，曾经的那个翩翩少年已经蓄起了胡须，面庞蒙上了一层薄薄的风霜，眉眼间更多了谦逊和善，即使穿着武官服，依然显得儒雅高贵。

容若身后，是康熙皇帝的车驾。

康熙身穿紫貂皮端罩，下摆露出油绿色云龙纹暗花锦缎行服袍，在车驾内端然而坐。他幼年便养成了自律的习惯，即使一人独处，也会坐姿端正，行为有度。此时的康熙皇帝已近而立之年，皮肤黝黑，肩宽背阔。虽然每日忙于政务，但他不敢忘记祖先的传统，每年都去木兰围场打猎，坚持骑射。长期的磨炼使得他身形健硕，英姿飒爽，比八年前更加成熟坚定，神采飞扬。

距第一次前往盛京祭祖，已经十一年了。如今平定三藩，康熙心里一块石头终于落地，是时候前往盛京告慰先祖了。

几万人马浩浩荡荡，旌旗飘扬，缓缓向北而去。

一出皇城，沿途的树渐渐多了起来。槐树没有了叶子，黑褐色的树干变得一身轻松，向天上高高地伸展，蔓延出无数枝丫，在天空中形成一道道轮廓清晰的剪影。榆树的枝杈向四周散开来，因为太过细小，远看如烟似雾，朦胧柔和。枣树光秃的树干像是舞动的长袖在空中定住，形态恣意而秀媚。容若骑在马上，看着这晴空下的冬日景致，便不觉得路途遥远枯燥了。

如今的容若已升任一等侍卫。在这八年里，他多次出行塞外，但扈驾东巡还是第一次。

只两日，沿途所见便已到处是绵延的群山，山石嶙峋，气势巍峨，容若内心也变得舒阔起来。最近几年，他常怀有忧思，不自觉喟叹，睡眠也浅了许多。前些日子整理诗集，发现最近大半诗词都是深夜惊醒后无法入睡写就的。只有偶尔休沐时顾贞观拉他去京郊一游，他才会感到身心愉悦。现在面对这壮丽的山峦，容若深深地吸几口清凉的空气，感觉神思清爽了许多。

不几日，队伍便已到达山海关。

再往北便是关外了。离京时，天气虽然寒冷，但持续几日都有暖阳，让人觉得春天马上就要到了。而山海关则完全是一片冬日景象，满山枯草，天寒地冻，雾气氤氲，沾在衣服上就结成霜，更加觉得冰寒彻骨。

入夜，康熙皇帝在驿站歇息，容若安排好侍卫值岗，又在周围细细查看了一番，这才往自己营帐中走去。

容若穿上了猞猁狲镶豹皮端罩和厚底靴，仍觉得寒冷难耐。此时天空下起了细密的雪，像盐粒，又像极细小的冰碴儿，落在帐上发出沙沙声，却又马上被北风吹得没了踪影。他回头看了一下身后，千万堆营帐的灯火温暖了山坳里黢黑的夜晚。容若掸了掸身上的雪花，掀起帘子进到帐中。

营帐内炭火烧得很旺。容若脱下端罩，放在小木凳上。又脱下靴子，搁在炭盆边烤着。他沏上一杯茶，双手捧着，慢慢地啜饮起来。连日行进，那些步行的兵士没有端罩，没有皮袍，没有棉靴，只穿一层棉衣御寒怕是很冷吧。容若想到这里，连忙唤自己帐外站岗的兵士进来暖暖身子。

每每感受到路途的艰辛，容若都更能体会兵士之苦。每每想念后海府邸的温暖时，他便更加理解兵士的思乡之情。当年皇上下令平定三藩之乱，他为皇上的英勇果决而高兴，却也在黑夜里默默为普通兵士的命运流泪。为此他写下十数首《记征人语》："列幕平沙夜寂寥，楚云燕月两迢迢。征人自是无归梦，却枕兜鍪卧听潮。""一曲金筇客泪垂，铁衣闲却卧斜晖。衡阳十月南来雁，不待征人尽北归。"……

夜深了，外面北风呼号。

容若依然没有睡意，便披衣起身，点燃蜡烛，铺开纸，略一凝神，提笔写下一首《长相思》：

> 山一程，水一程，身向榆关那畔行，夜深千帐灯。
> 风一更，雪一更，聒碎乡心梦不成，故园无此声。

容若轻轻叹了一口气。不知后海北岸的花园里，是不是已能寻得春的痕迹。

出关之后，一行人到达热河，在行宫稍作休整，便继续北行。不久，圣驾便到达盛京。

天命十年（1625年），太祖努尔哈赤迁都沈阳。天聪八年（1634年），太宗皇太极将其更名为盛京。顺治元年（1644年）大清迁都关内，盛京便成为留都，内有福陵、昭陵两座皇陵。康熙此行最重要的事情就是去这两座皇陵祭拜太祖和太宗。

奉天府早得到消息，已恭候多日。康熙亲政以来，擒鳌拜，平三藩，北巡塞外，整顿吏治，威望日盛。如今他十一年来再次东巡祭祖，奉天府自然是丝毫不敢怠慢。

盛京行宫，已是夕阳西下，大政殿的重檐六角攒尖式屋顶上金光灿灿。康熙缓步走到台阶上，容若跟在他身后。晚照正好，胭脂色的火烧云一层一层地徐徐铺开。暮色犹如氤氲水汽，无声地流溢过飞檐的殿宇、高耸的亭台。宫墙上一片静谧，殿内也是静水般无声。独留斜阳照耀着巍巍宫阙，流光溢彩。光和影夹带着旧都的王气，笼罩着昔日的宫城。

> 拔地蛟龙宅，当关虎豹城。
> 山连长白秀，江入混同清。
> 庙社灵风肃，豪强右族更。
> 明明开创业，休拟作陪京。

第二日是钦天监选中的黄道吉日，众人天不亮便起身沐浴更衣。

福陵坐落在盛京东边的群山之中，被长青的松柏掩映。御道早已铺好，从山脚下直达陵寝前。康熙身穿一件明黄色缎织金龙貂皮边皮朝袍，前胸一条立龙十分显眼，威严庄重，前襟两条行龙，左右肩各有一条行龙，间以五色云、福寿纹，下幅八宝立水，脚上则穿着一双黄色云缎缉米珠绣朝靴，一步一步走上一百零八级石阶。他的身后跟着王公贵族、文武百官、随行侍卫。隆恩殿前，祭案上摆有爵三件、帛四件。众人在院中垂手肃立，寺内鸦雀无声。

"影入松楸仙仗远，香升俎豆晓云开。"皇上庄严行大飨礼，焚楮帛，读文致祭，礼成。一时间钟鼓齐鸣。

盛京仍旧很冷，康熙却站得笔直。他只留容若一人，陪着他进隆恩殿内。

这里是福陵的享殿，悬挂着大清太祖努尔哈赤和皇后叶赫那拉氏的画像。康熙默默地跪下，望着太祖的画像说道："太祖英灵在上，四世孙玄烨特来敬拜。我大清耗时八年，平定三藩之乱，保南境太平。此乃先祖英灵庇佑，玄烨感佩于心！此次东巡，一为告慰祖上英灵，二为考察我大清东北边境，以图我大清疆土永固。愿太祖英灵知晓玄烨之心，庇护我大清寰海镜清，永世昌盛。"

容若默默望向孝慈高皇后的画像，他是叶赫部的后人，与爱新觉罗一族血脉相连，他和康熙身体里流着相同的血液。此时看着康熙的背影，容若竟忘记了自己是臣下，心中忽然升起一种手足亲情来。

第二日，康熙又往盛京以北十里祭拜过清太宗皇太极的昭陵。第三日，便率领几万随从，继续向东北行进，先去祭拜永陵，再继续东行视察吉林乌喇。不过几日，便到了永陵的群山脚下。

容若第一次看见白山黑水中的"白山"，不禁为其纯粹所折服。虽然已近三月，但东北是酷寒之地，熬过一冬，背阴面的山上仍然覆满了白雪，阳面也刚刚开始融化，在山脚下汇成一条细细的小溪，涓涓流向东方。容若很久没有看见过这么清澈的水了，它是这样有生命力，在乡野荒山之中欢快地流动。

内侍捡了几根树枝生起火来，康熙从车驾上下来，正打算去烤烤火，忽然远处灌木里传来一阵窸窸窣窣的响动。这永陵周围几百里都封了山，不准外人进入，此时若有人藏在灌木丛里，定是要行刺皇上。容若警觉起来，挡在康熙前面，弯弓搭箭，紧盯着灌木丛。就在那灌木里扑棱一声发出响动时，容若的箭如同闪电般射出，在空中呼啸而过，直插入灌木丛中。与此同时，一支箭从容若身后射出，带过一阵凌厉的风。容若回头一看，康熙手中也握着一张弓。

不一会儿，两个去查看的侍卫跑了过来，抬着一只被射中的狍子。两支箭竟是齐齐射中狍子的颈部。"纳兰侍卫好箭法！""皇上好箭法！"二人同时脱口而出，君臣相视一笑。只见那狍子毛油光水滑，肚子上的肉一层堆着一层，无论肉质、毛质都是上乘。内侍躬身对康熙说道："今日万岁爷不如就烤狍子肉吃吧！"

"此行既是祭祖，衣食住行也应效仿祖宗规制。当年太祖在关外，每一餐大抵都是这样，先猎些野味，再烤一把火，半生半熟地吃几口肉。八旗子弟，无一例外。朕作为爱新觉罗的后代，也应体会先祖打天下之不易。"

当年行军打仗之时口粮不够，好在东北密林里野味不少，将士们射杀野兔、狍子、山雀等动物，再烧一把火烤着吃。由于长期吃不到盐，早年间不少八旗子弟浑身浮肿。后来，大清皇帝每年都要选几天，满朝文武皆不食盐，只吃些水煮野味，以此感怀祖先的不易。

　　见同行的皇太子胤礽过来请安，康熙便脱掉皮袍，拿起刀，亲自示范收拾猎物。放了一整碗血后，康熙把刀尖插进狍子后腿里，一刀划开，沿着皮毛的纹路割下了狍子皮，又将狍子肉切成一块一块。看着康熙动作娴熟地收拾猎物，容若想起了上次出巡塞外的经历。康熙吃到喀尔喀草原的羊肉后，赞叹味道甚是鲜美，当时就叫人又送来一只，亲手将羊肉剔骨、分块装盒，命人即刻送回京城给太皇太后品尝。现在看着众人惊讶和敬佩的神情，容若不禁微微摇头一笑，对于皇上的亲力亲为他早已习惯了。作为皇上的贴身侍卫，他知道皇上一向勤勉好学，不仅长于渔猎，而且熟谙农桑。几年前的夏日，他陪皇上到丰泽园巡行。康熙看到一株稻穗高于其他，果实坚好，便命人收藏，第二年亲手栽种，果然这粒稻种先熟，而且米色微红，颗粒细长饱满。他便命人在京城和热河广泛栽培，并欲推广到江南。

　　篝火之上，狍子肉已经发出嗞嗞的声音，往外冒着油。康熙皇帝兴致勃勃地尝了狍子肝以及两小块臀肉后，便放下铜箸，命人将它分与周围众人，笑着说道："先祖曾说，食不过三。即使华堂盛宴，亦应懂得节制。朕自幼体弱多病，如今身体强健，皆因饮食有度。"

　　午后，一队人马继续浩浩荡荡前行，翻过一座山头，容若被眼前突然出现的美景惊呆了。对面的山脉有十二座山峰，峰峦叠嶂，绵延起伏，有如巨龙横卧，漫山都是银装素裹的青松。山前是一片莽原，依然有白雪覆盖，一两株树木独立天地之中，树上挂满了雾凇。一条河在山前流过，河流刚刚开始融化，大部分还盖着积雪。昨夜才下过一场小雪，天欲晴而未晴，空中平铺着一大片云层，一直延伸到天边，像是新被犁过的土地一样广阔而平整；云层偶有几处圆形的缺口，透出淡蓝的天光，是那么神秘莫测。这一定就是启运山了！大清的龙兴之地，风水极佳。难怪太祖努尔哈赤要将六位先祖的陵墓设在这里。

康熙被这景色吸引，下了车驾，遥望面前的山峦和山脚的陵寝，心潮澎湃："峰峦叠叠水层层，王气氤氲护永陵。蟠伏诸山成虎踞，飞骞众壑佐龙腾。云封草木桥园古，雪拥松楸辇路升。一自迁岐基盛业，深思遗绪愧难承。"虽然离永陵还有一段路程，但他依然命人找了个林中空地摆上祭案，冲着这绵延的山峦行跪拜之礼。

康熙举起酒杯道："第一杯酒，敬爱新觉罗列祖列宗，得先祖英灵护佑，我大清江山一统；第二杯酒，敬历朝以来股肱之臣，得众人同心匡弼，我大清海晏河清；第三杯酒，敬大清的黎民百姓，得四方万众一心，愿我大清永世安宁。"

容若看着康熙的背影，眼中露出倾羡的神情。山林里安静得出奇，不远处传来轻轻的流水声。一只喜鹊不知从哪里飞来，落在积雪的枝头；不一会儿，又扑棱一下跃上天空，留下一声鸣叫在山谷里久久回响。

五

康熙二十二年（1683年）正月，飞雪满天。刚刚过完年，屋檐下依旧挂着鲜艳的红灯笼。海棠树被雪覆盖，一根根光秃秃的棕色枝条在雪中若隐若现。

容若一个月前刚刚从黑龙江归来。关外北地同样也是漫天飞雪，地上的积雪却没过了膝盖。在过去的四个月里，容若与郎坦、彭春大人率二百精兵，深入东北边境，行程四千余里，执行康熙的秘密指令——勘察中俄边境。黑熊、虎豹、豺狼、密林、哥萨克骑兵，最近经常出现在容若的梦里，让他在夜半惊醒。

去年八月，皇上在养心殿召见容若。

康熙身着石青色暗花缎常服袍，面色红润，神态安祥。几日前，施琅上疏奏报他已挥师攻入台湾，郑克塽率部下刘国轩等投降，台湾之乱平定。康熙下诏为郑克塽、刘国轩封爵，封施琅为靖海侯。平定三藩又收复台湾，皇上忧思减少，精神充足。

康熙不喜过分讲究虚礼，容若礼还未行完他便直入主题："纳兰侍卫平身。今召你来，有一项要务交与你。罗刹①久犯我黑龙江一带，侵扰村庄，戕害百姓。昔日发兵进讨，未获蒇除，近闻罗刹势力蔓延愈甚。你能骑善射、文武双全，朕命你与副都统郎坦、彭春等，率科尔沁兵百人、宁古塔兵八十人，

---

① 俄罗斯。

前往打虎儿 ①、索伦。你等可声言捕鹿，沿黑龙江行围，至雅克萨城下，勘察其居址形势。"

容若明白，东南海疆既定，康熙准备全力应对东北边境罗刹的侵扰。这样一项重要的任务交给自己，是皇上的信任，也是纳兰家族的荣耀。老师徐乾学听闻此事，特意送诗一首："丁零逾鹿塞，敕敕过龙沙。绝漠三秋暮，穷阴万里赊。"

此时京城正是丹桂飘香的季节，容若本与众位好友约好一起秋游赏月，实是不舍离开京城和后海的居所。可是阿玛的期望、老师的厚望以及皇上的信任，又让容若为自己的想法感到羞愧。他丝毫不敢耽搁，拜见了郎坦、彭春两位大人，整理好行装，带上几十护军，即刻出发。

出了古北口，路途便艰难起来。

> 绝塞山高次第登，阴崖时见隔年冰。
> 还将妙写簪花手，却向雕鞍试臂鹰。

初秋，边塞荒凉，阴山苍苍，一行人披星戴月，风雨兼程，七日后终于到达科尔沁地区。毕力克图与其他几位台吉亲自选派了科尔沁骑兵一百人交予郎坦指挥，众人继续一路向东北奔驰，九月下旬到达宁古塔。

宁古塔一度被视为北方苦寒之地，只有重刑犯人才会发配

---

① 达斡尔。

至此，那往往代表着返回关内无望，终会老死异乡。康熙去年东巡返京后下旨，宁古塔地方苦寒，流人今后不再发配宁古塔，改发辽阳。

容若想起了吴江才子吴兆骞，在顺治年间因科考案受牵连，发配宁古塔。顾贞观作为其好友，向容若提过此人，希望出手搭救。之后不久，又寄来两首《金缕曲》，字字泣血，读来涕泪沾襟。在阿玛的帮助下，康熙二十年，容若与老师徐乾学、好友顾贞观一起凑足两千两银子，以认修内务府工程的名义将吴兆骞救回。

容若记得，在徐乾学为吴兆骞设下的接风宴上，老师当即作了一首《喜吴汉槎南还》，和者多至数十人，容若悲喜交加，也赋诗一首：

　　　　才人今喜入榆关，回首秋笳冰雪间。
　　　　玄菟漫闻多白雁，黄尘空自老朱颜。
　　　　星沉渤海无人见，枫落吴江有梦还。
　　　　不信归来真半百，虎头每语泪潺湲。

九月下旬，宁古塔已是西风烈烈，黄沙满天，枯草遍地。容若此时想到吴兆骞身陷苦寒之地二十余年，心中更有感触。

　　　　绝域当长宵，欲言冰在齿。
　　　　生不赴边庭，苦寒宁识此？

草白霜气空，沙黄月色死。

哀鸿失其群，冻翮飞不起。

谁持《花间集》，一灯毡帐里？

容若抵达的第二天，见到了赶来的画家经纶，皇上派经纶前来绘制雅克萨城舆图。在苦寒之地见到故人，且是位知音，容若自是高兴。二人在帐中把酒言欢，暂时忘记了旅途劳苦。

黑龙江将军巴海，容若去年扈驾东巡时见过，当年吴兆骞也是蒙巴海亲自关照和派兵护送回京的。这位将军曾是顺治年间满洲榜探花，生得身材魁梧，浓眉大眼，鼻直口阔，声如洪钟。去年皇上东巡离开永陵后，从乌喇行围到望祭长白山和泛舟松花江，他一直伴驾左右。皇上在乌喇逗留了很多时日，还观看了巴海操练水师。

巴海热情款待了这一行人，又命副都统萨布素点齐乌尔、宁古塔兵士八十人随命。郎坦和彭春商议，命人买来服装和捕猎工具，装扮成进山围猎的皮货商人。科尔沁和宁古塔士兵扮作伙计或者家丁。休整两三日，一行人便向北进发。

众人白天钻山入林，围猎捕鹿，一路北上。饿了就打些猎物，冷了便热些酒御寒，夜晚就宿于帐篷之中，路途艰苦非常。

万帐穹庐人醉，星影摇摇欲坠。归梦隔狼河，又被河声搅碎。还睡，还睡，解道醒来无味。

十月，一行人已行至墨尔根①。北国严寒来得格外早，这日一早竟飘起了小雪，正午时终于停了，地上不觉已被白色覆盖。碧空如洗，晶玉如光，竟也是十分难得的景象。一队人马行进在雪地上，马蹄踏出吱吱的声响。容若正沉醉于这静寂的苍茫中，却猛然听得身旁树丛有动静，众人不禁大惊，迅速围成一圈。山区已经是初冬，附近虽有些猎户，但毕竟人烟稀少。灌木后的东西，十有八九是觅食的猛兽。

说时迟，那时快，一只猛虎从灌木里蹿了出来，伴随着一声响彻山谷的呼啸。容若距它不过一百步远，迅速拉弓上弦，一箭射出，正中猛虎的左眼。猛虎痛不欲生，但仍在鸣咽着前行。人群一片惊叫，四面散开。容若正欲射第二箭，一支银箭从自己身后射出，直射入猛虎咽喉。猛虎瞬间瘫软在地。

容若回头，看到两个精壮魁梧的汉子，脚穿麂皮靴，身披黄皮子短袍，年轻一点的那个左脚有些跛，年老的老当益壮。二人都是长发连着浓密的胡须编成一缕辫子，应是附近的猎户。

"多谢二位相助。"容若等人赶忙上前拱手言谢。

"公子好箭法。"老人说道。

十里不同音，百里不同俗，这两人的话众人听着耳熟，却又不懂。

容若猜想他们是打虎儿人，忙叫人找来随行的通事，果然容若猜得没错。容若对老者说："今年鹿角价高，我等特来此

---

① 今黑龙江嫩江县。

地猎鹿，顺便打些皮货，赶在隆冬前卖到京城。不想在此地遇到猛虎，承蒙二位出手相帮。我等有兽皮匠随行，不如剥好虎皮后由两位拿回！"密林里的老虎因为平日吃肉很多，毛皮的色泽、质地都是上乘。猎户们冬日难挨，虎皮可以取暖，也可以卖钱。

猎虎的汉子对视一眼，点头答应。北方的日头落得早，现在已经落下一半，在树林和雪地上留下一抹余晖。郎坦命人搭帐生火，请二人入帐休息。

"大叔，此处为何人烟如此稀少？"

"唉，"老汉叹了一口气，"我等是打虎儿人，世代在此居住，以打猎为生，一直向朝廷纳贡。无奈近几年，大批罗刹骑兵到来，滋扰乡民，劫掠食物，抢夺妇女，逼迫年轻人修筑城堡。若不答应，他们便大肆杀戮。一旦答应，即是背叛朝廷，我等左右为难。妇孺老幼岂敢久留？青壮年或被抓走，或躲或逃。"

"罗刹人多否？平日盘踞何处？"容若问道。

"常来附近者一二百人，十天半月行抢一次，料想住得不近。罗刹人卷毛、红胡子、蓝眼睛，个个凶神恶煞，从不单独行动，喜骑马一哄而上，耀武扬威，趾高气扬，百姓避之不及。"

"不久前我三叔前来，提起此事，说他们并非罗刹人，实乃哥萨克骑兵。罗刹招募哥萨克骑兵欺压打虎儿百姓。村中壮丁尽被掳到雅克萨修筑工事。"年轻人义愤填膺地说。

此时，工匠已将虎皮剥好奉上。虎皮上一根一根毛发无不细腻柔软，藏着一股温暖的气息。这样一张虎皮，平日里能抵御严寒，毛发十几年也不会脱落；即使卖出去也是价值千金。两名壮汉连声道谢。

老汉说道："诸位，密林里猛兽出没频繁，黑熊、猛虎、豺狼数不胜数，诸位千万当心。况如今世道太乱，罗刹人时常来侵扰，诸位请勿再多逗留，尽快离开此处才好。"

容若一笑："多谢大叔提醒。我等略作休整，不日便离开。今日在此别过，后会有期。"送走二人，容若找人将二人的话全部记下，还请经纶根据记下的内容绘制了一张附近的地形图。

接下来几日，容若一行人沿黑龙江继续北行，边走边记，绘制地图，只一周时间便到了雅克萨城。

雅克萨城如今已被卷毛红胡子的罗刹兵占据，挂上了罗刹的旗子。城门口冷冷清清，只偶尔有三五个人进出。

郎坦和彭春决定先不进城，在城周围察看了一番，远远找了片林子搭帐篷住下，又派几名兵士装扮成小贩进城打探。

派出去的人深夜回来报告说，雅克萨城中的罗刹兵正在加紧修工事，想抢在入冬前修完。城里居民男人被拉去当壮丁，老人妇女都躲起来不敢见人。为了保证日常生活，罗刹人并不太为难商铺小贩，只是时常抢东西不给钱，也允许商贩进出往来。这些罗刹人异常蛮横，常与商贩发生口角，有时急了便会打人甚至杀人，城中居民忍气吞声，不敢招惹他们。

众人一起商议，为了不引起罗刹人的怀疑，决定由彭春和容若带领包括经纶在内的五十人进城，其余人由郎坦和萨布素率领在城外随时接应，见机行事。这五十人也分两日进城。第一日，容若便与众人一道宿营城外。

北国的夜晚安静得出奇，又格外寒冷漫长。远处偶尔传来几声犬吠，让人心里一阵发慌。容若和衣躺在帐中，难以入睡。为了不引起罗刹人注意，他不敢点灯，只在黑暗中睁着眼躺着。关外，森林，莽原，飞奔的野鹿，猛虎，打虎儿父子，红胡子的罗刹士兵……这一切似乎不那么真实，可又真真切切印在脑海里，挥之不去。

天亮时分，容若才迷迷糊糊地睡了一小会儿。

第二日进得城来，城中情形果然与兵士探得的一样。街道冷清，店铺凋敝，他们按照经纶绘制的地形图找到了归来客栈。这里街道隐蔽，地理位置奇佳，安静而不引人注目，又利于出城。与彭春等人会合之后，彭春给众人分派了任务——昼伏夜出，分区详细探察雅克萨的防御工事分布、罗刹兵驻地分布、雅克萨的主要街道等，绘制成图。

用过午饭，容若想去城里走走，便同彭春说了。彭春起初不同意。彭春虽官阶高些，但容若是圣上身边的亲信，如果他有什么闪失，该怎样向皇上交代？但转念一想，容若精于骑射，武艺超群，这些罗刹士兵奈何不了他。便说也好，只是公子要尽量小心。

容若带了两名兵士，仔细装扮一番，带了些皮货，便出了客栈。他们先去一家皮货店，问了问价格，又打听了城里的情况，发现罗刹士兵在修建一条水道，估计是打算从水路运送粮草之用，便仔细勘察了周边地形，详细记下了位置，傍晚寻了一处偏僻的酒馆吃饭。

街上偶尔有罗刹士兵经过，三五成群，穿着银扣子的蓝色制服，红胡子向上卷着。有时还有罗刹女子和他们打闹，衣着轻薄，行为放浪。

突然街上传来吵闹声，从酒馆门帘向外望去，几名罗刹士兵正在殴打一名老者，地上散落着一袋米。想来是老者家里实在无米了，家中青壮年男子被抓走修筑工事，女子又不敢出门，只得由老者出来购买，偏偏碰上了这群罗刹无赖。容若怒从心起，正欲上前教训这些罗刹人，却又按捺住了。老者性命无虞，只是会受些皮肉之苦。自己若引起这些罗刹人注意，城里的兵士怕是还没有探察完就要被发现。容若强忍着怒火，等这些罗刹士兵走远，赶忙过去扶起老者，又派兵士送他回家。

不出两日，城里情形已经探听清楚。一行人又按原先的样子，乔装打扮，分头在天擦黑时出了城，到营地和其他人会合。大家把情况汇总，第二日便整装上路了。

回程郎坦和彭春特意按照康熙的交代选择了水路。此时正是十月，天气虽然寒冷，黑龙江却还没有结冰。一行人坐船顺流而下，只十五日便从雅克萨抵达瑷珲城。容若详细记录了河上行船情况，一并对过去几日的探察作了个汇总。郎坦当即得出结论：攻雅克萨甚易，只需派出精兵三千，雅克萨可得。

探明情况，郎坦不敢耽搁，下令直接由水路行至宁古塔。休整一番后，萨布素带的宁古塔士兵留下，科尔沁骑兵直接护送一行人返回京城。

　　已到初冬时分，关外即使平原地区也是大雪茫茫。回去的路途显得异常艰难遥远。行至山海关时，不仅有豺狼虎豹出没，更是赶上了狂风暴雪。容若从来没有见过这么大的风、这么大的雪，山谷中回荡着狂风的呼号，整个世界灰蒙蒙一片，像是要把一切都卷到风里，埋进雪中……

　　容若登上花园中的晚烟亭，看到风雪中萧瑟的后海。水面的冰被白雪覆盖，远处的柳树一团一团露出朦胧的剪影。雪仍未停歇，纷纷扬扬地飘落，容若不禁又想到康熙十七年出使塞上时见到的飞雪。"非关癖爱轻模样，冷处偏佳。别有根芽。不是人间富贵花。谢娘别后谁能惜，飘泊天涯，寒月悲笳。万里西风瀚海沙。"

　　康熙皇帝为联络蒙古王公，多次出行塞北。容若长叹一口气，自己何幸，得遇一位有为明君。每每有空，圣上必与他谈诗论词，还先后赐金牌、彩缎、鞍马、佩刀。如今他官至正三品，父亲明珠在平定三藩、统一台湾问题上都有建树，康熙十六年授武英殿大学士，累加太子太傅，官至正一品。一提"明相"，这世上谁人不知？纳兰家的荣耀早已无人能及。

　　可是，这便是自己想要的生活吗？为何如今想到朝堂之事，心绪就变得繁芜忧愁？为何现在越来越留恋后海这个院落、院中的南楼、那两株海棠树、还有那两株明开夜合？

　　此时，启运山前的莽原、奇异的天空、康熙踌躇满志的身影又浮现脑海。还有当年康熙皇帝热切诚恳的目光——"你可愿时时伴朕左右？"君子一诺千金，怎能轻易言退呢？

容若想起康熙十六年，圣上出巡经过山海关时，发现一位老者奄奄一息，忙命人喂食米粥，带来问明原由，妥善安排。还有一次，圣上出巡时见到百姓食用水藻充饥，便要来水藻亲自品尝。容若轻叹了一口气，承蒙如此贤明的君主赏识，实是容若不该辜负圣上的厚望。

容若苦笑了一下。他幼年起便渴望以文章立世，没想到如今却以武将的身份博取功名。

风更猛烈了，裹着鹅毛般的雪花飘进了晚烟亭，迷住了容若的双眼。

六

康熙二十三年十月十日（1684 年 10 月 26 日），落日的余晖染红了天空，将一团一团的树木映成暖色。

一队车马一字排开，经过广阔的麦田，缓缓向南行去。容若骑着马，护卫在康熙的车驾旁。这是康熙皇帝第一次南巡，前日他登临泰山之巅，昨日拜过东岳庙，今日南行将抵达泰安州崔家庄。

康熙皇帝出巡从来都不清道，他喜欢撩开车帘便能看见田间地头的百姓，也希望他们能够望见天子龙颜。一路行来，沿途无数百姓夹道叩拜。

到达崔家庄时，天已经黑了。刚上任的山东巡抚张鹏已提前找了户当地的大户人家，给足了银两，让他们将院子打扫干净全家迁了出去，便于皇上落脚。容若先进院巡视了一番，这是他多年来养成的习惯，他不允许因为自己的疏忽怠慢出现分毫差错。

院子是三进院落，格局方正，通透宽敞。在其中一间屋子里，容若惊讶地发现了一幅仿文与可①的《墨竹图》，没有落款，也没有题跋，但竹之劲挺潇洒的姿态却模仿得有几分相似。书桌旁的琴桌上还摆着一把桐木黑漆描金古琴。容若轻轻抚摸着古琴，思绪飞到了后海北岸自己的书房。真是太巧了，在他的书房中，挂着文与可墨竹图的真迹，他的书房里也有一把丝桐古琴。没想到在这乡野偏僻之处能够见到这样一间书房。这间屋子里住的，莫非也是一位翩翩公子？他多大年纪？他的父母是否也像阿玛和额娘对待自己那样，对他格外宠溺？

容若自小就天资过人，诗词文章过目成诵，在音律、书画方面也有惊人的天分。阿玛欣喜之余，请了京城一众名师悉心教导，连骑射、剑术、刀法都专门请了师傅。阿玛得到的名家字画全都送给了他，除了文与可的《墨竹图》，还有米元章②的《方圆庵记》、董文敏③的《秋林书屋图》等等。阿玛送给他的

---

① 文同，北宋画家。

② 米芾，北宋书法家、画家。

③ 董其昌，明代书画家。

丝桐古琴是专门请京城最好的师傅制作的，价格不菲。凡是他想看的善本书籍，阿玛都立刻派人替他寻来。容若眼眶有些湿润了，轻轻叹了口气。

夜凉如水。月亮又快圆了，在天空中散发出清冷而耀眼的光辉。容若站在屋外，夜深了，皇上还在读书。忽然屋门吱呀一声，顾公公①走了出来。

"纳兰侍卫，皇上叫您进去。"

"有劳顾公公了。"容若进了屋。

康熙穿了件石青色暗绣龙纹夹褂，坐在书桌前看书。见容若进来，便把书倒扣在桌上。

"纳兰侍卫。"容若忙躬身行礼："臣在。"

"平身。快坐下来。"

"是，皇上。"容若知道康熙不喜欢虚礼客套浪费时间，便在皇上对面的凳子上坐下。

"朕见你数日连续当值，休息甚少。"

"回皇上，臣愿意当值，不觉疲累。"

"朕知你忠心。朕已派顾问行去叫他人轮值，你今夜回去后好好歇息。"

"是，臣遵旨。谢皇上体恤。"

"前日登临泰山，朕未及问你，可有诗作？想让你读来与朕听听。"

---

① 顾问行，康熙年间总管太监。

"回皇上，臣确有拙诗一首，臣斗胆，在皇上面前献丑了：'灵符作镇敞天门，群岳称宗秩望尊。三观峰高擎日月，五抹松偃老乾坤。雕甍贝阙神宫壮，碧藓苍崖古碣存。远眺齐州烟九点，不知身在白云根。'"

"都知纳兰侍卫词写得好，七言律诗却也写得极好。朕尤喜最后一句'远眺齐州烟九点，不知身在白云根'。未见泰山之高者，读来也如身临其境。"

"皇上过奖了，臣惭愧。臣一向也推崇皇上御制诗之纯朴天然，发乎于心。"

"纳兰侍卫此言不错。朕不喜词藻过奢，抑或用典过度。用词用典，皆为烘托诗之本意，岂可倒置而忽视作诗本心？刻意仿效他人更不可取，用词尚可仿效，其心其意如何模仿？朕以为，诗当以言志，当温柔敦厚，此乃诗之根本，若能裨益天下，化理人心，则更胜一筹。"

"皇上高见。臣亦以为仿效之习不足取。古诗称陶谢①，而陶自有陶之诗，谢自有谢之诗；唐诗称李杜②，而李自有李之诗，杜自有杜之诗。人必有好奇缒险、伐山通道之事，而后有谢诗；人必有北窗高卧、不肯折腰乡里小儿之意，而后有陶诗；人必有流离道路、每饭不忘君之心，而后有杜诗；人必有放浪江湖、骑鲸捉月之气，而后有李诗。"

---

① 指陶渊明、谢灵运。
② 指李白、杜甫。

"此番评论甚是精妙。纳兰侍卫之词作，宫中无论男女老幼争相传诵，朕常常未见词作已会诵读了。朕亦爱词，词盛于两宋，元、明转衰，如今我大清出一词人，朕心甚喜。朕亦爱赋，只因赋得心意之所存，使闻之者足以感发兴起。自荀况创《五赋》始，赋至两汉盛极一时，三国两晋，以逮六朝，变而为排，至于唐宋变而为律，又变而为文，迨及元而始不列于科目，明则诗赋皆罢之。朕于康熙十八年开博学鸿儒科，即以《璇玑玉衡赋》为题。朕又命人编纂《历代赋汇》，便是要叙其源流兴罢之故以示天下。"

"皇上圣明。赋兴于两汉，而其最著者为司马相如。相如曾言：'赋家之心，包括宇宙，总览万物，斯乃得之于内，不可得而传。'臣推相如之意，其可传者，为侈丽闳衍之词，不可传者，乃其赋之心也。臣犹记皇上所作《松赋》，'比德则质符君子，授秩则名荣大夫，三眠逊其劲节，百木让为仙株尔。'以松喻有德君子，用意深远。"

容若知道康熙并不喜欢奉承，但他此言出自真心，便也没有刻意掩饰。以前有许多次，康熙见是他当值，便叫他进屋畅谈诗词歌赋，常能尽兴。

"每每与你谈论诗词学问，朕心中甚为愉悦。方才谈到赋，朕记起一事。几年前，你拿来一篇《长白山赋》，为吴兆骞所作。朕读来动容，听闻此人发配边塞，欲将之召还。无奈有人直言进谏：'天子施恩当遵循法度，不可依自己好恶行事'，此言甚是有理，朕不可不听，召还之事便只得作罢。不知吴兆骞后来如何？"

"皇上操劳国事，尚不忘体恤臣之友人，臣感激莫名。托皇上洪福，吴兆骞于康熙二十年得以还乡。他抵京后臣央告家父将其留于府中，教习二弟揆叙读书，其家人亦接至京城。无奈他在边塞苦寒之地二十余载，积劳成疾，上个月不幸病故。臣为其操办了后事，将他厚葬。"

"甚是可惜。朕素闻纳兰侍卫忠肝义胆，今知此事，果然如此。朕听闻你身边好友多为汉族文人，你无不与之坦诚交往，朕心甚慰。康熙十六年朕在年少读书之处开设南书房，入值者皆为汉人饱学之士。朕又命徐元文修明史。此次南巡，朕还要往江宁祭拜明陵，到曲阜祭拜孔庙。朕要让江南百姓乃至天下百姓都知朕融合满汉、推崇儒学之心。到时朕要你伴于身侧。"

"臣遵旨。"

"朕今日读书有些疲累，便叫你来谈论诗词文章。不知你随朕出巡，可还有时间读书？"

"皇上勤勉，臣望尘莫及。不过臣随皇上出行时刀弓与书籍必不可少。"

"几名侍卫宿于一室，你仍能读书，如此说来朕不及你。"

"皇上过谦了。皇上读书涉猎极广，钻研至深，令臣钦佩。若皇上所问非诗词文章，臣便不能作答。臣虽与多人同室，但说来有趣，臣读书常在夜半，同室之人皆已熟睡，臣便读出声来，他们也不醒。酣声常与读书声相伴，让臣不觉寂寞。"

康熙朗声笑了起来，容若也笑了。

"朕听闻明相近来身患咳疾，不知是否好些？"

突然听到这句问话，容若的笑容凝固在脸上。随即他脸一红，低下头，声音也低了："阿玛身体较之从前好了许多，多谢皇上挂念。"

"朕刚刚给你阿玛下了谕旨。朕曾命各地设厂煮粥，散给贫困小民。奉行日久官员懈怠，致使贫民难获宿饱。朕命部院严饬巡城御史及司坊官员，必亲视散给。"

"皇上圣明宽仁，此乃万民之福。"

"朕有许多可为之事，却不能一一过问，只能托付明相。你父子二人均忠心，朕心甚慰。此次南巡有御医随行，朕已嘱咐他们，为明相寻些江南独有的药草带回京城。"

"臣叩谢皇上隆恩！"容若跪地行礼，一丝忧愁浮现在他的眼中。

十月二十一日，容若跟在康熙皇帝身后，站在清口的堤岸上。这里是康熙陆路巡行的最后一地，明日他将登船南行。

康熙身边站着的是河道总督靳辅。靳辅五十出头，身材瘦弱，面貌慈祥，目光却坚定。他曾是顺治年间内阁中书，康熙十年授安徽巡抚，康熙十六年任河道总督。康熙对治河极为看重，河道总督的人选钦定也异常慎重。容若早就听闻靳辅是个好官，此次随皇上南巡得到印证。一路行来，皇上时常到岸边检视河工，从人们口中得知，靳辅兢兢业业、清正廉洁，大多时候便宿在堤上，与夫役同吃同住、同甘共苦。

"皇上，此处便为黄河、淮河及运河交汇之处。堤岸上多有淤泥，又常有险情，皇上本不必亲临此地。"

"朕虽与你时常探讨，然若不亲历河工，其河势之汹涌溅漫、堤岸之远近高下不能了然，又怎知治河方略是对是错？倒是你，治河之事最为要紧，不必一直陪在朕身边，待朕回銮，你不必送驾至德州。送朕事小，治河事大。"

"臣遵旨。"

容若知道，黄河水患不治，淹没农田，百姓流离。河水倒灌运河，冲入的泥沙使运河河床增高，河水变浅，又致漕运不畅，南粮无法运到京城。康熙自亲政起便为治水之事忧心。康熙十五年，皇上听闻河道总督王光裕贻误工程。他任免官吏一贯慎重，从不肯只听一面之词，多次派人省视后得知王光裕果然不称职，便将其革职，任命安徽巡抚靳辅为河道总督。

康熙回身示意，顾公公忙上前两步，将手中的河工图展开。今日天阴风大，容若怕图纸受损，忙上前帮忙将图纸展开，铺开在地上，找了几块石块压住。

康熙蹲到地上，指着图对靳辅说："'挑清江浦至海口'，便指此处吧？"康熙指了指河工图上的一处，又指向东边问道。

"正是，挑清江浦以下经云梯关至海口一带河身之土，以此土筑两岸之堤，以筑堤束水，以水冲沙，引导黄、淮入海。"

"'挑浚清口'工程，在此方向？"康熙指向西边淮河的方向问。

"回皇上，正是。天妃闸便在前面不远。洪泽湖下流自高家堰以西至清口二十里地，黄、淮二水交汇，渐渐淤成平陆，只剩一条小河。在小河两旁离水二十丈之地各挑引水河一道，分头冲洗，可渐渐刷开。"

"此地黄河泥沙最易阻塞运河河道，形成淤灌。你提出治河、导淮、济运并重，又提出'筑堤束水，以水刷沙'，朕以为甚好。今日所见，以闸坝、引河蓄集淮河之清水冲刷黄河泥沙，疏导淤塞，颇有成效。只是朕见天妃闸水势湍急，应改为草坝，再设七里、太平二闸以分水势。"

"是。"

"朕近日详勘，萧家渡、九里冈、崔家镇、徐升壩、七里沟、黄家嘴、新庄一带甚为危险。"康熙指着河工图说，"必筑南北两堤，修筑坚固。再有，宿迁、桃源、清河上下曾设减水坝，朕以为，减水坝只能暂缓目前之急，虽受其益，亦有损害。若遇河水泛滥、来势横流，安保今日之减水坝不为他年之决口？你当筹划精详，措置得当，使黄河之水顺势东下，水行沙刷，永无溃决，则减水坝皆可不用。再者，朕观今岁雨少水涸，目前河工告竣，恐因天旱易修，而非河工永固。后效如何，还要待明年再看。"

"皇上所言极是，微臣遵旨。"

康熙站起身来。顾公公忙上前收起了河工图。

"堤上夫役劳苦非常，所领工食为数无几，恐有不肖官役从中侵蚀。必使人人得沾实惠，方不负朕心意。"

"臣遵旨。皇上连日检视河工，舟车劳顿，明日尚要登船去宝应、高邮视察减泄之水排出工程，还望皇上保重龙体。"

"不妨事。一直以来，治河花费甚多，朝堂之上颇有非议，朕仔细权衡，仍依你之方略治河，此番阅视，可知心血没有白费。靳辅，若河工告成，你便是大清第一功臣。"

"皇上，臣不敢贪功。这些主张，皆出自臣之幕宾陈潢。臣不过办了些实事。依臣之见，对于治河之事，臣远不及皇上了解。"

"朕向来留心河务。每在宫中，必仔细阅览河防书及你屡年所进河图，熟知险工决口地名。即便如此，朕决断之前必与众臣反复商议，从不轻率行事。靳辅，朕知你忠心，也知你才干。治河事大，关乎我大清安定。河水浸灌，百姓可怜，朕心不忍；河道梗塞，漕运不畅，朕心难安。朕将此事托付于你，望你知朕心意。"

靳辅慌忙跪下叩首道："臣谢皇上信任。臣便是拼上性命，也定不负皇上所托。"

"快快起来。靳辅，你长年累月风餐露宿，劳苦非常，还要多多保重。"

此时，站在一旁的顾公公已经感动得抹起泪来。

望着这一对君臣，容若心中也感慨万千。从他第一次踏入养心殿起，已经过去十二年了。他和康熙脸上都有了岁月的风霜，但如今的康熙仍然与当年一样，眼中闪耀着智慧和火一般的热情。他又想起了那日的情景："你可愿时时伴朕左右？"康熙定会成为一代明君为后世颂扬。靳辅既是清官，又是能臣，也会青史留名。

自己呢？不知将来纳兰性德在后世眼中，会是"纳兰公子"，还是"纳兰侍卫"？抑或，只是"明相之子"？

一丝淡淡的忧伤涌上容若的双眼。

七

康熙二十四年（1685 年）五月末，容若与好友顾贞观、梁佩兰、姜宸英、吴天章、朱彝尊等人于府中海棠树下的石凳上饮酒对弈。

这海棠花三月初开放，花期只有十天；花谢之后，留下一树茂盛的叶子，只等着秋天的果实，之后再等来年开花，周而复始。

池子里有两只鸭子在荫凉处卧着不动，荷叶被太阳晒得懒洋洋的。

容若身穿一袭月白色的棉布长袍，手里拿着纸扇，比以前清瘦了许多，拿惯了刀剑的手却比其他人更纤长白净。他手中执了一颗白子凝神而思，待一落下，棋局立刻发生了变化，白子瞬间占了上风。顾贞观莞尔一笑道："还是贤弟更胜一筹啊！"周围的观局者们已足足等了一个多时辰，胜负终见分晓。

"'怀旧空吟闻笛赋，到乡翻似烂柯人。'刘梦得 ① 这诗，

---

① 刘禹锡，唐代文学家、哲学家。

如今想来，别有韵味。物是人非，不过是这世间的沧海一粟罢了。"

"贤弟，可有什么烦心之事？"问话的是朱彝尊。早年间他也经历过宦海沉浮，这么多年来，都没有再得到重用。他索性在无锡找了个启蒙先生的闲差，偶尔来京城与容若等人相聚。听到容若念这句诗，他知道容若在想什么。

"小弟虽是满人，却醉心于诗词歌赋，年少时心怀抱负，立志学有所成，青史留名。奈何命运弄人，不能潜心学问，难免感伤。"

"贤弟，何不辞官离京，你我众人同下江南，悠然世外？"姜宸英问道。

"小弟多年来随圣上东临盛京，北巡塞外，南下江南，西往五台，万里河山走遍，每见安乐度日之小民，常常心生艳羡。西溟兄莫笑，小弟恨不能做一个樵夫，抑或渔翁。只是愿想而已。小弟作为明相长子，圣上贴身侍卫，怎可辞官离京，采菊东篱、泛舟耶溪？"说罢，容若擦了擦额角的汗珠。近日，他总是夜不成寐，精神不大好，眼窝发青，稍微热一点儿，额头就冒出汗来。可是微风一吹，又会觉得浑身发冷。

"贤弟可知江宁巡抚汤斌……"吴天章话说了一半，突然自觉失言住了口。容若知道，他说的是余国柱向汤斌索贿一事。

余国柱是前任江宁巡抚。他对新任巡抚汤斌说，朝廷免除江南赋税，是明相极力促成的。余国柱此举用意明显，是要汤斌依附阿玛势力，向阿玛表示感谢，这实际上就是在替阿玛索贿，遭到汤斌的拒绝。余国柱是阿玛一手提拔的人，阿玛这些年与索额图斗得你死我活，双方各自培植自己的势力，任人唯亲、徇私舞弊的事自然做了不少。勒德洪、余国柱、佛伦、葛思泰、傅腊塔、席珠等，这些朝廷要员皆为阿玛死党。

作为人子，容若孝道为先不便多言。可作为人臣，容若又不愿看到将朝堂弄得污浊不堪的是自己的亲生父亲。上次南巡，皇上还惦记着要在江南替阿玛寻找草药，却不知阿玛从前任江宁巡抚余国柱手中收受了多少贿赂。如今每次皇上提及阿玛，容若心中都有愧疚；而阿玛每每问起皇上的情形，容若又不敢如实相告，生怕不慎充当了阿玛的眼线。朝堂之上曾经志趣相投的朋友，忽然间分出了亲疏远近。老师徐乾学原本与阿玛交好，如今对于阿玛也不愿多谈。这一众忘年之交虽远离朝堂，但以前总能坦诚相对，如今说话也有了顾忌。容若一向清高，忽然觉得自己不忠、不孝、不义……

顾贞观及时转移了话题，建议大家起一个题作诗，由容若命题。容若收敛起思绪，强打起精神，环顾四周，目光落在那两株明开夜合树上，随口诵出：

> 阶前双夜合，枝叶敷花荣。
> 疏密共晴雨，卷舒因晦明。
> 影随筠箔乱，香杂水沉生。
> 对此能销忿，旋移迎小楹。

众人一听便明白，容若又在思念亡妻卢氏了。容若虽又续弦，但他与元配卢氏最是恩爱和睦，每每念及都伤心不已。在座的均比容若年长，众人不忍看到这个年轻人受幽思之苦。梁佩兰善书法绘画，素来敬佩工笔大家吴天章，便邀请吴天章作一幅画。吴天章望了望园子，笑笑说："就画这池中的睡鸭懒荷如何？"他叫落照在海棠树荫下设置桌案，大家便都围了过来。容若不想扫众人的兴，强装欢笑。可不一会儿，幽思又渐渐凝上眉头，整个人笼罩在一层淡淡的烟云之中。

掌灯时分。众人早已散去，容若还在院中望着逐渐西沉的红日凝神而思。

> 弥天塞草望逶迤，万里黄云四盖垂。
> 最是松花江上月，五更曾照断肠时。

> 九龙一带晚连霞，十里湖堤半酒家。
> 何处清凉堪沁骨，惠山泉试虎丘茶。

容若回想起自当年赐进士出身后的一点一滴。他眼前仿佛重现了这些年来看过的烟雨南国、肃杀塞北、红尘嚣嚣、铜驼古庙。那些凋零的、绽放的、衰落的、顽强的生命，那些鲜活的面容在他脑海中一一飘过。容若忽然发现，人的一生是如此短暂而又虚幻，恍若南柯一梦。

夜，越来越深沉。落照几次劝他进屋，他都不说话。风籁簌吹过，有了丝丝凉意，容若却对此毫无察觉，依旧一动不动地伫立在海棠树下。黛色的天幕之下，稀疏的星光、微弱的灯光，照亮了海棠树叶。那些嫩绿的、富有生命力的叶子，在黑暗中依旧发着生命的光。

是夜，容若突然发起烧来。府里的赵医官忙前忙后，用凉水擦拭，用冰块冷敷，放血、喂药，任做什么都毫无用处，容若的额头越来越烫，竟整晚高烧不退，一直梦呓。赵医官急出一身冷汗，束手无策。明珠更是急得手足无措，一直陪坐在容若床边掉眼泪。

第二日，康熙皇帝已在赴塞外的路上，听闻容若的病情，一日内派出中官、御医和侍卫三批人来府上视疾，并要他们及时将容若的病情通报给他，往后每日如此，还命人按照自己的药方抓药送过来。无奈容若持续高热，周身无汗，缠绵病榻整整七日，最终于康熙二十四年五月三十日（1685 年 7 月 1 日）溘然长逝，年仅三十一岁。这一天，正是他的元配夫人卢氏的忌日。也许是冥冥之中自有天意，也许是夫妻二人情深意浓，终得团聚。

容若去世的第二天，一份捷报传到康熙皇帝手中：彭春将军率军于五月二十二日攻打雅克萨城，五月二十五日雅克萨守军额里克舍乞降。雅克萨收复了。

纳兰容若的灵前，白色的灵棚覆盖了两进院落，纸扎、挽联、挽幛、花圈一片素白。容若生前的诸位好友尽数赶了来，更有许多不认识的人也前来祭奠。白发人送黑发人，尤让人感伤不已，院子里悲哭声一片。老师徐乾学之弟徐元文写有挽诗：
"子兮能孝，乃弃晨昏。子兮能忠，不究君恩。飘零翰简，寂
寞琴尊。陈迹终往，朗誉长存。"容若生前曾数次出使塞外宣
抚，如今受抚诸部均派人前来吊唁。康熙皇帝从塞外特遣宫使
快马赶来祭告，并哭告了雅克萨之捷，以表彰容若勘察之功。
朱彝尊听后满脸涕泪，当即赋诗一首："出塞同都护，论功过
贰师。华堂属圹日，绝域受降时。凄恻传天语，艰难定月支。
敛魂犹未散，消息九京知。"容若生前的一众好友听后，哭声
更甚。

　　容若去世后没多久，严绳孙便辞官回到无锡老家，隐于世
外。第二年，顾贞观也黯然搬离京城，返回无锡，于惠山脚下
绝世隐居，直至终老。

八

　　康熙四十六年（1707 年），秋。

　　纳兰府的花园衰败了许多，池塘因为缺少打理，长满了枯
黄的芦苇、芙蕖。水也不再清亮，漂着一层油污。院子里养起
了鸡、鸭、鹅，喂食的碗四处都是，鹅卵石子路上满是鸡圈里
的干草，还有许多工具散落在院子里。

　　明珠在院内静静地走着。他已是一名须发斑白的老人，穿

着宽大的马褂，挂着拐杖，颤颤巍巍地在满地黄花中蹒跚。这些年他再未受到过重用。其实，他早该想到的，圣上最恨党争，他却在朝堂上和索额图斗了半辈子。

几年前，索额图参与了皇位之争。索额图是已故孝诚仁皇后赫舍里的亲叔叔，自是大力支持皇后的嫡子、皇太子胤礽。他则支持大阿哥胤禔，胤禔的生母是惠妃纳喇氏，纳喇氏的父亲是他的堂弟。争斗的结果是两败俱伤，两个皇子都出了局，皇太子更是两立两废。皇上因太子一事迁怒索额图，称之为"本朝第一罪人"，将其囚禁，最终索额图竟在禁所饿死。而他，虽没受太子之争的影响，却也起起落落多次，最后只得了个不咸不淡的下场。康熙二十七年，徐乾学命门生御史郭琇弹劾他，他被罢免大学士，交领侍卫内大臣酌用，不久担任内大臣；康熙二十九年，他随裕亲王征噶尔丹，因未追击噶尔丹被降四级；康熙三十五、三十六年，皇上两次亲征噶尔丹，他均随军督运粮饷，因有功得以官复原级。不过，他再不是以前的明相了。

明珠脑海中浮现出几十年前的只言片语。容若孝顺，怕惹他生气不敢明说，只是时时暗示，希望他不要与索额图争斗，更不要结党营私、买官卖官。当年他还嫌容若幼稚。现在想来，若是当年考虑儿子的话，或许容若也不会那般难过，或许这后半生，也就不用过得这样不安定。

明珠缓缓抬头，看着秋高气爽的京城天空。他从来没有想过自己头顶上的天色原来是这样干净。或许是因为自己大半辈子都身处权力中心，早已习惯了云谲波诡，却忘记了这世间的天地本就应当是这样纯粹的。

不经意间，明珠走过南楼，看到了容若夫妇亲手种下的两棵明开夜合树。有一棵前年死掉了，只留下残根在土里。另一棵倒是长得茂盛，只是这些年没有人修剪打理，倒像是一棵野树了。

> 独背残阳上小楼，谁家玉笛韵偏幽。
> 一行白雁遥天幕，几点黄花满地秋。
> 惊节序，叹沉浮，秾华如梦水东流，
> 人间所事堪惆怅，莫向横塘问旧游。

明珠微微眯起眼睛，想起容若的这首《于中好》和前尘往事，不禁老泪纵横。他最疼爱的长子，天生夙慧、满腹经纶，最难得的是光明磊落、仁厚孝顺，见过的人无不与之亲近，没想到年纪轻轻就撒手人寰……他想起，容若去世后，每日在朝堂之上，皇上见了他都要拉着他的手劝慰一番。每日退朝后，他都站在容若的屋子外面哭，哭过后便期盼着，或许容若会拉开门，从屋里走出来，唤他"阿玛"……

"老爷若要看花木，不如去看看那两株西府海棠树，结出来的果子很是酸甜爽口！"说话的是管家落照。自从明珠被降职后，府内一应配置都按律减半，还遣散了大部分小厮和丫鬟。这之后，明珠又几度沉浮，自然也就不敢再恢复从前的花销。

如今府中得力的，竟然只剩下容若生前的小厮落照。而落照也从当年那个清秀的孩子，变成了如今发福臃肿的中年管家。

明珠用衣袖拭了拭脸上的泪。

"海棠果再香，香气传不出去，在外人看来，便是普通果子而已。谁又知晓那是西府海棠呢？"明珠摇了摇头。

落照听出明珠话里有话。"老爷依旧是内大臣。这些年承蒙圣上体恤，得以享俸禄又享清福，这是皇恩啊。"

"圣上持心公正，赏罚分明。我纳兰家不受牵连，还住在这府邸，已是皇恩浩荡了，兴许还是看了容若的情面。什么俸禄、什么清福，老夫实在愧不敢当了。"明珠踱步离开南楼。慵懒的秋日阳光照在院子里，映出明珠苍老的影像，后面还有一个臃肿的管家的身影。影子被拖得很长很长，直到那树下阴暗的地方去。

如今，他纳兰明珠算是明白了，世事漫随流水，算来一梦浮生。

次年暮春，海棠花落时节，纳兰明珠病逝，享年七十三岁。

第二章

自在飞花轻似梦

回忆家园心欲碎，海棠花下笑啼空。

——和珅

一

乾隆五十一年（1786 年）春。

后海的水绿了，湖畔的新柳轻轻地划过湖面，留下一圈圈涟漪。

十七岁的翠霞穿着褪色的粗布衣裳，背着一个大花包袱，由她姐姐翠红领着穿过府里的花园。

翠霞从未见过这样美丽的院落。院子里竟然有个两层的小楼，小楼一侧的假山之上有一个圆顶的亭子，修得十分轻巧。一条长长的步廊穿了半个园子，横在一池碧水之上，长廊中间有个六角的亭子，双层的檐角向上飞起，长廊里雕梁画栋，缀满了山水花鸟。铺满石子的小路两侧布满了太湖石假山，园子里柳枝微微摇曳，水池里荡漾着清波。水池两岸，粉红的桃花满园怒放，紫丁香的香气在空气中弥漫，不时还有麻雀叽叽喳喳地在树枝上闹着，或是扑棱着翅膀、轻盈地从头顶飞过⋯⋯

院里最引人注目的是那两株海棠，它们比其他的花木更加高大。草地上，几片嫣红的落花很是鲜艳。抬头看，树上花朵却是洁白的，密密麻麻压满了枝头，如同涌动的雪浪，又如一匹柔软的云锦，轻轻盖住头顶的骄阳。微风吹过，芳香袭人。

"翠红姐姐……"

"嘘！姐姐早已改了名字。以后你就叫姐姐冰弦，叫自己冰岚罢！"

"冰弦姐姐，海棠花向来没有香气，为何此地海棠竟这样香？"

"这岂是你平日所见的俗物可比？此乃海棠之极品——西府海棠。这西府海棠树木高大，枝叶繁盛，花朵更娇艳，香气更浓郁。初开时为粉红色，盛开时红色褪去，满树洁白。此种海棠满京城怕是只有六株，两株在紫禁城，两株在和府，余下便是眼前的这两株了。此处曾是康熙年间武英殿大学士明珠大人的宅子，如今这宅子是和大人别院。和大人见了这西府海棠，分外喜欢，说别处有的他也要有，便派人寻了两株，千里迢迢地整株运了来，栽到了正院。此处别院和大人并不常来。"

"不常来？我们为何待在这里？"冰岚焦急地问。

"别担心！和大人是协办大学士，吏部尚书兼管户部，正一品的官职。又加一等男爵，赏双眼花翎！这院子虽大部分时间是空的，但有丫鬟五十多个、小厮六十多个，还有不少府兵。"

冰岚心中不禁一阵唏嘘。穿梭在似锦繁花中，冰岚那一身粗布衣裳反而极是显眼，与满园春色格格不入。她的目光左右游移，终于停留在了冰弦那身葱绿盘金彩绣锦裙和头上的赤金缀白玉簪上。看着姐姐一身鲜艳的装扮，再看看自己的粗布衣衫，冰岚忍不住说道："姐，许久不见，如今姐姐穿戴得如此漂亮！"

冰弦不禁笑道："傻丫头。以前姐姐侍奉二太太，二太太光银鼠皮便有三十余件，另有红狐裘十件，两百多件绸缎衣袍。珠宝首饰更多，十来件玉如意，葱绿色的翡翠手镯便有二十个，还有西域的鲜红珊瑚、近百只白玉碗、桃红色的碧玺、金银首饰五箱，还有能透光的白色水晶，一屋子都金光灿灿……和大人得了这个园子，要派有头脸的丫头过来，二太太便荐了我。若不是我在这个院子有些颜面，怎会写信叫你过来？妹妹在这儿要机灵些。咱们快点儿，赶紧把你身上的衣裳换下吧。"

翠红比翠霞大十岁。父亲死时，翠霞才三岁。家里只有母亲带着姐妹两个，难以过活。翠霞听母亲说，姐姐小小年纪便自己作主，与别人一道来到京城，卖身给人家当了丫鬟。后来府上小姐出嫁，姐姐便陪嫁了过去，那就是姐姐说的二太太。姐姐好强，多少人说媒她都不嫁，说是要靠自己养活母亲和妹妹，翠霞对姐姐最是敬重。

这时，迎面走来一个相貌堂堂的小厮，脚蹬黑色绸布靴，身穿蓝黑色绮绣长衫。"旺财，可有事？"冰弦问道。

"这位姑娘是……"旺财并没有回答冰弦，而是看向冰岚。

"她是我妹妹，冰岚。"

旺财盯着冰岚痴看了半天，终觉失态，马上说："冰岚姑娘，我叫旺财，以后我们便在一处侍奉和大人了。"然后他又转向冰弦道："冰弦姐姐，方才刘总管派人来，说和大人随圣上下江南了，要三四个月才回，嘱咐咱们好生打扫一下庭院，不要忘了采院子里的桃花酿花蜜和桃花酒。"

二

冰岚十分机灵，在府里规矩学得很快。

时间久了，冰岚才知道，旺财姓崔，是刘总管的远房侄子，虽然年轻，却在这府里有些地位。旺财人也十分和善，从来不仗着自己是总管的亲戚而欺压别人，谁有困难，他总是慷慨解囊，府中丫鬟小厮无不喜欢他。

旺财虽也是乡下人出身，却生得眉清目秀，白白净净，像城里的读书人一样。他经常来找冰岚，嘱咐她要学着读书写字。旺财比冰岚大七岁，像是什么都懂，什么都见识过一样。冰岚也喜欢旺财来找她，尤其喜欢听旺财讲许多她从未听说过的故事。

旺财说，和大人吃的饭菜可说是山珍海味，宫里只要皇上吃过的，和大人府里的厨子都能做出来。"不过，你可知和大人最爱吃什么？"旺财狡黠地看着冰岚等着她猜。冰岚猜想一定是最常见的东西，于是搜肠刮肚，说了糖火烧、炸焦圈儿，旺财都摇头。他最后凑近了压低声音说："猪大肠。"逗得冰岚笑出了眼泪。

冰岚问旺财，和大人为何岁数并不老，却当了那么大的官。

"盛传当今圣上还是皇子时，在后宫走错路，撞见了一位先皇妃子。此事被先皇知晓，那妃子当即便被赐死。当今圣上觉得此事非妃子之过，心怀愧疚。很久之后，圣上见到和大人，竟与受他牵连而死的妃子长得极像。圣上问了和大人生辰，更与那妃子赐死之日相同。如此巧合，圣上便认定和大人是妃子转世，将亏欠都弥补于和大人身上。"

只因被皇上以外的男子见到了就要赐死，冰岚不觉打了个寒战。

旺财见她当真了，赶忙笑着说："人人都如此说，却并非真事。听闻，一次圣上欲出外巡视，却找不到仪仗用伞盖，圣上大怒，说：'虎兕出于柙，龟玉毁于椟中，是谁之过？'此话出自《论语》，周围人不懂何意，只知皇上生气了，均吓得不敢说话。只有和大人接道：'典守者不能辞其咎。'圣上一听，难得这侍卫竟有些才学，又见和大人生得俊美，竟不生气了，便问和大人，是否读过书，没想到和大人曾在咸安官学读过书。圣上便问起当年科举考试和大人所作文章，和大人一字不差背了下来。圣上爱才，龙颜大悦，便提拔了和大人……"

旺财又说，他十五年前便来府上了，那一年他九岁。爹娘都没了，姑妈便把他托付给了刘大爷，就是刘总管。他进府那日，正是土尔扈特部回归大清后拜见皇上的日子。

"土尔扈特部是谁？"

"土尔扈特部并非一个人，而是蒙古部落。"旺财看到冰岚兴致这么高，拉了张凳子坐下。

"那是乾隆三十六年九月初八，京城秋高气爽，夏蝉未休。刘总管带我来到此院，告诉我，从今往后，我便要在此地靠自己谋生了。那一日，正巧园中海棠果熟了，小厮们正忙着将海棠果打下来，说是要制成海棠酱。刘总管说，和大人随皇上去热河了，之后要去木兰秋狝。往年均是七月份动身，今年皇上要见土尔扈特首领，便晚了些。

"后来我才知道，土尔扈特部以游牧为生，自顺治年间便居住于伏尔加河下游。如今首领叫渥巴锡。"

"伏尔加河在哪？这渥巴锡多大年纪？"

"你仔细听我说，往后再不可打断我了。"

冰岚点点头，抿紧了嘴巴。

"伏尔加河在大清西方，远在一万数千里之外。隔得虽远，土尔扈特人却一直向我大清入贡。乾隆二十六年，十九岁的渥巴锡继承了汗位。无奈其所居之地属于沙俄，沙俄皇帝扶持改信沙俄宗教的土尔扈特贵族，排挤其他土尔扈特人，并向其居住地迁去大量哥萨克人，挑起两族矛盾。更有甚者，沙俄向土尔扈特人强行征兵，每与他国交战，便让土尔扈特人在前。

"乾隆三十五年，沙俄新女皇继位，要渥巴锡将其子送去国都作人质。渥巴锡汗忍了九年，此时再难忍受沙俄欺压，决心带领土尔扈特人返回东方。"

冰岚很想问问这沙俄的皇帝怎么会是个女人，但还是紧闭嘴巴忍住了。

"渥巴锡烧掉宫殿房屋，以示'誓死东走，绝不复返'之心，草原上熊熊烈火烧了三天三夜。渥巴锡命两员大将率领精兵任前锋，老弱妇孺在中间，他与勇士策伯克多尔济率兵殿后，带十七万土尔扈特人踏上东归之路。

"路上不断有哥萨克人围追堵截，又适逢隆冬，土尔扈特人死伤惨重。这日，他们至一峡谷，前方已为哥萨克人把持，后有追兵，土尔扈特人进退两难。渥巴锡英勇无比，机智过人，以驼队正面进攻，命策伯克多尔济率精兵绕至哥萨克兵身后，两面夹击。哥萨克兵腹背受敌，落荒而逃。至此，东归道路顺利打通。

"经历无数艰险，乾隆三十六年五月，策伯克多尔济率土尔扈特战士到达伊犁，与清军会合，大部人马也于六月回归大清。土尔扈特人东归历时八个月，行程一万数千里，震惊朝野。圣上大喜，又知归来的土尔扈特人饥寒交迫，当即命人急购皮衣、牛羊肉、粮食、布匹、帐篷等送去……并命渥巴锡至木兰围场觐见。

"木兰围场在热河行宫以北，原属蒙古王公，后敬献于圣祖①。圣祖酷爱打猎，尤爱猎虎。当今圣上爱之尤甚，常与武官比射，九矢能中七八矢，每年秋狝命诸皇子必至。

"九月初八，渥巴锡赶至木兰围场，勇士策伯克多尔济一同前往。乾隆皇帝自幼精通满、蒙、汉、藏四语，便用蒙古语欢迎渥巴锡。听闻渥巴锡讲述一路东行之不易，圣上感慨不已，

---

① 康熙皇帝。

当下封渥巴锡为卓哩克图汗，封策伯克多尔济为亲王，封两员前锋大将为郡王，并邀众英雄在木兰围场行猎，隆重款待。

"圣上特为土尔扈特部之东归题诗多首：'……无心蜀望犹初志，天与钦承益巩虔。'"

旺财只记住了这两句，便及时收住了话头儿。冰岚却听得痴了，浑然不知，托着腮，眼睛一眨不眨望着窗外，长长的眼睫毛覆盖着一层薄薄的雾气。她还深深沉浸在土尔扈特英雄与沙俄军队交战惊心动魄的故事里。旺财看到她入迷的样子，心下又得意又喜欢。不觉伸出手来想去轻轻刮一下冰岚的鼻尖儿，但又突然在半空停住，微微笑了笑，悄悄地走开了。

"这些，你又如何得知？"

冰岚突然回过神来，转头向旺财看去，这才发现旺财早就走了。冰岚脸一红，不好意思地笑了。窗外有一只黄腹山雀飞来，立在窗台上左顾右盼。黑色的头，鹅黄色的圆肚皮，翅膀上泛着蓝色的光泽。远处，柳枝轻轻舞动，一片嫩绿。

三

春天转瞬即逝。不经意间，翠绿的荷叶、浮萍和洁白的莲花破水而出。莲花一尘不染，花瓣厚重，质感细腻，很是清丽优雅。池中一片清凉。

冰岚对这个院子越来越喜欢。这院子里的金鹤轩是锁着不许人进的，其他地方却时时都要打扫，冰岚每日做的是打扫紫宸阁。即使这院子是和大人的别院、和大人根本不在这里住，紫宸阁内的一应陈设也保持纤尘不染。

一进门，正面是两把明代黄花梨木太师椅，因是明代民间最好的工匠流传下来的，四周雕刻的芍药团纹依然清晰可辨、栩栩如生。中间一张檀香木案儿，每日冰岚在上面的银盘里新摆上鲜花瓜果和果干蜜饯。案儿后的墙上挂着分别绘有梅花鹿、鲤鱼、仙鹤、金鸡的四幅彩墨画，用色无不鲜艳浓烈。两侧的方形紫檀花架上各有一个松柏盆景，崎岖的树干在紫砂盆里盘回，生出一根根松针，四季常青。

西边是一面蜀绣屏风，上面绣有花团锦簇的牡丹，每一朵都开得饱满，又肆意张扬。屏风后是一座纯金暖炉，冰弦特意跟冰岚说过，这是纯金制作的，并非鎏金或镶金。冰岚并不完全理解它们有什么区别，屋子里的东西都金光灿灿。暖炉旁有一张暖榻，上面摆放着黑檀木束腰鼓腿彭牙炕桌。

东面屋子的门口则摆着一对粉彩各色釉大瓶，十二个开光体内绘有山水花鸟人物画，进门的案儿上摆着一盆石榴盆景。房屋中有一张大紫檀木雕花书桌，书桌上放着羊脂玉笔架和紫檀云水纹笔筒，旁边的斗彩吉庆有余纹钵笔洗像是用也没有用过。案上一册《吕氏春秋》，显然许久未有人翻阅过。

案儿旁的圆形团纹架上，摆放了不少珍宝。最下方摆着两对粉彩百花图葫芦瓶，粉红色的釉底上画着红、黄、绿、蓝四色碎花，比冰岚在乡下过年时穿的大红袄子要更浓艳。镂空的粉彩转心瓶显得更别致些，中间一层靛蓝色的釉彩是用青金石磨制成粉再烧制成釉的。听冰弦姐姐说，这种釉料极为难得。最中间是个乌木支架，上面摆放着一块如血色般鲜红却又透亮的红玛瑙玉玦，左右两边各有一个霁蓝银彩梅花细瓶，其上有银线勾描，在光下熠熠生辉。即使在还没掌灯的黄昏时分，这对看起来素净的瓷瓶依旧有耀眼夺目的光泽。冰弦说过，金银彩是宫中特有的上釉手法，在和大人的书房内，却有不少金银彩器皿。上一层摆放着一对乌金地金彩团花纹葫芦瓶，乌黑发亮的乌金釉上，金团纹三三两两散落其间，犹如湖面上的浮萍一般或聚或散。金彩釉细如发丝，笔触却根根分明，闪烁着耀眼的金光。

这屋子里最稀奇的是一座西洋钟。一头白象上骑了个高鼻大眼的洋人，四周全是金箔的装饰，金光闪闪，看得人眼花缭乱。白象的左腹部有个圆形的钟表，每到一定时辰它都会响起清脆的声音。冰弦特意交代过，若这钟不走了或者不响了一定要告诉她，她要立刻找专门的工匠来修理。

以前冰弦虽时时给家里写信，但这么多年，冰岚只匆匆见过姐姐几次。如今天天在一起，自是分外亲近，有说不完的话。冰岚刚刚得知，姐姐十三岁那年来到京城是去了刑部曹司员家做奴婢。而姐姐一直提到的和府二太太，原也和她一样，是曹家的一个婢女。

二太太姓长，是家中长女，十一岁被送到曹家。曹家的司员太太原也是婢女出身，为人和善，见长姑娘生得标致，又聪明伶利、吃苦耐劳，与自己身世际遇颇像，便心生怜悯，不仅日日教她吟诗作赋、琴棋书画，更是手把手教她管家理财，竟像对待女儿一般。待长家姑娘十八岁时，说话做事已和大户人家小姐无异。

曹司员结识和大人后，希望通过长姑娘与和大人结为姻亲，便认长姑娘作义女。和大人看长姑娘不仅人长得漂亮，难得的是落落大方，毫不忸怩作态，便娶作二房。

和大人的原配夫人冯氏，祖父为总管内务府大臣英廉，在和大人落魄之时慧眼识人，百般提携，并把孙女嫁给他。和大人对冯氏自是敬爱有加，夫妻婚后一直恩爱。长姑娘进了和府，对待和大人以及冯氏亦是尊敬体贴，加上为人精明干练，善于操持家务，偌大一个和府被她管理得井井有条，和大人便将府中财权也一并交其管理。但凡财务支出用度、人员调配，和大人只信她一人，府中年轻人均称她为长二姑。自此，和大人一心经营官场事务，冯氏只安心相夫教子，二太太管理府内财务用人等各项杂事，三人互敬互爱，和和睦睦，让外人分外羡慕。几年前，冯氏所生长子丰绅殷德迎娶固伦和孝公主，和大人做了皇上的亲家。皇上心疼公主，金银、田地、绫罗绸缎、古玩玉器，嫁妆多得数都数不完，和府自然更是不敢怠慢，婚礼的一切事宜均由二太太操办，风光异常又得体守礼，人人交口称赞。虽和大人又娶了几房姨太太，但除了原配夫人冯氏，和大人最是看重二太太。

姐姐比二太太小几岁，当年进曹府后，深得司员太太和长姑娘喜欢。长姑娘出嫁时，她便作为陪嫁丫头一起进了和府。这么多年来，二太太像当年的司员太太一样，教导姐姐诗词书画、管家理财，虽是主仆，却也情同姐妹。和大人得了这个别院之后，二太太便让姐姐过来管事。

冰岚不住感慨，这曹家夫人真是菩萨心肠，因为她，两个出身低微的人做了原本一辈子都不可能做到的事。姐姐便告诉她，如今有姐姐在，在这院子里，她也可以读书认字，像二太太、姐姐和旺财一样。

四

这日清晨，冰岚正与姐姐坐在廊阶上说话，旺财急匆匆跑来说："冰弦姐姐，和大人马上要来别院，在云懿阁款待客人，刘总管命你们快些准备茶水。"

冰弦立刻带着冰岚来到厨房，准备了八样点心：牡丹酥、核桃酥、绿豆糕、豌豆黄、龙须酥、金丝糕、黄金饺和咸酥饼，另有十几盘果脯蜜饯，烧了井水，取出前几天刚送过来的上好碧螺春，用茶匙细细地盛了些在薄胎瓷做的茶盏里，又取来一对大红富贵牡丹花茶杯，放在黄花梨的托盘中。将新烧的水倒入黄铜的细口热水壶，让小丫鬟捧了果木炭炉，又烫了一壶梅子酒，带着一众丫鬟来到花园。

现在正值初夏，海棠花早已褪尽，满树葱绿的枝叶茂盛地生长。冰弦带着冰岚和几个丫鬟静静地候立在云懿阁中。

大约过了半个时辰，外面传来谈笑声，接着，一个三十五六岁、肤白貌美的男子走了进来。他身材微胖，气质富贵，穿着绛紫色的缂丝长衫，腰系羊脂玉佩，玉佩上雕有一匹千里马，雕工精细，栩栩如生。冰岚心想，此人想必便是大名鼎鼎的和珅和大人了。和大人几日前刚授文华殿大学士，仍兼吏部、户部尚书。

和珅身后跟着个身着深灰色绸缎长衫、满脸皱纹、身材瘦削的中年男子，脸上堆满了笑。进得云懿阁内，和珅客气地笑了笑，道："钱大人，请坐。来人，上茶！"

冰弦提起黄铜热水壶，将热水慢慢注入杯中，等水稍微凉了凉，用茶匙盛了碧螺春洒入杯中。不一会儿，茶叶在杯子里散开来，茶汤的颜色渐渐变绿，甚是好看。

茶上来之后，小丫鬟拿过来两把团扇。冰弦使了个眼色，便拿起其中的一把，站到了和大人身后。冰岚立刻明白了，拿起了另一把。那圆圆的扇面用上好的透明丝绢制成，扇面绣有大红色的富贵牡丹，每一针、每一线都绣得那么精致，还用白色和胭脂色的丝线绣了花边，远看犹如一朵花盛开在团扇上；即使近看，也能看到花朵和花边间不落痕迹的色彩变幻，真乃刺绣极品。

小丫鬟们摆好茶点，都退了下去，只留下主客二人和冰岚姐妹俩。和珅默默地品了一道茶，吃了一小口点心后，将茶杯放回到桌上。这时，冰岚才看清那茶杯，通体洁白，薄得如纸一般，杯身的弧形线条细腻流畅，在夕阳的照耀下通透如玉，完美无瑕。

钱大人作了个揖道："下官先给和大人道喜。御史曹锡宝自不量力，弹劾您的家臣，反倒落了个革职留任，实是自作自受。"

和珅微微一笑："钱大人，和某推荐的长芦盐政一职，可还满意？"

"钱某当年担任杭州织造便是托了和大人之福，如今又任长芦盐政，和大人再造之恩，钱某永世难忘。钱某此次进京，便先至和大人府上谢恩，特带了些江南的古玩玉器、绸缎字画，这是清单，不成敬意，还望和大人不要嫌弃。"

和珅接过真丝封皮的清单册打开看了一眼，满意地一笑，便合上揣在了身上。冰岚瞥见清单里面夹了一张票子。此时透过敞开的窗子，冰岚可以看到圆拱门的另一边，刘总管正带着手捧大大小小木匣盒的仆人向金鹤轩走去。

"钱大人有心，和某便笑纳了。钱大人再三托付和某，和某自当出力。和某做人一向如此，是自己人，便无论如何也要护他周全。你我交情可谓不浅，和某便也不隐瞒，那曹锡宝所奏之事，句句属实。"

"哦？承蒙和大人信任，对在下坦诚相告。不知和大人是如何化险为夷？"

"说来，此事还多亏了阿桂。"

"钱某更不懂了。和大人不是一向与阿桂交恶吗？"

"乾隆四十六年，圣上派和某与阿桂赴甘肃平定回人之乱。和某早于阿桂抵达，无奈海兰察等人均为阿桂部下，不听和某调遣。待阿桂至，和某抱怨诸将不听命令，阿桂口口声声说，若真如此，可军法处置。然而第二日，阿桂调遣，诸将皆从，阿桂便问我何故诬告诸将，当众让和某难堪。和某怎堪此辱，自此与阿桂势同水火。幸而皇上爱护和某，调和某回京扈驾热河。去年四月，阿桂之亲戚、员外郎海昇因夫妻口角，失手将其妻乌雅氏打死，谎称自缢而死。海昇的妻弟贵宁不服上告，圣上派纪昀等人调查，均报乌雅氏系自缢。和某自是不信，主张重新验尸。圣上派和某再查，和某证据在手，那乌雅氏系被踢身亡。海昇因此被革去职务，纪昀等均遭斥责。今年年初，曹锡宝便参奏和某管家刘全服装逾制、所购房屋逾制等事。圣上素知曹锡宝与阿桂、纪昀等人亲近，一听此奏报，便先认定曹锡宝受他人指使为海昇之事报复。再者，那曹锡宝将奏报交与同乡吴省钦阅看。他怎知，吴省钦之弟吴省兰为和某老师，吴省钦殿试时和某为读卷官，对其多方关照，吴省钦一向称和某为老师，自是把此事告知和某。待奏折呈给圣上，和某早让刘全毁其屋，扔其衣物，来日再赏他便是。如此，任谁都查不出什么。曹锡宝岂不是诬告么？"

"和大人得道多助啊！和大人对管家都如此仗义，钱某佩服之至。"

"和某没有别的本事，只是恩怨分明。但凡有恩于和某、忠心跟着和某的，定会一帮到底。得罪过和某的，定会记一辈子。"

"和大人快人快语，豪爽仗义！今后，钱某便唯和大人马首是瞻。和大人，钱某敬您一杯。"

和珅轻轻地呷了一口梅子酒："钱大人，听闻令侄钱忠与钱孝，在抄写《四库全书》。"

"正是。在下两个堂侄擅长书法，在下便托人推荐给了纪大人。"

"圣上命纪昀负责编纂《四库全书》，眼下最需要人才。还望二位公子好好表现。待来日，和某推荐他二人至国子监。"

"和大人的恩情，钱某一辈子都报不完！来日钱某定带二侄当面谢恩。"那钱大人忙起身作揖道谢。

"你我二人，见外的话再不必说。"

冰弦怕茶味淡了，便命人换上了新茶，这回上的是明前龙井。冰弦此次特意换了一套杯盏，冰岚细看，竟是白玉的。

此时和珅神色有些黯然道："圣上欲在紫禁城修建花园颐养天年。容妃娘娘离乡多年，思乡心切，圣上又命我修建礼拜寺。去年圣上南巡，和某修建两座行宫，未用国库一分一毫。钱大人不知，当年圣祖下江南，只需一万两银子，并倒贴三百万两治理水患。当今圣上哪次南巡少于三百万两？好在江南富庶，江南富商争相表现，地方官捐些差事和贡生名额，皆大欢喜。但如此，仅能两相持平。如今又有两件大事，和某难办啊！"

"近几年万岁爷出行、寿诞、接见使节等一应事务，和大人均操办得妥当，皇上甚是满意。和大人能者多劳！"

"钱大人莫取笑和某了。"

"和大人，圣上在紫禁城修建花园，莫不是要归政？"

"圣上圣体康健，我大清国泰民安。虽圣上说绝不超越圣祖，要在乾隆六十年归政，但终归此等大事非你我所能妄议。只是，圣上甚爱江南园景，除去建福宫，还要在宁寿宫再修一座花园。和某着工部设计纸样，圣上看了甚为满意，要我立即督办。花园之中有符望阁，仿建福宫延春阁之设计，却要高于延春阁，于其上可俯瞰紫禁城全貌。内装紫檀嵌玉栏罩、双面绣槛窗、点螺雕漆迎风板、沉香嵌玉花窗。内檐全部为紫檀和金丝楠木打造，墙壁则用沉香木。另有古华轩，轩内天花皆为楠木贴雕。还有倦勤斋，圣上爱竹，竹于北方易开裂，故需工匠用楠木细细雕刻出竹林模样，并做几十幅竹簧装饰画悬挂其间。花园中还要假山石、曲水流觞、珍奇花木……这仅为要办之一样。"

"如此精美讲究，若非和大人，旁人谁有如此眼光品位，真辛苦和大人了……方才，和大人说另一样是容妃娘娘的小礼拜寺，这容妃娘娘可是回部的？"

"正是。新疆南方回部长期受北方准噶尔控制，乾隆二十年，我大清平定准噶尔叛乱，南部和卓兄弟却又想拥兵自立，于次年举兵。乾隆二十三年，圣上派兵前往回疆征讨大小和卓，二人兵败西逃，进入巴达克山，被巴达克山首领素勒坦沙擒杀。

至此，大小和卓叛乱彻底平息。回部的额色尹、图尔都配合我清军作战，大小和卓之乱平息后，图尔都被封为一等台吉，将妹妹伊帕尔罕送入京城，联姻示好。伊帕尔罕在乾隆二十五年进宫，被封为容嫔，圣上特在宫外修宝月楼，供其居住，并依其习惯，准其穿回人服饰，特选回人厨师照料其膳食。乾隆三十三年，容嫔娘娘晋封为容妃。圣上为容妃制御诗多首，圣上所作诗，和某均记得：'轻舟遮莫岸边维，衣染荷香坐片时；叶屿花台云锦错，广寒乍拟是瑶池。'和某虽未见过容妃娘娘画像，却为容妃娘娘寻过画师，故而从画师处得知，容妃娘娘凤眼朱唇，皮肤白晰，姿容甚是娇丽。如今容妃娘娘进宫二十余载，思念家乡，圣上便命我建一座小礼拜寺，方便娘娘时时祷告。此等事情，自是马虎不得。"

"和大人与皇上最是贴心，此事皇上必交与和大人才放心。只是，又要辛苦和大人了……"

"和某一贯主张，银子当花则花，皇上想什么和某便做什么。当年皇上在圆明园之外修建长春园、万春园，在圆明园以西修建清漪园，依和某之见，实为高瞻远瞩。一可表示对先祖之恭敬，二可显示我大清盛世之风。况皇上情趣高雅，品味超凡，园子造得精美，便是为后世积福。一些人动辄劝谏不应过奢，依和某看，实为沽名钓誉。他们只顾自己声名，却不顾皇上清誉。皇上一向惜才，却唯独厌恨贪名之人。和某虽贪些小利，却从不矫饰，皇上知我甚深。如今皇上欲建宁寿宫花园，和某自当尽心竭力。只是，若皆用库银，和某也怕太过破费，越了祖制，让人说出什么，于皇上名声有损。"

"和大人所言极是。下官倒有一法子，不必过多动用库银，只需向官员收取议罪银。"

"何为议罪银？"和珅不解地问。

"犯了过错之官员，心中终究悔恨不已，若让其交些罚银，便免其小罪，减其大罪，岂不两全其美？"

"哈哈哈，钱大人任杭州织造时，便有许多好点子，连皇上都夸奖。如此甚妙！"和珅笑道，"来，钱大人，喝茶。"

冰岚后面的话没有听进去，倒是对那位容妃娘娘生出些许好奇来。云懿阁内不时传来欢声笑语，阁外鸟雀正叽叽喳喳地在树枝上活蹦乱跳。日落西山，渌水亭外，碧波荡漾，浮光跃金，一片祥和之景。

五

在这青山绿水的庭院里生活了一段时间之后，冰岚也渐渐习惯了府内奢华的气派、随处可见的奇珍异宝和隔三差五的赏赐。她当初穿进府的粗麻布衣已不知去向，取而代之的是几件有精致绣花的衣裙。冬有兔毛领的棉坎儿、夏有纱衣，生活十分体面。

两年后(1787 年)的秋天，天空上是一望无际的蓝，偶尔飘浮过几朵大团的白云。日光从一院的花草树木、亭台楼阁的缝隙中照耀下来，投射出大大小小的光斑。

旺财急急跑来说，和大人一个时辰后下朝，要直接来这里会见福长安大人。

日落时分，和珅带着一个身着朝服的人走进府门。年初，台湾林爽文之乱平息，和大人因承书谕旨刚刚晋封三等忠襄伯，声望如日中天，在满朝文武中可说无人能及。他似乎比上次见到略发福了些，戴着斗笠形朱纬吉服冠，冠顶镶嵌着一颗红宝石，后缀双眼花翎，身穿深蓝色的朝服，前胸为缂丝加彩绣仙鹤补子，白鹤站立于石头上，正欲展翅高飞。底部为孔雀羽毛夹织，色彩像是流动了起来。手上戴着个玉扳指，晶莹剔透，光泽艳丽，颈上佩着鲜红的珊瑚朝珠，看上去十分华贵。身旁的那人除了没有花翎和佩戴青金石朝珠外，服饰看起来与和珅完全相同，只是态度谦恭，与和珅怡然自得的神态截然不同。

两人走到渌水亭内停下脚步，冰弦便命人奉上茶水。茶杯竟是用翡翠做的，在阳光的照射下，那几乎透明的翠色是如此纯粹，没有一丝杂质，可见其难得。冰岚不禁暗暗感叹。

"和大人，您这翡翠杯真是稀有！"

"是和某唐突了。你我同朝为官，都知我大清祖制，官员至多使用金杯。只是和某一向未把福大人当外人，便未避嫌。"

"承蒙和大人厚爱，下官惶恐之及，怎敢造次？和大人这别院甚佳。碧波倒清影，柳枝弄涟漪。"

"福大人说话可要当心。"

"哦？请和大人指教。"

和珅笑了笑，道："碧波倒清影，单是中间的'倒清'二字就出了问题。"

福长安忙道："下官知罪，还望和大人包涵！"

"福大人，你我自己人，说了便说了。和某只是想起乾隆二十四年胡中藻那句'一把心肠论浊清'来。那些人糊涂，你我却不能被别人抓住把柄。"

福长安明白，和珅所指的胡中藻，乃乾隆元年进士，后官至内阁学士，兼侍郎衔，为先朝重臣鄂尔泰的得意门生。皇上对鄂尔泰等老臣不满，便以胡中藻在《坚磨生诗钞》中写下"一把心肠论浊清""一世无日月，又降一世夏秋冬"等诗句治罪。乾隆二十四年四月，胡中藻被斩首示众。

福长安忙把头低了道："是是是，下官大意了。"

"好了，不说此事。这园子本是康熙年间武英殿大学士、太子太傅纳兰明珠的府邸。和某当年从苏凌阿那儿得了手抄本《石头记》，呈给皇上，皇上读后曾说：'此盖为明珠家事作也。'那明珠的四世孙成安对和某不敬，屡次诋毁冒犯，和某岂能容他，寻了个罪将他家产抄没了。圣上将此院赏赐给和某，当作别院。园子虽小些，却也别致。福大人，请随和某去云懿阁叙话，今日就在这别院用个便膳吧。"

福长安心下大喜，连忙躬身作揖道谢。

进得云懿阁，落座之后，福长安道："和大人，下官的内弟，为人忠厚老实，只是苦于无职无名，无所事事。下官在圣上面前说不上话，只能求助于和大人！"

"福康安大人近来可好？"

"这……"福长安被问得有些意外，略有迟疑，之后答道：
"兄长挂帅平定台湾林爽文之乱后，就任闽浙总督，不久前转
任两广总督，主持征安南事宜。兄长长年在外征战，我与兄长
聚少离多，竟是比不得和大人您更亲近。"

"和某要为舍弟和琳，向福大人道个歉。令兄刚就任两广
总督，便托老部下、湖北按察使李天培将一千八百根大木料运
至京中建造房屋，李天培为省运费，竟利用湖北漕船。舍弟任
巡漕御史，不敢包庇，据实上奏弹劾。皇上命阿桂审理此案，
查明情况属实，李天培被革职戍边。舍弟不懂事，还望福康安
大人见谅。"

"和大人哪里话。令弟受命于朝廷，自当秉公办事，何错
之有。只怪李天培不会办事，不该徇私枉法。"

"京城有人传言，和某与令兄不和，故意以此事刁难。更有
甚者，说和某一石三鸟——刁难令兄、挑拨令兄与阿桂二人、
为和琳谋功名。此言实属诽谤。又有人说，福康安大人讨平后
藏，巡抚四川，刚回京城便总督两广，皆因和某左右皇上不让
福大人回京，和某百口莫辩。福大人神勇，屡立战功，为我大
清之能臣，皇上以其为封疆大吏，乃知人善用。不像和某，才
能不及，无尺寸之功，只能安于京城。"

"如此谣言，福某不信，兄长自不会信，和大人也切莫当
真。若三哥以前有得罪和大人之处，福某在此向和大人赔罪，

还望和大人海量，不予计较。"

正说话时，冰弦泡好了普洱茶端上来。这一回，她换上了一套羊脂玉的茶盏。

"来，福大人喝茶。"

"素闻和大人与和琳兄弟情深，今日可知，和大人对胞弟关爱至深，思虑至周，福某着实感动。"

"福大人出身名门。曾祖米思翰大人、祖父李荣保大人皆为名臣。令尊傅恒大人，为孝贤纯皇后富察氏胞弟，皇上万分倚重。平定金川、平定新疆准噶尔达瓦齐之乱、督师进征缅甸，令尊战功赫赫，百岁后得以配享太庙。福大人之长兄福灵安为多罗额驸，二哥福隆安为和嘉公主额驸，袭一等忠勇公。三哥福康安，跟随阿桂平定甘肃回教之乱，官至陕甘总督，封嘉勇侯，再任户部、吏部尚书，协办大学士，又任闽浙总督、两广总督。福大人您，进入军机处学习行走，参与平定林爽文之乱。富察家可谓世代忠勇，祖上荫封甚厚。和某怎能与福大人相比。和某祖上无功无名，母亲早亡，继母对我兄弟二人刻薄。父亲去世，和某才得以补缺。老父在福建任上病故，和某无钱运棺椁回京，只得派刘全去借，屡遭冷眼。和某十几岁，在这京城之中无依无靠，只与兄弟和一个家奴相依为命，其中艰难非福大人所能体会。"

"兄台至情至性，小弟敬佩之至。今后兄台便如同福某同胞兄长，小弟愿为兄台效犬马之劳。"

"和某早已将福大人看作自家兄弟了。贤弟，请喝茶。"

和珅拿起茶盏，凑到嘴边轻轻吹动，茶叶在汤水中舒展开来，再散开，最后沉于盏底。福长安见和珅如此气定神闲，有点沉不住气，他殷切的表情已被和珅尽收眼底。和珅慢慢晃动了一下玉盏，琥珀色的茶汤随之荡漾起来。

"听闻你的这位内弟喜爱字画……"

福长安一下子变得轻松起来："和大人书法了得，又懂收藏，下官的内弟最近得了多幅字画，有阎立本《孔子弟子像》、唐寅《溪渔图》、董其昌《品茶图》、崔白《双喜图》、马远《山水人物图》，府上师爷说均为真迹，下官却并不懂，不如日后派人送来和大人府上，请和大人品鉴。"

和珅微微一笑，"圣上最爱书法字画，真有这些宝贝，定能讨圣上欢心。既如此，为兄先替圣上鉴赏。贤弟，多谢了！来，来，请喝茶！"

不知不觉，天色黑了下来。云懿阁里早早地点起了灯火。屋内四周摆放了几座华丽而繁复的烛台架，每一座上面都燃着几十支烛火，一时间云懿阁里亮如白昼。

丫鬟陆续端上了晚膳的菜肴。先是四干果和四蜜饯，又上了十几个五彩花蝶纹的攒盘，里面盛着各式精致的点心，有豌豆黄、绿豆凉糕、金瓜糕、红参糕，五颜六色，令人垂涎欲滴。

可和珅和福长安竟然动也不动一筷，只是慢慢地说着话，品些茶水。

不一会儿，王海端着一个瓷汤盆走过来。王海是这别院的厨师管事，苏州人，与旺财关系甚好。他一家兄弟四个都当厨师，父亲是苏州名厨，被和大人发现后，请到和府当了厨师管事。兄弟四个里以王海厨艺最高，父亲便把他也带来京城，刘总管把他分到了别院。别院和正院离得极近，和府有重要宴请时，王海自是过去给父亲帮忙。大部分时间他便在这别院调教厨师。因为王海，冰岚等众人时常能吃上金丝馒头、枣糕以及各式点心。

王海将瓷汤盆的盖子掀开，报了菜名："珍珠烩牡丹。"冰岚迫不急待地向那汤盆中望去，一盆琼浆玉液中洒落无数圆形的小珍珠，中间的白牡丹花瓣簇拥着一丛鲜红色花蕊，三片青菜点缀四周，如同牡丹的叶子。听王海介绍才知，那"牡丹"是上等银耳，散落的珍珠是鳜鱼肉和猪肥膘肉做的小丸子，配以浓浓的高汤。

第二道菜是燕窝把酒炖鸭子。燕窝是什么冰岚不知道，除了鸭子认得外，找了半天也不知那燕窝到底藏在哪。和珅小小地尝了一口说道："贤弟，你是给圣上进过御膳的，定知圣上喜食燕窝。今天尝尝我府上的燕窝炖鸭如何？"福长安第一道菜没吃几口，这一道却是吃了不少。听和珅这样一问，忙停箸夸道："此燕窝定是南洋上等血燕，如此美味，小弟平生第一次尝到！"

说话间第三道菜端上来了：金饺鱼珠。这道菜用了鱼肉、虾肉、猪肉，中间是红色的糖醋烧肉，四周是金黄色的饺子，做成半月的形状，两个拼摆成一个圆，最外侧是几粒摆在贝壳上的鱼肉元子，浑圆雪白，透着有如东珠一般的光泽，看上去又鲜嫩软糯，真是既饱了口福又饱了眼福。

第四道菜是乌龙卧瑞雪，用的是大乌参、鸡柳、螃蟹肉、老母鸡、猪排骨、瘦牛肉、鲜牛奶和高汤等制成，果然如一条乌龙横卧瑞雪之上。之后又上了黄焖鱼翅、明月影丹凤、花月里脊、茉莉玉带、芙蓉羊肚菌、罗汉菜心、水晶虾饺、猪肉茄子提折包子、百合咸肉粥等。

和珅和福长安不紧不慢地聊着天，冰岚却是全然没有听进去，她的心思都在这满桌的菜品上，望着眼前满满一桌子精美的膳食，冰岚只感到眼花缭乱，心中赞叹不绝。来到京城之前，她吃过的最好吃的东西就是生日时娘做的荷包蛋面了。虽然进府后吃到了许多没有吃过的东西，但这样一桌子菜，别说做出来，她想都不可能想得出来，说这些东西是天上仙人吃的都不为过。这些饭菜，若是娘能吃到，不知心里会有多么欢喜。

她偷偷望向和珅。和珅自是吃惯了，只是偶尔夹上一两口，慢慢地品尝一下，倒像是一会儿还有一顿宴席等着他一般。突然间，冰岚想起旺财说过，和大人最爱吃的东西是猪大肠，差点儿没忍住笑出声来。

酒席散去，冰岚私下问冰弦，那些动也没动过的菜肴怎么办。冰弦说，和大人这样的贵人，宴席之后那些菜品都是各大茶楼酒肆的争抢之物，刘总管自会派专人以高价卖掉。冰岚偷偷想，若真如此，那刘总管一定攒足了钱财，难怪上次有人弹劾刘总管。这种事情，还是不要再追问了，尤其不能问旺财。

天阶夜色凉如水，幽幽星空下，秋日的徐徐清风格外闲适。

冰岚一抬头，只见檐角那红红的圆灯笼正发着微光，远处的天幕上，月朗星稀，一片墨黛晴空。

两日后黄昏时分，门外响起马蹄声，旺财开门后，发现是刘总管带人来了。八辆马车依次排开停在院内，旺财领着二十几个小厮去门口抬东西。冰岚想不通：不就是几幅字画吗？哪里需要八辆马车运送！即使是阎什么那些人的真迹，也不至于这么多车马护送吧！

所有箱子都卸下来，刘总管带来的管家婆子们便开始清点东西。冰岚才明白，除了那些字画，还有不少珠宝玉石也被送了过来，之后就被塞进了东院的金鹤轩。

冰岚后来从冰弦那里得知，像金鹤轩这样存放宝贝的屋子，在和府正院就有六个，和大人在京城内住处有十几所，自己现在只是在其中的一所院落罢了。

六

乾隆五十四年（1789 年）春，院子里海棠飘香。今年的花比往年的更红、更艳。

大红色的霞帔摆在侧房内，上面的仙鹤和海棠花，在烛光的照耀下流光溢彩。架子上的罗裙上绣满了西番莲的图案，裙底的云水纹有一层淡淡的银色。旁边的空榻上放着银光闪闪的步摇，两边垂下红宝石的长穗子。那红宝石色泽有些浑浊，却已是冰岚此生难以想象的璀璨浮华。窗纸由院子里其他姐妹们筹钱重新糊了一层，红烛晕染了一纸暖光，帐子上是簇簇花团，隐约光华熠熠。这是冰岚和旺财的婚房。旺财是刘总管的远亲，冰岚又是这别院管事丫头的妹妹，刘总管便命人收拾了一间单独的佣人房出来。

在自己房里的最后一晚，冰岚辗转反侧，怎么也睡不着。她怕吵着同屋的两个姐妹，便披上件衣服，来到姐姐门前，轻轻地敲了敲门。

冰弦把冰岚让进屋里，将铺盖抻开，自己向里挪了挪。冰岚钻到了被窝里，依偎着姐姐。

"姐姐这样漂亮，又能干，为何不愿嫁人？"

冰弦望向头顶上仿佛一个虚无缥缈的地方，过了很久才说："喜欢姐姐之人，姐姐均不喜欢。"

"作为女人，不是终归都要嫁人？"

"姐姐看到太多女子所托非人，婚后忍受苦楚，便不愿将就。刘总管向二太太提过多次了，欲纳我为妾。二太太都挡了回去。二太太待我有如亲姐姐一般，自是不会害我。先不说做妾，即使当正室夫人，以刘总管那样的人品，怎能落个善终？"

"二太太不是嫁得很好？大太太冯氏，姐姐不是说她与和大人夫妻恩爱，敬重有加？"

"人人说和大人是我大清'二皇帝'，要风得风，要雨得雨。他对大太太、二太太以及兄弟子女也好。但是妹妹可记得，和大人说过要给当今圣上造一个园子，那园子里的楼阁是紫檀木的檐，沉香做的壁。前几日二太太喊我过去说话，在园子里我偏见到了个一模一样的屋子，满屋子华丽的木头墙壁。和大人的园子与当今皇上的一样，若被别人知道了会怎样？姐姐为二太太担心，二太太自己也担心。

"二太太虽是妾，但得和大人看重，又当家，自是与别人不同。和大人娶过一个妾，叫做卿怜，原是浙江巡抚王亶望的爱妾。王亶望因在甘肃任布政使时冒领赈灾款，连同陕甘总督五十余人被处死。有人便将卿怜献给和大人，和大人特地在海淀给她买了个院子。想这卿怜，左不过人长得美，懂诗词音律，便被礼物般送来送去，她自己可愿意？

"人人都说，一入侯门深似海，深宅大院里的勾心斗角、尔虞我诈，甚至你死我活，比平常人家多了多少。别说做妾满是委屈，即使当了正妻又能如何？妹妹可记得，上次和大人说过，那个乌雅氏，因夫妻吵架被丈夫踢死。再有，即便尊贵如皇后，不也一样是落得个伤心悔恨，孤独终老？"

"姐姐说哪个皇后？"

"便是当今圣上的第二位皇后——乌拉那拉氏。

"皇上第一位皇后富察氏，死于皇上南巡的船上。她去世后皇上伤心不已，常去祭奠缅怀。

"第二位皇后乌拉那拉氏便无此等荣光了。二十四年前的冬天，圣上巡幸江南，皇后娘娘等一众嫔妃随行。一晚，不知何故，皇后被偷偷遣送回宫幽禁，收了历次册宝，形同废后。

第二年便薨了。听二太太说，她未以皇后之规格下葬，只以皇贵妃礼葬，不设神牌，没有祭享。此后皇上对她只字不提。

"锦衣玉食又如何？贵为皇后又如何？不一样含悲饮苦、凄惨孤独？

"姐姐不想嫁人。如今你我都在和府做事，母亲一人在家，将来她年纪大了，总要有人照顾，我便回去照顾她，给她送终。妹妹，旺财是好人，这是妹妹的福分。从前有姐姐护着你，现在有旺财护着你，但妹妹将来须学会护着自己。"

"嗯。"冰岚把头埋在姐姐的肩上。眼里有泪光闪烁。

也不知聊了多久，窗外淅淅沥沥下起小雨来，春风吹灭了蜡烛，二人沉沉入睡。雨下了三刻就停了，明日必是个艳阳天。

七

"和大人请慢些。"和珅的车马停在了别院门口，苏凌阿先下了车，亲手搀扶和珅下来。和珅早就蓄起了胡须，但仍显得比以前白净富贵。他身穿一件品月色地缠枝莲暗纹丝绸长袍，外面套了一件宝蓝色香云纱马甲，头戴一顶丝绸便帽，上面镶嵌着一颗祖母绿的宝石。服装制作上乘，暗纹的刺绣技艺精湛，显然是苏绣的名品。苏凌阿看上去有些年岁了，身穿一件沉香色绸缎便袍，外罩一件绛红色暗花福寿纹马甲，须发微白，但是虎背熊腰，神采奕奕。

苏凌阿在官场摸爬滚打几十年，始终得不到重用，不过老来得一女，貌美如花，他千方百计要与和珅攀上亲家，终于如愿将女儿嫁给了和琳的儿子丰绅伊绵，从此官运亨通，如今为户部侍郎。

别院的门又轻轻关上了，马车停到了后院。

和珅与苏凌阿直接进了紫宸阁。冰弦带着丫鬟们鱼贯而入，送上精美的点心和今春新到的阳羡茶。

"苏大人，今年圣上八旬万寿，须早早筹备才好。"

"和大人，下官特为此事而来。和大人今年统领圣上万寿节庆典事宜，更要给圣上献礼谢恩。下官带了些东西，请和大人过目，看是否有称意的。"

苏凌阿命人把那些礼物拿了上来。第一件是纯金打造的镂空六角形匣盒，盒盖正中有红碧玺雕刻而成的花朵，盒子周边整齐地镶着红宝石、蓝宝石、祖母绿和碧玺，颜色排列有序，鲜艳夺目。第二件是一整套玉石印章，章身有的刻成了山水，有的雕着瑞兽，尚未刻字，盛在一个精美的木匣子里。第三件是一座象牙的山水雕刻，乳白色的象牙质地细腻，山上的树木都雕得一丝不苟，连树叶都清晰可见，做工上乘。最后是一件羊脂玉的如意，通体油润，乳白的颜色既温润又透亮，带了块金黄色鲜亮的皮子，十分难得。

和珅仔细地把纯金打造的匣盒看了几遍，又把玩着象牙雕塑和玉如意，爱不释手。之后看了一下玉石套章说道："苏大人爽快，所呈之物皆为稀世珍宝。依和某看，圣上最爱书法字画，书法造诣了得，又常写字消遣。合圣上心意的，当数这组印章石。和某可命人篆刻《元音寿牒》组章，定得圣上欢心。"

"和大人最知圣上。这些和大人均留下，如何送依和大人之意。"

和珅做了个手势，命人把东西收走。

"和大人，圣上之意，是遵照先太后历次万寿庆典之典仪？"

"苏大人聪明一世，糊涂一时，"和珅微微眯起了眼，"孝圣宪皇后虽经历盛世，生前却不愿皇上破费，万寿节便从简了。如今天下安定、国富民强，又适逢皇上八十万寿，自然要普天同庆，彰显我大清之盛世。"

"依和大人之见该如何筹备？"

"依和某之意，圣上的万寿庆典从七月便开始操办，直到八月寿诞，连续两个月。"

"和大人，七月份，圣上尚在热河行宫。"

"和某便想从热河行宫一路办回京城。行宫也上下重新装点，各殿上均撒上金箔，另挖个池塘喂养锦鲤。回京官道重新铺，多建些亭台楼阁，供途中休息。如此一算，你我须尽快筹备。"

"和大人，如今国库虽充盈，但此举……"

"如今国库充盈，百姓富足。圣上曾说，'天地生财止有此数，不散于下，而聚于上'，天下是圣上的天下，天下钱财，自然当供圣上享用。"

"和大人高见，果然与我等凡人不同。"苏凌阿已经猜到和珅的用意，便道，"圣上万寿庆典，理应好好筹备，不能出半点纰漏。下官以为，应多报五百万两，以防万一。圣上一贯体恤臣下，如今圣上八十寿诞，各级官员可以自捐廉俸，为圣上庆祝。"

看到苏凌阿领悟得如此之好，和珅露出微笑，连连点头。

这是乾隆五十五年（1790年）的三月，花园里一树海棠开得正好，天朗气清，春和景明。

冰岚两个月前刚刚生下一对双胞胎兄弟，旺财给他们取名为崔海和崔棠。

紫禁城内，鸟语花香，春意盎然。阳光像千丝万缕的细线透过两株茂盛的海棠，照射在养心殿的窗棂上，透过隔扇门，将海棠花形的窗格印在养心殿的地板上。

养心殿里静得出奇，宝座后面靠墙的格架上摆满了书。宝座上方雍正皇帝御笔亲书的"中正仁和"匾额似乎浸透了岁月的沧桑，嵌在鎏金装饰的墙壁上，屋顶也全部是鎏金的，被透进来的阳光映得金碧辉煌。左右柱子上有乾隆皇帝书写的对联：

旭日射铜龙，上阳春晓；
和风翔玉燕，中禁花浓。

穿过西侧的两座月亮形紫檀雕花隔扇门，便是西暖阁。门口有一对儿黄地胭脂红彩花瓠。北侧摆着一个紫檀木多宝格，上面摆满了稀世宝贝。第一层有四件玉雕，一件翡翠雕鹤鹿同春图的山子，一件碧玉雕采玉图山子，一件白玉雕桐荫仕女图山子，最精巧的要数翡翠雕的一件卧牛了，翡翠通体洁白，牛角处正好是黄翡，前蹄为墨绿色，身上又有翠绿色的纹理，光洁圆润，色彩艳丽。第二层有三个宝石盆景，最漂亮的一盆是翡翠牡丹，一朵是用黄翡雕成，一朵白里透着青葱绿，另一朵是白玉雕成，又有其他花朵装饰在周围，叶子则是墨绿色的碧玉雕刻而成，可谓巧夺天工，栩栩如生。另两个盆景一个是白玉雕的玉兰，一个是青金石与蜜腊雕的佛手。再往下则摆放着两对瓷瓶，一对粉彩镂空套瓶，瓶身下半部分是镂空的品月色祥云，上半部分则是宝蓝地四季花，花朵和周遭的海水纹刻画得细细密密，通体闪着青金石一般的光泽。另一对儿为霁兰釉描金花卉诗句瓶，瓶口及腹部均为海棠花瓣形，在瓶腹部的开光体中，分别绘有四季花卉荷花、梅花、芙蓉和牡丹，以及乾隆皇帝的亲笔御诗。

旁边是一张紫檀木雕龙书桌。书桌上的白玉佛手花插里插着一枝新折的桃花。一张宣纸铺开在书桌的正中。

乾隆皇帝身穿一件绛色绸缎暗花常袍，手中拿着一支狼毫笔，歪着头凝神而思。他虽是一位即将八十岁的老人，却精神矍铄，满面红光，看上去顶多六十多岁。十年前的七十寿辰，他历数秦汉以降历代帝王，发现寿登古稀者仅六人——汉武帝、梁武帝、唐明皇、宋高宗、元世祖、明太祖。五年前，正值他即位五十年，曾写下"七旬登寿凡六帝，五十纪年惟一人。汉武却非所景仰，宋家高孝更非伦"。如今，八十大寿转眼就到了。

他拿起旁边的红彩诗句盖碗呷了一口，这是他自创的三清茶——以储藏的冬日雪水烹制梅花、松仁和佛手，再冲泡上好的雨前龙井，不仅口味绝佳，而且强身健体，醒脑提神。

自古帝王登八旬者惟梁武帝、宋高宗、元世祖三人。梁武帝萧衍享年八十五岁，在位四十八年，但他长年处于一隅，如何与自己相比？宋高宗赵构，享年八十岁，在位三十六年，可惜他建都临安，仅有半壁江山。元世祖忽必烈，享年八十一岁，在位三十五年，在位时间太短。这些人里，又有几个像自己一样，是曾玄绕膝的呢？乾隆皇帝眯起眼睛呵呵地笑了，在纸上续了一句诗：

八旬开袤春秋永，五代同堂今古稀。

忽然，一丝隐隐的不安袭上心头。今年元旦①，他按照往年的惯例去建福宫写福字。皇子皇孙后宫妃嫔以及满朝文武，都以讨到皇上御笔福字为荣。今年是八十寿诞，写的福字更要比往年多些。可是写了几个字后，突然就想起圣祖来。圣祖能把"子""田""寿""才"合成一个"福"字，寓意多才、多子、多田、多寿、多福。他刚登基时就把圣祖写的福字刻成了碑，一直存在建福宫。那天突然想看这块碑，却怎么也找不到

---

① 指农历正月初一。

了。他虽没有声张，但这事越想越蹊跷，宫里的东西怎么说丢就丢了呢？

这时，旁边的落地西式座钟敲响了。这是一座英国造的铜镀金西洋钟，分为四层，最上层有两个小人，第二层有一个敲乐器的小人，第三层是个钟表，最下层有一个半跪着的洋人。每两层之间都密密麻麻嵌满了红宝石、蓝宝石、祖母绿和碎钻石。乾隆放下笔，起身走到钟表前，看着最上层的两个小人缓缓展开一个写有"万寿无疆"的横幅，第二层的小人开始像模像样地敲打乐器。乾隆童心大起，调皮地一笑，按了一下座钟后面的机关，最下层半跪的洋人便开始写字，一会儿，他桌前的纸上就写上了"八方向化，九土来王"八个汉字。乾隆开心地笑出了声。这是和珅弄来的，满朝文武，只有和珅最了解自己的心思。我大清盛世，可不是四海来拜？

几个月飞快地过去了。

八月十二日吃过早饭，冰岚和旺财就一人在胸前兜着一个孩子，到街上去看热闹。

乾隆皇帝八十寿诞的万寿庆典早在七月便从热河开始了。和大人七月一直不在京城，他总管庆典一切事宜，自是忙碌异常。听说八月圣上起驾回京，住到了圆明园。八月十二这一天，是圣上寿诞的前一天，圣上要从圆明园回銮，几个月前道路两侧就开始搭台建亭、树坊设棚，听说可以观戏曲歌舞，看杂耍百戏。特别是有个叫三庆班的徽戏戏班进京祝贺圣上万寿，从西华门到西直门每几十步便设一戏台。这一天百姓倾城而出，争睹圣上龙颜。冰弦知道大家这两日都想去看热闹，便自己留守别院，留了些府兵，其他人便打发上街玩去了。

旺财带着冰岚出了后海，便是地安门。天安门、地安门、东华门、西华门，为皇城的四个门。这皇城之内住的多是王公大臣，不是人人都能进来的。王海一早带着众多丫鬟仆役去了西直门，说是要一路看过去，不能听百戏也能听上二三成，然后他要在那里等圣上的銮驾。冰岚怎么也想不明白，他们出了地安门再想进皇城该怎么办。她和旺财带着两个半岁的孩子，只准备在这皇城内走走看看。

过了万宁桥，道路两侧果然亭台楼阁林立，雕梁画栋，色彩斑斓。这些新搭建的亭台楼阁里有唱戏的，有变戏法的，有说书的，冰岚还头一次听了苏州评弹。她知道皇上喜欢下江南，现在她终于听到了江南的腔调是什么样的，那江南女子声音温婉细腻，唱得千回百转。还有一座百官祝寿的亭子，亭子中是一个圆柱子，上面贴有百官贺寿图，其中含有机括，画图会转动，就像百官在转着圈作揖，颇有趣味。整条街五步一亭台，十步一牌坊，彩灯高悬，流光溢彩，笙箫鼓钹，不绝于耳。路上的人多穿着官服，但也有不少像他们这样的平民百姓，扶着白发的老人，牵着几岁的孩童，欢天喜地，热闹非凡。

走到福佑寺，前面便拦住了，说是皇上要从西华门回宫，不远是朝中百官迎驾的地方。冰岚头一次看到了紫禁城的角楼，这紫禁城果然是气派。在福佑寺前面，她更见到了许多稀奇的玩意儿。特别是白象庆寿，几头外番进贡的高头白象装扮得非常漂亮，它们能在人的指挥下听话地做出许多动作来，时而跷起两条前腿，时而甩着尾巴转圈，笑眯眯的眼睛和憨厚的表情让人忍俊不禁。冰岚抱着的崔棠虽然刚刚半岁，看到白象竟高兴得一直挥动小手，踢着小腿，笑得口水都流出来了。

这一路看下来，丝竹歌乐不绝于耳，舞蹈戏曲精彩连连。人们在街上逗留大半天，仍是意犹未尽，不觉疲累。一直到太阳快落山，圣上的銮驾终于回到皇城。冰岚偏偏此时找了个僻静的地方喂孩子吃奶，错过了观看圣上的銮仪。远远地，就听到鼓乐齐鸣，马蹄声声，百姓伏地高呼万岁。冰岚让旺财自己去看，旺财不放心母子三人，非要在旁边陪着，两人只好听着声音想象着圣上金黄色的车驾、明黄色的华盖和长长的队伍。过了很长时间，鼓乐之声才渐渐远去，冰岚和旺财抱着熟睡的两个孩子再回到街上时，已经连队伍的影子也看不见了。此时，西边天空的云霞一片金黄，一轮红日正慢慢沉下山去。

第二日，是皇上的寿诞，这一天更是举国欢庆，热闹异常。冰岚和旺财上午做完了府里的差事，下午又带着两个孩子上街看热闹。这一次他们往东边走，一路上不仅有吹拉弹唱，还见识了白猿捧寿的表演。日落前，他们走到东华门，看到各州府以及各国使节送礼的马车依然络绎不绝，还有许多须发斑白的老寿星进宫。原来这些都是从全国各地找来的百岁老人，今日皇上赐宴，他们得以入宫祝贺皇上寿辰。

天上升起了一颗星星，在落日余晖染成的粉蓝色天空中闪闪发光。

不一会儿，紫禁城里锣鼓声声，笙乐齐鸣，宫里的万寿宴开始了。太和殿里，朱壁金柱富丽堂皇，有暖玉宝座，其上飞龙走凤；四周金炉上烟雾飘飘袅袅，宛如蓬莱仙境。戏台上正在演《九如颂歌》，吉利喜庆，热闹非常。乾隆皇帝面前摆着冷菜、热菜、点心、鲜果等一百零九道菜品，每一样都精致华美，盛在特制的掐丝珐琅万寿无疆碗中，金光灿灿，映衬着殿内的一片富丽堂皇。众人推杯换盏，觥筹交错。乾隆虽然年事已高，但是身体康健，酒力丝毫不减。看到这歌舞升平的盛况，面对满朝文武以及龙子龙孙，乾隆心下大喜，举杯说道："汉唐以来，帝王寿登八旬者唯梁武帝、宋高宗和元世祖，不是偏安之君，便是未见五代。朕这一生，曾玄绕膝，文治武功，上对列祖列宗，下对黎民百姓，朕都问心无愧。"

和珅最先起身说道："臣恭祝皇上万寿无疆！愿我大清，四海升平，八方宁静，万邦来朝，永世太平。"随即，众臣都起身附和："皇上万寿无疆，万岁万岁万万岁。"

座下众臣山呼万岁，座上帝王举杯欢笑。一室金堆玉砌、瑰丽繁华，目所能及之处，有金钿明灭的光彩，也有氤氲檀香翻腾的云霞。

此时，殿外放起了焰火。墨黛色的天空中，烟花飞腾，火焰伴着星辰翩翩起舞。虽然昙花一现，却此起彼伏地在天空中绽放出一簇簇姹紫嫣红。花火如雨，坠落纷纷，仿佛触手可及。夜色开始变得温暖起来，一团团金黄色的光束好像绽出了一片月圆，为它脚下的芸芸众生送去一场盛世繁华。

八

乾隆五十八年九月（1793年10月），京城。

今年的秋天似乎来得格外早。后海沿岸的柳枝没有了往日的色彩，过早地飘下几片发黄的叶子，浮在水面上。秋风吹拂，那一池湖水也有了一丝寒气，荡漾着几圈不大不小的涟漪。刚下过一场小雨，洗去了夏日的浮躁，只留下一丝肃杀，渌水亭隐藏在渌水池上的一片蒙蒙雾气之中。

紫宸阁里轻烟缭绕，从鎏金铜兽的香炉里飘散开来，那是上好的檀香。和珅和福长安两个人都穿着便装，斜靠在床榻上。小桌上摆着干果蜜饯和精致的点心，两盏秋梨炖银耳，玲珑剔透的和田玉杯盏中是上好的郑宅茶。

三年以来和珅第一次来这别院。他的样貌变化不大，面色反倒更显红润了些，只是以前一贯的谦恭和气似乎不见了，骄横之气溢于言表。冰弦带着冰岚等丫鬟低眉垂首侍立一旁，赔着万分的小心，生怕出了什么差错。

"兄长可还在躲那马戛尔尼？"

"不躲又能如何。"

"小弟知兄长为此事烦心，特来看望兄长。此次随兄长于热河招待英使，也算长见识。"

"英吉利国使团太不懂事，单说这觐见的礼数，双膝下跪又有何难？！我说他国使节均下跪，他们竟说因其为大清藩属国，英吉利国不同。他们若下跪，我满朝文武须对其国王画像下跪。幸而为兄两头说和，圣上同意单膝下跪。"

"兄长所言极是！但英吉利国所送之物，倒也新奇。"

"天球仪、地球仪、望远镜，手枪、步枪，大清确实不曾有。皇上圣明，交代不能在洋人面前丢颜面，为兄便谎称大清皆有，按皇上之意，薄来厚往，赏英王及使臣丝绸、瓷器、玉器三千余件，显示我大清之威。"

"马戛尔尼一味缠着兄长，所为何事？"

"英吉利欲派人常驻京城，遭皇上断然拒绝，便希望为兄递话。又拿来一国书，提出开放珠山、宁波、天津口岸通商，在京城设立货栈，取消澳门和广州之间的转口税，在珠山附近划一个小岛给英商，并在广州划地给英商，允其自由传教。为兄不接话，他们便苦苦相缠。惹恼皇上之事，为兄怎可为之！"

"兄台所言极是。"

"贤弟可知为何皇上只信我一人，无数人与我作对，偏偏动我不得？只因我从不费神乱想，只揣摩圣意便够了。皇上如何想，我便如何说，皇上要做什么，我便替皇上做。皇上自是不喜欢洋人，为兄只一看便知。我泱泱大国，万邦来朝，用枪炮做甚？我国库充盈，岂能为蝇头小利便失了体统，允许洋人传教？皇上不喜欢，为兄便万万不能替他们说话，不仅如此，还要远远避之，以免皇上误会为兄收受好处为之陈情上奏。"

"兄长高明！小弟受教了！"

"长久以来，军机大臣中除贤弟外，几无一人与为兄交好，阿桂、王杰、董诰，皆处处与我为难。那又如何？我有皇上一人便足矣。"

福长安知道，和珅特意没有提三哥福康安，他也知道，因为和珅，他取代了三哥在军机处的位置。"兄长所言甚是。"

和珅突然想起了什么似的，皱着眉头，沉思起来。

"兄长可还有什么忧心之事？"

"为兄突然想起一人。若背后无人撑腰，他们怎会如此大胆？"

"兄长说的可是——"福长安用手指比了个"十五"。

和珅点了点头。"皇上曾言将于登基六十年时退位，如今仅剩两年。去年皇上作《御制十全记》：'十功者，平准噶尔为二，定回部为一，扫金川为二，靖台湾为一，降缅甸、安南各一，即今二次受廓尔喀降，合为十'，令写满、汉、蒙、藏四种文字，建碑勒石。皇上文治武功为万世所颂扬，只是这十全武功有了，皇上定是打算禅位了。为兄失策，未及细想今后之事，竟对那人疏忽了。现在再去拉拢怕会弄巧成拙。为兄要好好斟酌。"

雨突然又下起来了，雨点细细密密，打在屋外的梧桐树那有些枯黄了的叶子上。花园里，渌水池泛起一层薄薄的雾气，将一切都隐藏在一片朦胧之中。

这之后，冰岚再也没在别院见过和大人。但她从冰弦口中得知，和大人接连遭受打击，连续在三年之中痛失三位至亲。

嘉庆元年（1796 年）七夕，和珅年仅两岁的次子夭折。老来得子，和珅本就对其疼爱非常，加上这个孩子天生颖异，每次啼哭，乳母抱他指着看墙上的字画，他都会转啼而笑，和珅曾对他寄予厚望。如今空对题壁，和珅泪随笔落：

> 襁褓即知爱字章，痴心望尔继书香。
> 归家不忍看题壁，短幅长条一律藏。
>
> 星家尽道不凡同，福薄劬劳枉用功。
> 回忆家园心欲碎，海棠花下笑啼空。

一个月后，和珅失去了胞弟和琳。乾隆六十年（1795 年），贵州、湖南苗人闹事，皇上派调任云贵总督的福康安、四川总督和琳前去平乱。第二年，福康安与和琳先后染病而亡，和琳死时只有四十三岁。和珅知道后，每念及此事均泣不成声，写成十五首挽诗表达对胞弟的哀思。其中一首道：

> 生前会少梦难成，华萼堪悲雁影惊。
> 重过旧居魂欲断，楼空燕子不闻莺。

而最大的打击则发生在嘉庆三年，与和珅结发三十年的妻子冯氏去世了，有很长一段时间，和珅终日以泪洗面，痛苦不能自拔。

玉蕊花正好，海棠秀可餐。今春花依旧，寂寞无
人看。折取三两枝，供作灵前观。如何风雨妒，红紫
同摧残。

人生能几何，倏忽若朝露。自知非金石，荣落讵
委数。翻然中路违，别我竟先去。幽明从此隔，簟冷
怯昏暮。岑寂缛帐空，长往不回顾。似此享荣华，不
如守荆布。余鬓已半星，足病蹒跚步。驾言出东郭，
洒泪望蓟路。

嘉庆四年（1799 年）正月，乾隆皇帝驾崩了。

嘉庆四年正月初八，是一个月黑风高的夜晚。怒号的北风
好像要把门吹开一样。院子里一阵嘈杂，冰岚以为风又大了。突
然，院子里人声鼎沸，冰岚立刻警觉起来，旺财也翻身坐起，
推醒了两个孩子。冰岚披衣下床，偷偷把门打开一条缝，眼前
的景象让她惊呆了。只见一群兵士点着火把，在院子里东奔西
跑。几个小厮苦苦地拉着他们，却被推搡到一边。

一箱一箱的珠宝财物被抬了出来，重重地摔在地上，冰岚
隔着门板都能听到箱子内珠宝首饰相互碰撞发出的声音。冰岚
头一次知道府里的珠宝和金银竟这么多。正当她目瞪口呆的时
候，冰弦急急地敲开门，拉着她就往西院跑，旺财一手拉一个
孩子紧随其后。

他们本想从西门逃出去。谁知，门上早已封上了木头封条。

士兵赶了过来，把府中所有人赶到了一处。一时间，女人小孩的哭声、士兵的吵闹声、金银相碰撞的清脆响声，和火把熊熊燃烧时噼里啪啦的声音填满了整个院落。

地上未化净的雪经过人们的反复踩踏已成泥泞，溅在鞋面上、裤脚上，让人看了很是烦躁。那两棵海棠树早已没有了往日的神采，显得那般单薄矮小。它们现在既庇护不了谁、也安慰不了谁……

第三章

豪雄意气今何在

冬夜清寒束烛花，照人无睡且煎茶。
缘诗纵瘦皮非骨，学字差成鹜胜鸦。

——永瑆

嘉庆四年二月（1799 年 3 月），京城。

成亲王永瑆①站在院子中央，看着和珅别院的下人们拿着大大小小的包袱离去。

他的目光落在两个长相一模一样的八九岁男孩儿身上，一男一女拉着他们，正转身依依不舍地望向园子。园子里的海棠花刚刚冒出粉色的、圆圆的花骨朵，叶子也是几点零星的嫩绿。那女子三十岁左右，长得十分标致，在一切都还未完全苏醒的季节，她就像一个过客，悄然退出了这座繁华的院落。

丫鬟、婆子、仆人、小厮，百十人排着队低头走过。永瑆注意到，许多下人穿戴得比自己的福晋富察氏还体面，不禁轻轻哼了一声。

永瑆低头看了一眼自己身上的皮袍。这是乾隆五十四年（1789 年）他封亲王时做的，那时他三十七岁，十年来再没

① 乾隆第十一子。

舍得做过一件新的。冬天除了一件端罩外，就是这件皮袍了。去年在五台山他不小心把袖口剐了，好在皮毛在里，外面是绸缎，剐在不显眼的地方，他只是让人送去补了一下。他贵为亲王，只有这一件皮袍，且是补过的，而和珅家里却搜出貂皮男衣共计八百余件，貂皮女衣六百余件，此外还有杂皮男衣八百余件，杂皮女衣四百余件，棉夹单纱男衣竟有三千余件，女衣两千余件。和珅穿的貂皮，大都是紫貂脊背的皮毛，根根带着银针，比皇考的还华贵，而他的这件，只是貂肷的。永瑆下意识地用手轻掸了一下衣服。

这些对于和珅远远算不得什么。这次抄家，总共查出和珅几十处住所共一千余间房屋，六百万两黄金和一千万两白银，当铺、银号和古玩铺百余家，此外还有玉器库、瓷器库、洋货库、绸缎库、皮张库。各类珠宝首饰更是难以计数，和珅逾越祖制私藏十两重的大东珠便有六十余颗，另有大红宝石百余块，蓝宝石几千余块，金镶象箸二百副，白玉九如意近四百个，金元宝一千个，吃饭的金碗碟和银碗碟加起来近万件……

和珅若只是贪倒也罢了，更让人痛恨的是专权。皇考禅位后仍主持朝政，由于年纪大了，眼睛耳朵都不大好，不愿意见外人，除了当今皇上也即十五弟颙琰①时常去请安，只有和珅天天能见到皇考。和珅以此把持朝政，不断培植自己的势力，党羽众多。最终能够把他扳倒，也着实不易。

---

① 原名永琰。

　　永瑆记得，那一日是正月初三，刚过完元旦没两天，先太上皇驾崩了。听闻这一噩耗，颙琰赶至皇考榻前痛哭不止，一整天水米不进。永瑆相信，颙琰是真的悲伤，永瑆自己也痛心不已。爱新觉罗家的男人，没有哪个是不孝顺的。然而伤心归伤心，就在当日，颙琰不动声色地开始了扳倒和珅的计划。

　　他最先召见的人就是和珅。颙琰安抚和珅说，今后诸事仰赖和相，希望和相不负大行太上皇帝之重托，辅佐他处理一切军政大事。如今国家大丧，丧事为国家首务，特命和珅全权主持丧务，暂时免去军机大臣、九门提督等职，待大丧期满再复原职。之后皇上又召见福长安，免去其军机大臣等职务，命他与和珅共同处理丧务，其间不得擅自离守。

　　初三傍晚，永瑆被皇上召入宫中。同去的还有仪郡王永璇、定亲王绵恩。皇上提前告诉他们，明天他将颁诏，命永瑆入军机处，并总理户部兼管三库，封永璇为亲王，总理吏部。他当晚便任命绵恩为九门提督，总管京城防务，并让他立刻调换将官，严密警戒皇城，监视和珅同党。此前，皇上早已诏恩师朱珪进京，并授意御史广兴弹劾和珅。

　　待京城防务以及朝中大臣都更换完毕，刚刚正月初八。皇上见准备停当，便命永瑆、永璇与绵恩一道查抄和珅、福长安家产，并会同审讯。

　　此事没有走漏半点风声，对于和珅的府邸、宅院、店铺等各处房产的查抄同时行动，官兵铺天盖地而来，当夜的京城火把通明。若不是奉皇命负责查抄，永瑆永远想象不到世上竟有那么多的奇珍异宝，更不会相信世间竟有贪墨到如此明目张胆之人。金银财宝、玉石绸缎、家具画屏、名家字画，在和珅大大小小的院子中，就像砖石一般稀松平常。更令人难以置信的是，和珅家的墙壁中竟然设有夹层，里面堆满了金银元宝。如果不是审问时管家刘全招供，旁人怕是永远也发现不了。成箱成箱的金银珠宝堆积如山，古玩字画用筐来盛，每处住所收缴的宝物都占满了整个院子。内务府实在没有地方存放收缴上来的人参，不得不变卖了其中的几百斤，不料这几百斤人参竟然一度导致市面上的钱币短缺。

永瑆生于皇家，经历盛世，什么世面没有见过？但满眼的金银珠翠，繁华炫目远远超出了永瑆的想象。永瑆对字画情有独钟，他意外地在和珅府上搜出了崔白的《双喜图》、马远的《山水人物图》以及董文敏、米友仁①等大家的数十幅字画。皇考那样喜爱名家墨宝，和珅竟然私藏字画不肯交与皇考。

很快，众人便拟定了和珅二十大罪状。正月十八日，在皇上的授意下，在京大员奏请将和珅凌迟处死。固伦和孝公主再三为公公求情，皇上心一软，最终改赐三尺白绫。又看在公主的面子上，不牵连和珅之子丰绅殷德，也赦免了和珅的同党、家人和仆人家丁。

永瑆受命去狱中监刑。上元节刚刚过去，一轮明月倾泻下一片银白的月光，正是团圆的时节。去年上元夜，和珅还在家

———————————

① 宋代画家，米芾长子。

里饮酒、赏梅、品尝元宵。而今，在监狱冰冷的地板上，只有半碗早已凉透的白粥和一盘漂浮着油星的冷菜。

> 夜色明如许，嗟余困不伸。百年原是梦，廿载枉劳神。室暗难挨晓，墙高不见春。星辰环冷月，缧绁泣孤臣。对景伤前事，怀才误此身。余生料无几，空负九重仁。

和珅原本白嫩丰润的脸变得瘦削松弛，下颏多了一圈杂乱的胡子茬，神情淡然，身上还穿着国丧的缟服，身边放着他正月十五写下的诗句。月光从窄小的窗口照射进来，洒落一地银光，拉得人影格外长，又格外孤单。

"罪臣和珅，可还有话说？"

和珅沉默了许久，淡淡地说："余之一生，乃他人之三生。原非天眷，余自得之。人妒余也。"接着，他要来了纸笔，呆坐了一会儿，飞快写了几行字，把笔一扔，便跪地听旨了。

永瑆高声宣读了圣旨，命福长安跪在一旁，亲眼看着和珅自尽。他自己觉得狱中气味难闻，憋闷得很，掩着口鼻踱到了屋外。

永瑆生于皇家，自小锦衣玉食，从来不用仰人鼻息。和珅与弟弟相依为命，必是看过了世态炎凉，受尽了冷眼苛责，一步步走到今日。其中艰难，或许是他这个亲王无法体会的。和珅说他的荣华是自己挣得的，倒也没错。

他刚才没有告诉和珅，得知他今日赐死，他府上管事的二夫人长氏和一个唤作卿怜的小妾先他一步自杀殉情了。

月朗星稀的冬夜，是那么宁静、那么平和。天上玉盘已经不似前日那样圆满，缺了小小的一块。月光清明，万籁俱寂，北风呼呼吹过大牢厚重的门，响起轻微的吱呀声，偶尔有穿堂风卷起一阵尘土，又很快恢复了平静。永瑆在寒风中望着月亮，忽然想起魏文帝曹丕写过的一句诗："月盈则冲，华不再繁。"

月圆之后就是月缺了。如日中天的和珅，已经过了最风光的时候，在大牢内与这浮华的世间做着最后的诀别。也许因为他事事期求极致，过早地圆满，便也过早地陨落吧。永瑆望着月亮，心中默默祈祷，但愿自己永远不要有月盈则冲的一天。

半个时辰之后，永瑆回到大牢，和珅已经自尽身亡，在监狱冰冷的石地板上，撒落着他用漂亮的小楷写下的绝命诗：

> 五十年来梦幻真，今朝撒手谢红尘；
> 他时水汛含龙日，认取香烟是后身。

永瑆不禁感叹，人生在世，荣宠只是一时，哪有人可以荣宠一世！五十年的岁月，绝世的荣光，于和珅来说，不过是一场虚无缥缈的梦罢了。

一只麻雀落在海棠树枝上，叽叽喳喳叫个不停。

站在这繁华一时的院落中，永瑆看着这些曾经衣着光鲜的下人们从府门出去，犹如风吹落花般悄悄飘散，走向四面八方，最终散落在京城的大街小巷。他们因为身处和府而突然拥有了一个繁花似锦的梦，不料这个梦如此短暂，顷刻间破灭。从此以后，他们又变回原来的自己、这世上最普通的百姓，与和珅、与京城，都再无半分关系。

一时间，院落里寂静无声，只听得早春时节的迎春花悄悄绽开的声音。

朱红色的府门被缓缓关上，铁链和锁扣，把春光和生机锁在了一座没有人的空院。

二

十日后，永瑆再次被召到了养心殿。

"王兄不必拘礼，坐吧。"

此刻，嘉庆皇帝颙琰坐在养心殿的龙椅上。那一身枣红色暗花缎常服袍在他身上平平整整，没有一丝褶皱，显得有棱有角。颙琰的表情端庄稳重，让人不由得肃然起敬。

颙琰今年三十九岁，皮肤白晰，相貌端正，蓄着胡须，气质儒雅，一双眼睛尤其吸引人，目光温柔慈爱，圣洁宽仁。他天生稳健成熟，少年老成。颙琰和永瑆虽不是一母所出，但颙琰小时候，永瑆常带着他在御花园玩耍、踢蹴鞠。永瑆少时聪慧过人，书画俱佳，颙琰也爱书法，私下里经常缠着永瑆一起交流切磋。

即使如此，永瑆仍不敢在皇上面前有所怠慢。听皇上身边的太监薛公公说，去年夏天，颙琰正在养心殿歇息，大理寺卿杨怿德奉旨进见，当时天气极其闷热，颙琰正在扇扇子，杨怿德进见的那一刻，颙琰立即正襟危坐，即使之后半个时辰的时间里汗如雨下，衣衫湿透，也端坐不动。皇上严于律己，体察他人，不仅穿戴整齐、衣装日日清洗，而且把内宫重新布置，将花园修整，显得整洁干净、焕然一新。纵是自己这样挑剔的人，也挑不出颙琰半点毛病。

"这次查办和珅，王兄辛苦了。"

"此乃皇上所托，臣职责所在，自当尽心竭力。"

"朕平生最恨贪官污吏。朕登极以来他依然毫不收敛，搜刮不止，欺上瞒下，罔顾廉耻。若不是看在十公主的面子上，定给他一个极刑。"

永瑆知道，自从皇考禅位以来，颙琰的日子过得并不顺心。太上皇让位不让权，凡事都要经过太上皇的首肯。而太上皇又不召见群臣，每日只见和珅。他传达的旨意里，有多少是太上皇的本意，又有多少是和珅的主意，就不得而知了。颙琰想召恩师两广总督朱珪入京，这事还被和珅阻挠。颙琰被封皇太子的前一天，和珅特意送给他一枚白玉如意示好，可在颙琰看来，连立储这样的事和珅都事先得到消息，可见他弄权到了何种地步。但面对不可一世的和珅，颙琰更懂得隐忍。这便是和珅放松警惕的原因吧。

"皇上，和珅虽然伏法，可其党羽依然遍布大江南北啊。"

"先帝在时，数次对和珅的弹劾均不奏效，眼下，这个贼子终于伏法。朕当日说过，此次只惩和珅一人以儆效尤，其余人等暂不治罪。"

"是，皇上宽仁。"

"还在读书之时，恩师便送我四个字：勤、俭、仁、慎。那时朕日日参悟，偶有心得，著文记之，老师读后赞不绝口。朕至今记得：'民生在勤，勤则不匮。自天子以至庶民，咸知勤之为要，则庶政修而万事理矣。礼制之始，有朴素之风，后世踵事增华，竞奢靡之习，忘节俭之风，移风易俗、拨乱反正之道，莫善于俭也。圣人应天受命，调御万方，作之君，作之师，以不忍人之心，行不忍人之政，家国以治，天下以平，流泽子孙，其根本深厚于仁。用刑之大旨，不外明慎。明者知其事之原委，察其情之真伪，慎者，一字无虚始可定案，片言不实勿厌重推。'自那日起，这四字箴言，朕便时刻不忘，身体力行。"

"皇上圣明！"

"和珅刚倒，朕现下正在用人之际，该宽仁处且宽仁，不宜广泛打压。说到用人，依王兄之见，任用官吏，需重德还是重才？"

"这个，臣以为，自当以德才兼备者为佳。"

"德与才相为表里。德蕴于中，才应于外，德为才之体，才为德之用。德才全备者为上；德优于才者次之；才过于德者又其次。德优于才犹不失为君子，若才过于德，终恐流为小人。

是以宁可使才不足，不可使德有欠。和珅虽有才，然德有缺，才致有此下场。朕所倚重者，德行必不可缺。"

颙琰停了一下接着说道："朕观满朝文武，德才全备者，当属王杰。论才学，王杰在乾隆年间殿试位列第三，皇考见他文采飞扬，风度凝然，便询问人品如何，竟也是出类拔萃，便将其拔置第一。当年和珅弄权，事多擅决，满朝文武皆隐忍不敢多言，唯有王杰，不顾个人得失据理力争。幸而先皇知之甚深，和珅虽恨他却也无可奈何。朕亲政后，仍以其为首辅，遇事总以大局为重，言行得体，竭诚进谏。有如此德才兼备之能臣，朕心甚慰。"

"皇上圣明！"在永瑆眼里，王杰的才华、能力与德行，自是无可挑剔。只是王杰虽同为皇考与颙琰看重，二人的用人标准却有很大不同。皇考注重才能，同样有才能的人，他又更加偏爱相貌俊美之人，王杰、董诰、和珅、福长安便都如此。皇考最为厌恶的是贪名之人，颙琰却痛恨失德之人。这便是为何和珅得先帝宠信，却为颙琰所不容吧。

颙琰长叹了一口气："亲政伊始，河患、吏患、匪患，实乃三大要务。朕每日勤勉政务，此三患却难根除。其中尤以匪患为甚，朕甫一登基，湖北便有白莲教匪起事，和珅指使湖广总督毕沅隐瞒不报，致使今日川陕教匪也起而呼应，形成合围之势，戡乱久而未成。这匪患，起因是官吏腐败贪酷，民生多艰，朕又岂能不知？然此三患，当务之急自是戡乱，若整顿吏治，罚责者众，恐匪患日盛，伤及国之根本。"

"皇上所言极是。"

"此乃和珅一案绝不株连之故。只是这戡乱重任，思来想去，朕竟难寻一得力之人。"

永瑆作为军机大臣，知道此时应该提出些有用的建议，可是他素日研究诗词文章，习字看画，对于朝堂之事着实知之不多。他明白皇考去世后颙琰将一批兄弟子侄委以重任，实是为了扳倒和珅，需要有可信之人托付倚赖。可真论起朝政来，他们这些王公贵族懒散闲适惯了，没有一个人能说出个所以然来。他这个军机大臣，恐怕难以当得长久。

颙琰见永瑆沉默迟疑，发现自己是难为了这位兄长，便转换了话题："王兄，今日难得与兄长小聚，便不谈政务，你陪朕叙叙旧。还记得儿时常与王兄一道研习书法，谈论书法之道直至夜深。如今王兄书法习有所成，深得古人用笔之意。朕作皇考之圣德神功碑，还请王兄代为书写。"

"臣遵旨！"

"朕刚写了两幅字，王兄随朕来看看，指点一二。"

"皇上言重了，臣不敢。"永瑆再次躬身行礼。

"哎，说了不必拘礼，快随朕来。"

永瑆是个字痴。平日心中所想、眼里爱看的，都是字，无论古人名帖还是今人墨宝，他就是喜欢去琢磨其中的笔法和韵味。现在心中早已迫不急待了。

颙琰将永瑆扶起，拉着他的手，进了东暖阁。

东暖阁门口摆放着一对各色釉大瓶，这是皇考喜爱之物，颙琰没有舍得动。之后是一扇梅兰竹菊绣屏，这是颙琰从毓庆宫搬来的。画屏后面，南面是软榻，北面靠墙有两排格架，除了书和文房用品外，只简略摆了些瓷器花瓶，并无过多的装饰。正中央是皇上的御案，上面只有一只白瓷腊梅釉茶盏，旁边一个青瓷釉桃形笔洗，案前两摞折子摆放得整整齐齐。桌案上新写的两副对联还散发着墨香。

永瑆一看到字，便顾不上礼数，急急转到桌案正面去，只见一副对联为“小心惕若君先慎，大宝艰哉序不忘”，另一副为“肯构恒思安广宇，仰楣时凛锡嘉名”。

“皇上妙笔。这第一联是说，为君之道，当小心谨慎，登太极之位，仍不忘祖先创立基业之艰辛。这第二联是说，皇上虽继承盛世之基业，仍心怀天下，追思先人大政的好名声而不愧对。此乃皇上之宏志。这两副对联字体饱满、结构端正，笔力遒劲，一气呵成，笔法通顺流畅，娴熟练达，有天地之浩气，有人间之正气，足见皇上之心胸。”

“哈哈，王兄你也学会说恭维话了。王兄，朕还有幅画拿与王兄看。来人。”

薛公公带着个小太监捧来了幅卷轴，永瑆早就心痒难耐了，偏偏薛公公行事稳重，拿了画在手中，慢慢地解开，将一头交与小太监，两人一点一点地将画展开。

永瑆急急看去，一眼便认出，这是那日在和府抄出的董其昌的《品茶图》。董其昌的字画古朴恬淡、笔精墨妙。“皇上，董文敏的画，清秀中和，恬静舒旷，着笔似在不经意间，意境却甚是悠远。寥寥素秋旻，暖暖梧竹影。闲处罢尘劳，幽人事新茗。"

"好一个'闲处罢尘劳，幽人事新茗'。此画朕便送与王兄细细观赏。"

"臣叩谢皇上。"永琩喜不自胜。

"你我二人也罢尘劳而品佳茗吧，王兄这边坐。"颙琰走向软榻。

"臣不敢。"

"王兄可不要再拘着了。今日就是你我兄弟闲话家常，朕许久未这样和兄弟叙话了。朕最疼十公主，便因她一直私下喊朕十五哥。如此才亲近。"

永琩只是轻轻靠坐在床榻边上。这时，薛公公带人奉上了茶水和三样点心。点心是常见的龙须酥、鲜花饼和马蹄糕，都是永琩爱吃的，做得十分精巧，却并不铺张奢华。茶水盛在月白色仿哥窑的茶杯里，茶叶挺直，芽身金黄，外表披毛，茶汤杏黄，味道清淡幽香，这是永琩最爱的湖南贡茶君山尖茶。

"王兄，前不久朕见你穿的皮袍，袖口处是补过的，这些年你封了亲王，仍只有这一件皮袍，实在太过节俭了些。朕命人替你又做了两件，一会儿你带回去。"

永琩慌忙站起身行礼道谢。

"王兄快快坐下。你这样拘谨，今后朕便不见你了。节俭是好事，朕也节俭，朕当年有一件纳纱的夏衣，不小心剐坏了，朕一直舍不得扔掉，夏衣上绣有松竹梅的暗花图案，朕一向偏爱岁寒三友之清雅与傲骨。孝淑皇后当时还在世，她亲自替朕补好了，还亲手缝上了珊瑚扣。孝淑皇后过世后，朕便更舍不得扔了。"嘉庆笑着摇了摇头。"朕也一向喜爱节俭知足之人，只是过于节俭就不好了。你的福晋富察氏，乃先皇重臣傅恒之爱女，家世显赫，但王兄收了人家的嫁妆，常常让这样一位名门千金衣食不足，如此文忠公在天之灵怎能安宁？当年王兄府上死了一匹马，王兄命阖府上下吃了几日马肉，皇考听闻后大发雷霆，说王兄太过吝啬，罚了半年俸禄。此事如今想来，并非皇考苛责，实为王兄如此节俭，伤了皇考的颜面。我大清盛世，一个堂堂亲王，如果还这样节俭，恐被别人笑我大清穷酸了。"

"臣知错了，必当改过。"

"王兄，此次你查抄和珅的家产，并会同审讯，定罪，立下大功，朕心甚慰。和珅在后海有两处院子。他的府邸永璘一早就惦记着，当年永璘说过，无论众位哥哥谁当了皇上，他只要和珅的院子。众兄弟中永璘最小，直率任性，又只有这一个心愿，朕作为兄长，理当遂了他的意，况那东边的半个院子还住着和孝公主。后海北岸的别院，也宽敞漂亮，离朕和永璘都近，便赏赐与王兄吧。"

"多谢皇上！"永瑆心中大喜。

三

第二日，永瑆便自请辞去总理户部三库之职，与福晋富察氏及儿孙住进和珅别院，此院正式更名为成亲王府。

永瑆一向谨慎节俭惯了，搬来之前并未作大的整修，反倒借机打发走了一些下人。他更喜欢自己莳花弄草，在园中写字画画少有人打扰，才觉清静。

> 梅萼含红即次开，旋呼老仆问新醅。
> 墙东古寺钟声到，知是春风昨夜来。

新府的一切永瑆都喜欢。抄家之时，这座院落在永瑆眼里满目凋零。如今，春风拂面，满园树木新绿成荫，这是永瑆第一次细细观赏这座美丽的院落。那一池碧波，一栋高楼，小桥曲径，亭台轩榭，足以让人沉醉其中。

不几日，园中两株海棠盛开了，簇簇花团如云似锦，春日的阳光照射在娇嫩的花瓣上，花朵更加熠熠生辉。京城的春天像是突然到来的，不过短短几天便已是满城春色，海棠树婀娜的枝丫随着微风在旖旎风光中摇动。永瑆想起苏子瞻[①]的诗：

> 东风袅袅泛崇光，香雾空蒙月转廊。
> 只恐夜深花睡去，故烧高烛照红妆。

---

① 苏东坡。

东坡居士爱海棠，唯恐错过一点花期。如今的永瑆面对海棠树也有同样的心情。

永瑆在一间屋子的角落里找到了写有"初见园"三个字的匾额，认得这是康熙年间大才子纳兰性德的笔迹，虽比不上那些书法大家，但纳兰性德的字迹饱满端正，写得十分稳妥，难得它是这位大清著名词人的真迹。和珅虽爱附庸风雅，却对这匾额视而不见，以致遗落在角落里沾满了灰尘。

永瑆喜欢收藏。在他看来，前人写的每一幅字都带着历史的痕迹，有着动人的故事，阅读它们，就是在体味前人的悲欢。纳兰性德这块匾额，显然来自他"人生若只如初见"这一脍炙人口的名句，署名还是"成德"，看着这几个字，似可以见到一个才华横溢、初涉世事的翩翩少年。永瑆对这匾额格外珍惜，又不舍得挂在外面吹风淋雨，便将花园中的南楼收拾出来，将它挂到了楼上。而楼下用来小憩时写字画画。虽永瑆专门有一间书房，里面名家作品收藏颇丰，别人送的名贵笔墨纸砚应有尽有，但在这花园之中，白日里将南楼的窗户尽数打开，和着鸟鸣闻着花香临水写字，却是别有一番风趣。

永瑆自幼就热爱书法，虽为满人，但汉字在他心中是最美的文字。一笔一画勾勒出完美的形态，每一次运笔都要运用到智慧。而汉字的书写又最是灵活，每一笔之后都会产生无限的可能，完全可以不拘泥于前人的写法。所谓书法大家，没有人是完全研习前人的运笔着墨，大多是在反复习练中，找到一种新的平衡。

永瑆儿时起楷书便学赵孟頫和欧阳询，之后习行书，又颇有王羲之、董其昌的风韵。除此之外，隶书与小篆他也写得出神入化。永瑆年少时，从一位圣祖的太监那里听说，董其昌写字是悬腕的，他为此深深着迷，不停练习，从中悟出了新意，作"拔镫法"。也许是因为生于帝王之家，自小饱读诗书，又经常能够在宫里欣赏到古人真迹，他的字俊秀典雅，结体疏朗，带着一种均匀华丽的美感。永瑆的字虽博采众家之长，却又独具特色。他不拘泥于古人的笔意，比如他写"玉"字，喜欢将那一点点在中间的一横旁边，却有了一种别样的意韵。

最近他遵旨整日在家抄写圣德神功碑，军机处的事务一概撒手不管，便借故不怎么上朝了。不过对于抄写之事，他丝毫不含糊，稍不满意，立刻重新来过，每日废寝忘食，却又乐在其中。

一日，永瑆正在书房抄写，年轻家仆蔺成来报："王爷，圣上身边的太监薛公公来了。在渌水亭候着呢。"

"薛公公亲自来，不知是何等要事。"永瑆快步迎了出去。

薛公公手中捧着一卷明黄色的诏书，冲永瑆微微笑了笑，高喊一声："成亲王永瑆接旨。"永瑆忙行礼下跪。薛公公展开圣旨，高声念道："圣上有旨，成亲王永瑆，知书识理，贵而能俭，且查办和珅有功，特赏黄金一千两，并引玉泉山之水入成亲王府，钦此。"

"臣叩谢皇上隆恩，吾皇万岁万岁万万岁。"永瑆叩首谢恩。

薛公公道："王爷有福啊！那玉泉山水乃是皇宫专用水源，经西海、后海、前海、北海、中海、南海引入紫禁城。如今圣上恩准将玉泉山水引入王府，这可是自大清建立以来头一遭啊。"

永瑆命人拿来一两银子塞到薛公公手中："有劳公公了。"那薛公公知道永瑆素来出手不阔绰，也没计较，轻声说了声"告退"，便转身离去。

永瑆心中甚喜。没过多久，玉泉山的汩汩清泉就与王府小水池里的水相融合了。听着时有时无、若隐若现的水流声，真是难得的享受。那一池碧水，恰如浩荡皇恩。

赐室初移鹤籞边，清华云露接高天。
仙山御气沾松径，太液恩波到石泉。

为谢皇恩，永瑆破例将园中的渌水亭修葺一新。完工之后，他来到亭内，命人摆上桌案，亲自研磨。淡淡的墨香晕散开来，使人内心沉静。永瑆凝神运气，挥毫落纸，笔走龙蛇，时而锋利、时而婉转，"恩波亭"三个字跃然纸上。这三个字永瑆写的是小篆，却又借鉴了行书的运笔，有如古乐般清雅，又如行云流水般流畅，充满了轻灵之气。

永瑆命人将渌水亭的牌匾摘下，制作恩波亭牌匾挂于亭前，感念皇恩。

夏日到了，温暖的风拂过水池，恩波亭里格外宁静。金色的微光落满回廊，朱红色的长椅没有从前那么光鲜，仿佛被岁月轻轻蒙住了眼，便静悄悄沉睡下去。西府海棠树上满是绿叶，密密麻麻挤满枝丫，便有了一片难得的清凉。自康熙年间就有的高楼如今依然屹立，虽然少了点盛气凌人的样子，但经历时间的打磨，反而显得愈加温和古老，蕴含着无数故事。大宅院落、墙头海棠；墨香浓浓、琴声续续。永瑆在这里赏花、写字、望月、听曲……让院子多了几分朴素之气。它既不在寂寞中落空，也不在繁华中忘形。这种不温不火的存在，让永瑆安心。

四

秋天来临时，永瑆已经赋闲在家了。

嘉庆四年八月（1799 年 10 月），编修洪亮吉上书议论朝政。洪亮吉是乾隆五十五年榜眼，博学多才，文采飞扬，素来与永瑆交好。但他为人过于耿直，在这封上书中，洪亮吉针砭时弊，大胆陈辞，却未顾及皇上颜面。永瑆后悔自己一时糊涂，竟想也未想便直接将其转呈了皇上。皇上龙颜大怒，怒斥洪亮吉妄议朝政。后来皇上还是开恩，免了他的死罪，将他发配伊犁戍边。兴许受了此事影响，没过多久，皇上下旨："自设军机处以来，并无诸王在军机处行走。当初因军务较紧，暂令永瑆入值，但终究与国家定制不符。"因而罢去永瑆军机处行走。如今，永瑆既不是军机大臣，又早已不总理户部三库，倒也落得清闲。

从皇考去世之日起，永瑆便深知自己和十五弟之间的差距。若说当年众皇子中唯有他还有一点希望与颙琰争夺至尊之位，那么如今看来，他既没有颙琰勤勉，又没有颙琰能干，怎么都算不得颙琰的对手，还是诗词歌赋字画收藏这些闲散之事更适合他。

晚秋，坐在南楼望着天空日渐高远，草木日渐凋零，永瑆内心反倒有了一种远离喧嚣的宁静。

> 最喜愁霖霁，兼停羽扇劳。
> 微凉生夏屋，明月析秋毫。
> 水落鸥逾远，花残蝶渐高。
> 遥看挈瓶者，应是赍村醪。

冬日，永瑆拿出小心保藏的陆机《平复帖》，静心观赏，细细品味。《平复帖》是皇考所赠，上面有宋徽宗所书"晋陆机平复帖"书签，有"开元"印和唐代王涯、太平公主等人的藏印，也有董文敏等名家题跋。永瑆喜欢这样阅读前人的印记，像是回到一千多年前，看到了活生生的古人。他将自己的字迹也留在了这幅字里：

> 伧父何能擅赋才，殊邦羁旅事堪哀。
> 梦中黑幰功名尽，身后丹砂著作推。
> 丞相有家生二俊，将军无命到三台。
> 钟王之际存神物，缅邈千年首重回。

不知后人是否也会像他对待前人这样，抚摸他的字迹，体味他的心情。

春天，小池水绿，枝上花开，奈何人近迟暮，总会莫名伤春。

我欲乘舟泛小池，刺嵩舟子且迟迟。解冰渌水春依旧，过眼流年去可知。扫地焚香聊独坐，嗅花搓蕊已多时。朝来揽镜情怀恶，愧把微斑道向诗。

夏日炎炎，他找出私藏的王文成公①所画竹图，在满目清凉中留下自己的字迹：

遗墨曾传君子亭，又伸素纸写青青。
谁知玉带绯衣梦，不是文星是将星。

在与书墨相伴的日子里，转眼间，嘉庆八年（1803 年）的秋天到了。

一个寻常的夜晚，永瑆漫步于王府中。海棠树上已经结满橙黄色的果实，在微风中簇簇摇动，传来一阵阵果香。夜色醉人，抬头，满天星辰把黑夜照得如同白昼一般。

夜色中的池水，如同一面静止的圆镜。秋风偶尔拂下几片树叶，飘飘摇摇，落入泥土的怀抱。

在祥和的夜色中，永瑆深深地吸了一口园中的空气，神清

---

① 王守仁（王阳明），明代思想家、文学家、军事家、政治家。

气爽。忽然，他隐约听到一个声音在低声啜泣。

永瑆立刻警觉起来，忙带人去查看。原来是蔺成。

永瑆打发走了旁人，问道："蔺成？出了何事？"

蔺成跪在地上，流了半天的泪，叩了两个头说："奴才有罪。"

"蔺成，到底何事，快说与本王。"

"王爷，奴才乃河南卫辉府汲县人，我爹蔺士发，家中除了母亲还有一个弟弟。当年因奴才家里太穷，难以过活，奴才由同村人指引，来到了王府。蒙王爷不嫌弃，奴才一直留在府中。本以为攒的月银捎回家里，父母弟弟不至再挨饿受冻。怎知奴才来到府中尚不足半年，乾隆五十九年五月，汲县发了大水。本就生活艰难，又遇上天灾，老家实在待不下去了，我爹与同村孙大叔一道举家逃难，奴才自那时起便与他们失了音信。今日孙大叔好容易找到王府，和奴才讲了许多……奴才这才得知，我爹早已不在人世了。"

蔺成啜泣不止。

"蔺成，你莫急，慢慢说。"

"那年我爹他们离开家后，一路半乞讨半做工，到了汝宁府。在汝宁府，他们因工头私吞工钱与他发生争执，工头竟找了官府的人来抓人，我爹他们怕坐牢便逃了，慌乱中与我娘和孙大婶走散。三个人在原地等了几日，实在无法，便一路走走停停，最终到了襄阳附近的山里，结草为棚安顿下来，靠为木材厂伐木为生。做工者皆为流离失所之人，或交不起田租，或遇到洪灾。我爹他们认识了一个郑大叔。郑大叔对他们讲，他信白莲教，教内人皆是兄弟，有患相救，有难相死，穿衣吃饭不分彼此。郑大叔极是和善，对所有人都关照，众人便以他为尊。虽每日起早贪黑卖苦力，所挣只够饱腹，但大伙互相依靠，生活也过得下去。嘉庆元年正月，湖北白莲教起事，官府开始四处严查白莲教信徒，查出便杀头。木材厂监管贪得无厌，以查拿乱党为由敲诈勒索，唯有交钱方可保身。每日辛苦所得本就只够饱腹，哪里经得起再被盘剥。交了两次之后，一日那监管威胁要去官府举告郑大叔，众人情急之下，一齐将他捂死了。出了人命，又牵扯到白莲教，横竖都是死，正逢白莲教齐林的遗孀王聪儿在襄阳起事，众人便随郑大叔一道投奔了齐家军。王爷，奴才的爹有罪，做了反叛的事。但他们被监管逼得太狠，实是迫于无奈……后来朝廷掘壕筑堡，团练乡勇，坚壁清野进行围杀。嘉庆三年三月，王聪儿在郧西三岔河被围，我爹就在那时被官军打死了……奴才不孝，过了这么久才得知……"

蔺成泣不成声。

"那，你弟弟呢？"

"我爹死后，王聪儿率军退到茅山，无路可走，跳崖而亡。孙大叔与我弟弟并未到茅山，随一小队齐家军逃走，进入四川，被四川白莲教苟文明的军队收编，辗转多处，渡过汉江，进了南山老林。"

永瑆知道此事，颙琰曾因此事大为恼火，将经略额勒登保由伯爵降为男爵。

"孙大叔受了伤，得知朝廷如今不斩信众，只抓主谋，若悔过自新可宥其前罪，释回乡里，便投诚了；我弟弟却一直追随苟文明。嘉庆七年，孙大叔听闻苟文明到了秦岭一带，被官军围堵，也跳了崖。我弟弟至今下落不明……孙大叔伤好后辗转回乡，竟意外见到了我娘和孙大婶。她们历尽艰难回到故里，家里早已没屋没地，又怕我爹和孙大叔回去寻不到人，便不肯再离开，住在自己搭的窝棚里，替人缝补洗衣度日。如今我娘年岁已高，眼睛也快瞎了，"蔺成又哽咽了，"王爷，奴才罪该万死，家里出了白莲教。虽然王府里吃穿不愁，可奴才没脸再在王府里待下去了。"

永瑆略微安慰了蔺成几句，让他回房，自己也默默回到书房。

白莲教之乱从嘉庆元年便开始了，起于湖北，扩大至四川、陕西、河南、甘肃等省，达数十万之众。皇上动用了数十万军队去镇压，耗资超过一万万两白银。皇上虽提出"但治从逆，不治从教"，并不株连全家，但自己怎么说也贵为亲王，如今府上竟出了与白莲教有牵连的人，皇上的颜面该往里放？可惜这蔺成跟随自己多年，手脚勤快，老实巴交，很合自己心意。别的下人多喜欢偷奸耍滑，均被自己打发了，唯独蔺成一直任劳任怨，得以留在身边。只是如今，将他留在府中是万万不能了。

永瑆叹了口气，拿出十两银子，想了想又放了回去，蔺成家里毕竟出了两个叛匪。他叫来管家李山，命他准备些干粮衣物给蔺成，打发他速速离开王府，只说他身染疾病，无法留用府中，并嘱咐他，家里与白莲教有干系的事切莫声张，也不要说和王府有任何牵连。

蔺成心中自是有愧，原本希望留在王府挣钱养活老母亲，可家里出了两个反叛的，实在不敢奢望王爷收留他。再者父亲已死，弟弟生死不明，母亲身边需要人照顾，便赶忙收拾好行囊，来到永珵屋外磕了三个响头，离开了王府。

蔺成走后，永珵却再无睡意。他披上一件薄棉西番莲纹烟色斗篷，独自一人出了屋。后半夜，突然起了风。风吹过窗棂，吹向海棠树，霎那间万叶千声一齐作响，似乎还有什么东西掉落。

永珵总觉得黄昏后掌灯太费烛火，刚迁进院子里时就减少了大半的灯火。此时在后院，借着微光，永珵隐约看见地上是熟透了的海棠果，已经过了果实最金黄、最饱满的时候，开始有些萎缩。

一大片云飘过来。月已隐，风未休，又有几个熟透了的果子掉落下来，滚落到永珵脚边。

五

嘉庆十八年（1813年）的春日来得格外晚，到三月中下旬，海棠花才吐出一些花骨朵。若在往年，后院里早已是两树繁花、簇簇成团。今年的晚春，院子里几乎没什么生气，就连那天色，也不比往年的春日晴朗，每日都是乌云密布的，却也没有雨，只是一团一团的云堆积在天上，压得人有些烦闷。

三月二十二日是永瑆六十一岁寿诞，嘉庆特意派人前来宣永瑆进宫，要请他一同进午膳，以示君恩。

这么多年过去了，永瑆虽说无官一身轻，但身为皇亲贵胄，每年的年节庆典祭祀家宴必不可少，时常能见到颙琰。即便如此，乍一见之下，仍觉得颙琰苍老了许多。

颙琰的面颊上早已没了当年的飞扬神采，取而代之的是黯淡无光和满面倦容。他天生就清瘦，这几年过度操劳，更显得颧骨突出。那一袭酱色暗花缎常服袍在春日的阴霾里显得格外鲜亮，却又有几分突兀。唯一不变的，是东暖阁里那熟悉的松木香。这么多年来，颙琰一直未改清雅淡泊的起居习惯，依然保持着室内这一股清新的木香。见到永瑆，颙琰面露欢喜，苍白的脸上也有了几分血色。

"臣拜见皇上。"永瑆的声音微微有些颤抖。

"何必多礼！快起来吧。"颙琰一边说，一边虚扶了永瑆一把，"王兄，多日不见，一向可好？"

"蒙皇上记挂，臣感激不尽。"

"朕常想着与众兄弟闲话家常，却总是杂务缠身，虚苦劳神，日日不得空，一年竟与王兄见不了几次，难以尽叙手足之情。"

"皇上为国事殚精竭虑，实乃万民之福。又时常记挂我等兄弟，实属臣下之幸！还望皇上保重龙体，切勿过度操劳！"

"王兄的书法造诣日益精进，已为当今书法大家，朕与有荣焉。只是朕这些年的书法着实荒废了。前几日突然想起皇考来，便把他写过的一副对联又写了一遍，准备挂在养心殿。"

"皇上过谦了。不知皇上说的是哪一副对联？"

"难得今天我们兄弟相聚，又让朕想起年少时一道习字赏画的往事来。"颙琰命人取了他几天前写的字，铺开在桌案上。

永琎急忙去看："交泰三阳肇羲象，敛时五福协箕畴"，横批是"不为物先"。

"这确是皇考写过的对联。臣依然记得当年他老人家写这幅字的情形。他还当着众人问我们兄弟众人字写得如何。"

"都说睹物思人，如今上了岁数，越发看不得旧物了。"颙琰的眼圈微微泛红，"'交泰三阳肇羲象，敛时五福协箕畴。'皇考当年写此联时，正是元旦刚过，冬去春来，万物复苏，他期待新年有个好兆头，五福九畴，实现天下太平，重现伏羲盛世。没想到江山到了朕手上，先不说百姓富足，单这太平二字，竟是如此之难。朕自读书时便勤勉，登极以来夙兴夜寐，期待河清海晏，时和岁丰，怎奈诸事不顺，疲于应对……"

"皇上心怀天下，体察民情，勤勉宽仁，天下百姓尽人皆知，还望皇上万不可太过忧虑损伤龙体！"

颙琰摆了摆手，缓了一缓，接着说道："皇考写此联，落笔潇洒，一气呵成，字体华美无比；朕写此联，却是中规中矩，束手束脚，难得皇考之洒脱神韵。常言道字如其人，皇考轻松而就之事，于朕却每每受阻，付出十分的努力却未必得其法。"

"皇上切莫如此说。皇考的字洒脱华丽，皇上的字端庄稳重。皇考与皇上都是世间少有之明君，此乃臣下及天下百姓之福。贼人作乱，怪不得皇上。皇上宅心仁厚，对叛乱者不株连，以天下百姓为先，实为大清之福！"

永瑆嘴上安慰着颙琰，心里也想起皇考在世时的情景，那时不用劳心费力，不用担惊受怕，生活富足，日子过得舒服自在。如今这担子压到颙琰身上，他一个人难以承担，众兄弟又难以为他分忧，他只好偶尔和兄弟家人们倾诉。作为一国之君，也着实不易。看着已经过早苍老的颙琰，想到如今自己已经六十有一，又想到先太上皇在世时无忧无虑的前尘往事，永瑆心里不免感伤，眼圈也红了。

"哎呀，你我这是做什么？朕重写此联，想起许多旧事。王兄可记得皇考给我们众兄弟看《石门观瀑图》？"

一说到字画，永瑆原本沮丧晦暗的心情便明亮了。"臣记得，《石门观瀑图》为沈熙远所画，画中观瀑者为我们的师傅海山先生①。皇考让我们众兄弟轮流题跋。"

"朕犹记王兄当日所题：'弥棹平江上，观泉到石门。昔人读书处，遗迹至今存。世阅飞流速，山开远势吞。每闻耽胜赏，空对画图论。夙有山梁性，偏兼景物披。喧豗动岩壑，洒落见襟期。眇论从巴蜀，陈踪漫郁离。且看观瀑者，曾否旧须眉。'"

"皇上博闻强记！臣记得皇上当日所作诗句用词大气，气

---

① 周煌，乾隆年间上书房总师傅。

势恢弘：'绝壁遏飞鸟，天半翻长风。悬留几千丈，劈岩迸神龙。鳞甲挟飞涛，雷雨轰碧空。骊珠错落垂，万斛喷箜篌。雷礚连上下，荡激迷西东。仙人展鲛绡，高挂蕊珠宫。静观境殊绝，长揖黄石公。灵踪寄妙笔，高致画图中。'"

"王兄竟也还记得！朕记得永瑢、永璇、绵恩他们也都题了。那般无忧无虑，已是陈年旧事了……前几日安徽布政使康绍镛进献了一方名贵歙砚，还有些庐山松烟墨，甚为难得，朕猜想王兄必然喜欢，便作为寿礼，赠与王兄吧。王兄从少年时起便才华过人，书画双绝。朕记得当年皇考得唐寅《溪渔图》，特意要王兄题跋。如今王兄墨宝千金难求，朕便命你自择书迹作《诒晋斋帖》，朕以手诏为序。待刻成颁赏臣工，你看如何？"

"臣叩谢皇上隆恩！"

"嘉庆十五年十二月，广西报上一寿民，名为蓝祥，一百四十二岁。朕特赐诗章、匾额、六品顶戴，另赏银五十两。如此长寿，甚为难得。朕愿王兄也能长寿。"

"臣感激之至！吾皇万岁万岁万万岁！"

"今日清闲，朕也想歇着，就早早退了朝。想着晚上你府里必为你祝寿，朕就和你用个午膳，简单做了几道王兄喜欢的小菜。来人，快传膳。"

不一会儿，桌上便摆上了几道精致的小菜。颙琰素来简朴，口味也较清淡，这很对永瑆的胃口，他自小便不爱大鱼大肉、山珍海味，只是喜爱面食，口味也是软烂偏甜。颙琰准备的午膳仅面食就有四样：攒丝春卷、炒面、汤面和八宝馒首。这八宝馒首是永理最爱吃的，为八宝糖馅，口味甜糯。菜品也十分简单，有干贝烩烂糊白菜、蒜香苗炒豆腐脑、春光如意笋和一品鸽子蛋，都是二人爱吃的。除此之外还有莲子薏米粥，是颙琰最爱喝的。

"王兄可知，嘉庆九年九月，收到余匪净尽、白莲教之乱终告平息的奏报时，朕一顿饭吃掉了一盘鸽子蛋，连喝了五碗莲子薏米粥。那是朕登基以来吃得最舒心的一顿午膳。那天夜里，也是朕登基以来睡过的第一个囫囵觉。第二天，朕没上朝，就在这宫里听了整整一日的戏。"

"皇上夙夜惟寅，臣钦佩之至。臣敬皇上一杯。"

颙琰只是轻轻地抿了抿酒盅。这么多年来，他饮酒从来不超过三杯，饮食也十分有节制，除了偶尔听听戏以外再无其他享乐。历史上有多少皇帝沉迷美色，有多少人玩物丧志，就算是听上一整天戏，也不算是什么新鲜事儿。可颙琰每日都为国事烦忧，平定了叛乱才难得过一次戏瘾，尚嫌自己放纵，他实在是对自己太过严格了。

"皇上乃仁爱明君，天下谁人不知。还请皇上爱惜身体，莫对自己太过严苛。您龙体康健，才是百姓的福分。"

"不做个明君，怎对得起皇考的期许！况比之昏君，朕只是不算昏庸而已。圣祖冲年继绪，首定三藩，既靖海疆，遂安方厦，长驱朔漠。世宗^①荡平青海，再廓苗疆。高宗^②戡定新疆，迭平西藏。朕日日所想，惟愿寰海镜清。无奈白莲教闹事，沿海盗匪横行，河患难以根除，官吏贪墨之风比当年的和珅有过之而无不及，朕常常一筹莫展。近年勉强安定，朕唯愿我大清休养生息，君臣一心，同履太平。"

颙琰望向窗外。此时天空逐渐阴云密布，灰色的云层仿佛要将春光压住一样，更是为眼前的景象徒增几分伤感。

六

嘉庆十八年（1813年）九月十五日，秋日温暖的阳光照着海棠，斑驳的树影映在竹制躺椅上。永瑆用过午饭，喝了几口酒，忽而有了困意，歪在树下的椅子上打盹。

突然，一阵急促的敲门声打破了午后的宁静，大门口传来一阵吵闹声。只见一名禁军满头大汗奔进府来，扑通一声跪在跟前，上气不接下气地哭喊道："王爷，不好了！有反贼闯宫了。皇上正在热河，紫禁城里守卫不多，快招架不住了，我等奉命来通知各府王爷，请王爷带人去帮忙守卫宫城。"

---

① 雍正皇帝。
② 乾隆皇帝。

永瑆想也没想，立刻转身去屋里取了宝剑，召集百十来人，骑上马就奔紫禁城而来。

成亲王府离紫禁城不远，眨眼工夫就到了神武门。此时永瑆才突然感到一丝恐惧。恐惧来自于未知，他不知道宫内到底是什么情形，贼人有多少，占领了哪里。神武门的守卫个个惊慌失措，不知该去围剿叛贼还是留在原地待命。永瑆定了定神，命令神武门的守卫都不要动，死死把守住此门，防止贼人的同伙从这里冲击宫城。他提着剑，带着兵丁直奔前殿而来。

进了顺贞门，四下空无一人，静谧得让人不安。永瑆后悔，刚才怎么没多问两句，那些人是从哪儿闯宫的，往哪个方向去了？御花园是后宫，不能擅入，他想了想，决定去养心殿，便沿着西侧的夹道一路向南奔来。到了养心殿，还是不见一人，这时南面传来喧哗声，永瑆深吸了口气给自己壮了壮胆，提着宝剑顺着声音寻来，这才发现，紫禁城的守兵都堵在隆宗门前，他们身后有一个人正手提腰刀指挥侍卫们透过门缝向外射箭。那人回头大喊一声："取我的鸟枪来！"随即，永瑆看到了一张年轻英俊的脸，那是皇次子绵宁。永瑆赶忙带人奔了过去，绵宁看到永瑆面露惊喜之色，高声叫道："十一叔！"

"绵宁，你不是在热河吗？"

"圣上命我先回京，两日前才到。这伙贼人今日正午兵分两路，从东华门和西华门闯宫，不知人数。听说守兵死伤不少，贼人也死伤落网了几个。我料他们是冲着养心殿来的，就赶了过来。"

此时，隆宗门外传来杉篙撞击的声音，看来贼人要撞门硬闯。绵宁提着刀的手止不住地颤抖，脸上却努力保持着镇定，向前跨了一步站到庭院的中央，命令大家顶住。接着他转头向永瑆道："十一叔，您来得正好。请您派些人手随常公公去守住储秀宫，别惊着皇后娘娘。万不能让贼人进了后宫，令我大清蒙羞。"永瑆忙命令手下三十人跟着总管太监常永贵去守后宫。这时有人拿来了绵宁的鸟枪。有火器在手，绵宁的胆气又壮了几分，转向身旁的人问道："火器营到了没有？"还没有听到回答，却先听到一声惊叫："啊！墙上！"

永瑆向墙头看去，只见一人手提大刀，已经爬上墙头，绵宁急忙勾起左臂，将鸟枪架在左臂上，眯起一只眼睛瞄准，右手扣动了扳机，随着一股呛人的白烟和一声巨响，那人从墙头栽下。众人惊魂未定，突然又响起"啊"的一声惊叫，永瑆看到墙上又有一个人在挥舞着旗子，绵宁顾不上害怕，提起鸟枪跑过去又开了一枪，那人也应声落在地上。贝勒绵志打下了墙上的第三人。几名兵士冲过去查看，报告说三人均已身亡。

此时有人来报，镇国公弈灏率火器营近千名兵士赶到，庄亲王绵课也带数百名弓箭手前来支援，他们都进了神武门，就快到了。绵宁大大地出了一口气，闭上眼，露出笑容，接着望向天空说道："苍天保佑。"

永瑆感觉浑身的血一直向上涌。连他自己也不知道，当时如何想也没想就冲进了紫禁城。他此时才发现双腿在不停地打颤，想止也止不住，干脆一下子坐到了地上。

"十一叔，您没事吧？"绵宁忙蹲下来搀扶。不多时，镇国公弈灏、庄亲王绵课、礼亲王昭槤、贝子弈绍都带人赶了过来。弈灏说，他原本也急蒙了，好在突然想起，正巧有一千火器营兵士驻扎在德胜门附近，就赶紧跑去搬兵。真是上天护佑，天不亡我大清啊！绵宁搀扶着永瑆，众人退到养心殿的院子里坐着歇息。永瑆知道，最危险的时刻过去了。

但众人仍不敢掉以轻心。经商议，由绵宁带人守卫中宫，弈灏、绵课带人搜寻叛军，永瑆和礼亲王昭槤等人分守四个禁门。

天渐渐黑了。永瑆带一百多人守在神武门。这半日的惊吓劳累，到了夜晚，化作难以抵挡的睡意，汹涌袭来。虽然就目前情势来看，神武门在这四个禁门里可能是最安全的一个，但永瑆丝毫不敢大意，使劲控制着自己，和睡意作着斗争。秋天的夜晚，寒凉如水。永瑆终归上了年纪，顾不上衣衫单薄，不一会儿就靠在城门边睡着了。

半夜，突然雷声大作，紧接着狂风怒号，暴雨如注。永瑆一下子被惊醒了。只见眼前大雨如同水帘一般，将紫禁城隐藏在模糊的暗夜之中。好在绵宁派人不时在四门间传递消息，从绵宁处传来的消息得知，那伙叛军半夜准备从午门向外冲，他们还把从宫里搜来的被子堆放在一起，准备点燃午门的五凤楼，却不料突然下起了暴雨，浇灭了大火。他们没能逃出去，便四散遁入紫禁城的暗夜之中。这倒更不好办了，紫禁城这么大，夜深了，又下着大雨，唯有等雨停再仔细搜查了。

密密麻麻的雨点噼里啪啦地打在地面上，有如千军万马，淹没了一切声音。溅起的白色水花连接成一片水雾，远处的东西什么也看不见。人们躲到门洞里，互相挤靠着取暖，就这样在雷雨声寒风中硬撑着等待天明。

五更时分，雨才渐渐停下，东方泛起鱼肚白。神武门的门洞里积了不少水，带来阵阵寒气。永瑆使劲拧干衣服上的雨水，折腾一宿之后，早已是人困马乏、饥肠辘辘。正在此时，庄亲王绵课派人送来了从宫外买来的大饼，众人分抢而光，总算挨过了早晨。

吃了两张饼，喝了些热汤后，永瑆觉得自己不必在这里死守，便留下一部分人守门，自己带着几十名兵士，四处搜寻闯宫叛军。一直忙活到十六日黄昏，不断有叛匪落网或被诛杀。众人仍觉放心不下，不敢回府，又在宫里整整搜寻了两日，直到颙琰从热河赶回紫禁城。

颙琰一进午门，便痛哭失声。此时的颙琰，须发花白，腰弓背驼，面容憔悴，神情悲戚，俨然一个老者，哪有半点正当盛年的天子威风。看到颙琰的样子，加上连日惊吓劳累，永瑆心里酸楚，不禁也落下泪来。

颙琰将大家召集到养心殿，听了各方奏报以及对被俘叛军的审讯情况。

闯宫的是天理教起事的教众。天理教头目林清是京南一个无业游民，祖上务农。他自幼就爱听野史轶事，渐渐地，心中有了一朝自立为王的梦。正巧京南宋家庄一带荣华会声势壮大，林清便入了荣华会。林清为人还算仗义，后成为荣华会掌教，将会名改为天理教。后又将河南冯克善的离卦教、李文成的震卦教招至麾下。林清联络多省天理教教徒，见时机成熟，准备起事。不料，天理教在河南滑县起事的消息不慎走露，李文成被捕入狱。其手下聚集三千人成功劫狱后，不得已提前行动，遭到官兵的围捕，没能如约北上。而在京畿的林清浑然不知，仍按约定时间准时起事。林清手下亲信陈爽、李五等人率领二百余人，装扮成送水送粮的混入京城，推的车子上藏着大刀等武器，但进得城来的只有一百来人，兵分两路到了东华门和西华门。宫里太监刘得财、刘金玉等人皆为内应，为他们打开了城门。在守卫官兵的围追堵截下，最终进入紫禁城的约摸只有几十人。

发生这么大的事却失察，颙琰勃然大怒，将步军统领和左翼总兵治罪，又召陕甘总督那彦成火速进京，剿灭北京及滑县的林清余党。

颙琰含泪颁诏："朕绍承大统，不敢暇豫，不敢为虐民之事。自川、楚教匪平后，方期与吾民共享承平之福，九月十五日，大内突有非常之事。汉、唐、宋、明之所未有……朕惟返躬修省耳。"听到这句，永瑆又替颙琰落了几滴泪。嘉庆元年白莲教闹事，嘉庆八年闰二月，颙琰从圆明园还宫时在顺贞门遇袭，如今又发生天理教闯宫。颙琰一直勤勤恳恳，兢兢业业，并未有过任何失德之举，却仍有这么多人反他。

颙琰没忘记嘉奖守卫宫城的王公和大臣，特别是指挥守卫宫城的绵宁，晋封为智亲王，加倍给予俸银一万二千两。颙琰看绵宁的目光充满了欣赏和慈爱，永瑆心下明了，未来的储君不会是别人了。绵宁虽不是皇长子，却是嫡长子，况皇长子早夭。绵宁的生母是已故孝淑皇后喜塔腊氏。颙琰与喜塔腊氏夫妻和睦，感情甚笃，喜塔腊氏过世后，颙琰一度不想再册立中宫，在众人的极力劝说下，才将原来的侧福晋、后来的皇贵妃钮祜禄氏立为皇后。绵宁不仅聪明好学，而且稳重懂事，在天理教闯宫这件事上又英勇果敢，经过这次事件，人人都认为他是皇储的不二人选。

天理教闯宫事件，永瑆出了不少力，按理当重奖。但实在怪永瑆自己大大咧咧惯了。原本皇上再度让他主理户部三库，偏偏他一次抄帖时不小心，忘了避皇考的名讳。他又名声在外，他的这个过错多少人都看得见，便再次被夺了职，罚俸半年。现在功过相抵，皇上免了他未完的罚俸，却也不好再奖了。

经过连日的惊吓与劳累，永瑆终于还是熬不住，大家还在议事时便在养心殿上睡着了。颙琰见此，心下又难过又自责，忙派人护送永瑆回府休息。

前几日刚下过一场暴雨，如今王府的草丛中仍留有雨后的清香，生机盎然。海棠果也快熟了，园子里飘着一丝香甜。

富察氏、李山和众丫鬟仆人都出来迎候。

回到府里，永瑆倒不太想睡了。

"先给本王上壶茶来。"永瑆躺到海棠树下的躺椅上，疲惫地说。几日前，他就是从这张椅子上跳起来，披上衣服就冲向紫禁城的。

"是。王爷多日操劳，该好好歇息一下了。"富察氏说着，亲自领着丫鬟去准备茶点。

"老爷，我这就去给您准备洗澡水。"李山如今年近七十，须发皆白，背也驼了。永瑆望着他们远去的背影，叹了口气。颙琰、他、富察氏、李山，他们都老了。

北风轻轻刮过，吹蓝了一方天空。池边榆树的叶子已经泛黄，明开夜合树上黄色的树叶伴着秋风向下飘落；栾树一身金黄的叶子中点缀着深褐色的灯笼似的果实。水中映着南楼红色的倒影，一条小鱼跃出水面，池水中五彩斑斓的颜色随之漂荡开去。

永瑆在海棠树下睡着了。

七

道光元年除夕夜（1821年），窗外有星星点点的白雪飘落。

雪花打在脸上，微微有些湿润，但立刻融化成一小滴水珠。

亥时刚过，西院里下人们把鞭炮点着，噼里啪啦，一阵喧闹后，只剩下满地红色的碎屑，慢慢被雪花湿润。

又是一年过去了，永瑆感慨着。

如今已经是新朝，他也真的成为一位老人了。

　　他的人生起起落落，一会儿赏，一会儿罚，到底为什么赏为什么罚，永瑆大多记不太清了。嘉庆二十四年五月是他被罚得最狠的一次，他记得格外清楚。当时颙琰率众人去地坛祭拜，前面的祭礼仪式一切顺利，只是到终献礼时，赞引官竟然出错，不该叩拜时他喊了拜，永瑆想也没想就跟着做了，却发现身边的人都站着没动，只他一人跟着赞引官错了。祭天地社稷祖先神明，对于大清皇室而言极其要紧，仪式庄严，不容半点纰漏。永瑆犯了这样的错，虽罪在赞引，但他自己心不在焉终归难辞其咎。颙琰以其年老多病为由，罢了他一切差使，令其不必在内廷行走，只在府中闭门思过，还命罚半俸十年。永瑆恨透了那赞引，害自己在如此庄重的仪典中失了身份，却也没少责怪自己。永瑆苦笑，他一生节俭，却总是被罚俸。

　　永瑆又想起了颙琰。自当皇帝以来，天下一直不太平，他总是担惊受怕，疲于应对，以致未老先衰，积劳成疾。嘉庆二十五年（1820年）夏，他离京去热河行宫时还好好的，可没想到，这一去就成了永别。

　　听闻颙琰出关时一时兴起，改为骑马，大汗淋漓受了风寒，到热河后便一病不起。原本他带了传位诏书在身上的，可弥留之际想宣诏传位旻宁①时，却无论如何也找不到诏书，还没有宣诏人就过世了。众人都知新皇定是旻宁，奈何找不到诏书，谁也不敢破了规矩，只好派人回京，到正大光明匾后去

---

　　① 即绵宁，此时已是道光皇帝。

找。那诏书分明在热河，在京城又如何找得到？那人也算聪明，便去请皇后懿旨。旻宁一直孝顺，待皇后有如亲生母亲，皇后也有心胸，没有偏向自己的骨肉，而是遵从先帝的意愿，下懿旨立绵宁为新君。她的懿旨到了热河，颙琰的传位诏书也神奇地找到了。

虽然颙琰去得匆忙，都没有来得及见最后一面，但这江山总算是顺顺当当交到了旻宁手中，也许一切都会慢慢好起来的。

永瑆慢慢踱进书房。这里有他一生的收藏，年纪大了，更是每日都要拿出来看看。米友仁的字，赵文敏[①]的《游行仕女图》，管道昇的《九歌图》，马远的《梅花诗思图》，王叔明[②]的《听雨楼图》，王牧之[③]的梅花，恽寿平的《山水图》，还有宋人所作《十八学士登瀛图》《秋林猎骑图》《李陵苏轼泣别图》《宋高宗瑞应图》，他的收藏许多是皇考赏赐给他的，对于永瑆来说都是无价之宝，也是毕生所爱。

他拿出宋人所画《韩蕲王骑驴图》，图中的韩世忠辞官归隐，仅一小仆相随，身影孤单，骑驴慢行，表情超然却又高傲，上面有永瑆的题诗：

> 兀兀骑驴一老翁，临安大尹马嘶风。
> 裴头陀寺君休问，一片西湖晚照中。

---

① 赵孟頫，南宋晚期至元初书画家、诗人。
② 王蒙，元末明初画家。
③ 王谦，明代画家。

如今已是新朝，永瑆也完全赋闲在家了。每日抄帖，写字，作诗词文章，这样的日子才最合他心意。永瑆的墨宝千金难求，扔了的字纸都能被下人抢着收起来，拿出去卖个好价钱。一想到这儿，永瑆微微笑了。

永瑆收起画，铺开纸，研了墨，沉吟片刻，在雪白的纸上写下"歲歲平安"①四个遒劲有力的大字。转念一想，又把纸揉成一团丢在一旁，重新取了张纸。这一次，他特意把"歲"字里面的"少"字写成了"小"，每过一年不要少一岁，而要小一岁。看着这几个字，永瑆眯起眼睛，像孩子一样笑了。

第二日晨起，只见花园里两株西府海棠树下满是红色的鞭炮碎屑。雪早已停了，薄薄的一层铺在海棠枝丫上，与大红色的窗花形成鲜明的对比。

> 凌晨携杖出西园，云望西山一带屯。
> 麦陇高低都覆露，丰年书在道光元。

永瑆用树枝在雪地里写下这几句。

踩着地上红色的碎屑，永瑆回想起自己童年时的元旦。那时，宫里不放鞭炮，只有每年一次在筒子河边燃放烟花，不仅时间长，而且礼节繁琐，虽然天空中花样百出、色彩绚丽，终不如震耳欲聋的鞭炮声有年味。红色的纸屑、洁白的冬雪相配，

---

① 岁岁平安。

正是难得的小景！

两个丫鬟经过这里，见永瑆也在，赶忙躬身行礼。永瑆一摆手道："你们下去吧。"

永瑆抬头，看到棕黑色的枝丫上，蓝天映衬的白雪在阳光的照耀下一点点融化。

这时，富察氏穿过月亮门向花园走来。永瑆见她一身朴素装扮，在雪中蹒跚而行，终觉自己平日还是过于严苛了些，便笑了笑迎上去道："夫人，岁岁平安！"

一阵风吹过，刮下星星点点的雪花。

第四章

举杯消愁愁更愁

酌酒海棠下，山肴杂落英。
邀来一明月，相伴到三更。

———奕譞

一

光绪二年（1876 年）秋，后海岸边的柳树早早就掉了叶子，光秃秃的显得垂头丧气。

醇亲王奕譞在王府的花园中摘海棠果。

这两年秋天，他闲来无事都会去采摘。只是今年的果子结得小而稀少，大多都极为酸涩，难以下咽。

天，灰蒙蒙的。日落时分，一轮红日模糊而空洞地挂在西边的天空。

这是奕譞离开儿子的第二个年头。他和福晋婉贞的长子两岁时夭亡，过了五年才有了次子载湉。载湉自出生起便被惊为天人，面若美玉，五官清秀，一双美目顾盼生辉，各府女眷争相来看，无数人抢着要订娃娃亲。奕譞和婉贞自是将他视若珍宝。谁料去年穆宗[①]驾崩，穆宗无后，婉贞是当朝圣母皇太后

---

① 同治皇帝。

慈禧的亲妹妹，奕譞又是文宗①的亲弟弟，因为这两重关系，四岁的载湉被慈禧太后相中，抱进宫中当了皇帝。

奕譞清楚地记得那个夜晚。

同治十三年十二月初五（1875年1月12日）深夜，他被急召入宫。惇亲王奕誴、恭亲王奕訢、孚郡王奕譓、惠郡王奕詳、御前大臣、军机大臣、内务府大臣、弘德殿和南书诸臣都已在养心殿西暖阁外候旨。进得西暖阁后，两宫皇太后当众宣布，同治皇帝刚刚驾崩，皇上无后，召集众臣来是要商议册立一事。

诸臣吵得不可开交。奕譞注意到，除了他，只有恭亲王奕訢闭口不言。不知为何，他总觉得慈禧的眼光在他们二人之间不停游移。奕譞突然明白了，慈禧中意的帝位人选，不会是皇后未出世的孩子，更不会是成年的王爷，必须是个孩童，这个帝位人选，很可能就在他们两个王府中产生。奕譞心中期望这个"恩宠"千万不要降临到自己头上。

慈禧太后开口了，奕譞不由得打了个激灵，后来才发现她是对着六哥说的："不知恭亲王有何高见？"奕譞心里稍稍松了一口气。老六文韬武略样样出众，当年就胜出四哥咸丰皇帝几分，至尊之位没有落到他手里实在有些可惜。如果这原本就应该属于他的荣耀能够回到他儿子手上，那也是顺理成章。不料奕訢只说了一句："全凭太后定夺。"奕譞盼望大家一致推举奕

---

① 咸丰皇帝。

訢之子载澂，那岂不万事大吉了。没想到慈禧太后偏不发话，一时间竟无人提及此事。奕譞越来越不安，慈禧太后需要的，不是有主意的恭亲王，而是像他这样没主见的人，否则大权岂不是旁落了。他突然觉得心突突地跳，手心里全是汗，把头埋得愈发深了。

沉默了一会儿，慈禧缓缓开口："大清失去皇帝，举国皆哀。哀家失去儿子，心中更是悲痛万分。没能看顾好皇帝，没能让他为大清诞下子嗣，是哀家之过。哀家定然担负起这个责任，为我大清选一位合适的后继之人。哀家和姐姐刚刚已经商量过了，"她侧过身去看了一眼慈安太后，可奕譞分明看到慈安面露不解之色。慈禧并未理会，又把目光转向他，坐直了身子高声说道："醇亲王之子载湉，敦厚聪颖，天生帝王之仪，且为大行皇帝之至亲，可承继大统。"

奕譞扑通一声就跪在了地上，"使不得，万万不可啊太后。臣之长子载瀚于同治五年夭折，臣仅得此一子，望太后体恤！"

"奕譞，此时当以江山社稷为重。"

"小儿如今才四岁，怎坐得这至尊之位啊！请太后三思！"

"世祖六岁嗣统，圣祖八岁继绪。载湉天资聪颖，容貌出众，有帝王之仪。奕譞，还不快快谢恩。"

奕譞不知道怎样推辞才好，急得大哭失声，捶胸顿足，倒地昏迷不起。过了快半个时辰，他才渐渐缓过劲儿来。哭也好，闹也罢，无论如何都无济于事。奕譞仅有的儿子已经成为大清的新帝了。

慈禧选中载湉，无非是将他们父子当作傀儡和棋子。从四哥驾崩之日起，奕譞便明白，这位嫂嫂绝不是一般的女流之辈。

奕譞犹记得辛酉年间文宗在热河驾崩后慈禧与六王兄奕訢合伙除掉顾命八大臣之事。当时，他受奕訢指使，一路飞骑连夜在密云半壁店擒拿了顾命八大臣之首的肃顺。肃顺还在睡梦之中，便被铁链锁身，五花大绑押上了囚车。一路上肃顺的咆哮、叫骂声还在耳边回响，在菜市口监斩时肃顺的惨状还历历在目。皇室宗亲载垣、端华被赐自尽，其他五位顾命大臣被发往军台效力。那么多权臣竟然都斗不过一个女流之辈，她的意愿，又岂是他这位王爷所能违抗的？如今身陷权力争夺的漩涡之中，奕譞感到心惊胆战。

奕譞想到明武宗，因为无后，其堂弟朱厚熜继位，朝臣们因皇帝生父的称呼争执不下，竟引得近二百人遭到廷杖，十七人因此丧命，震动朝野……无论如何，当今皇上生父的身份必然引起慈禧的猜忌与防范。奕譞见识过慈禧的狠辣与野心，怕是现在，他已经成了慈禧的眼中钉了。

那一夜，奕譞没有合过眼。长夜漫漫，黑暗似乎没有尽头，寒冷的风如同一个冰冷的深渊，时刻都有可能将他吞噬进去。

第二日，奕譞便上奏两宫太后，称昨日听闻先皇驾崩，五内崩裂，触犯旧日肝疾，委顿成废。如今便请罢都统、御前大臣、领侍卫内大臣等一切职任。两宫太后召众臣商议后，准了他的奏请，赏他"亲王世袭罔替"。

家里出了皇帝，原先太平湖的宅院便成了"潜龙之邸"，按大清祖制不可再居住，于是奕譞举家迁到了后海北岸的这一座园子里。只可怜他和婉贞，夫妻二人感情虽好，却委实命苦，载湉入宫不久，他们的第三个儿子刚出世，连名字还未来得及起便夭折了。若是载湉没有入宫，能够承欢膝下，该有多好。

奕譞无奈地摇摇头，把攥在手里的酸涩果实扔回篮筐。下了梯子，接过管家周全递过的毛巾擦了擦手，独自回到书房酌酒。

这两年里，他每日借酒消愁，可那份思念之情却是越来越重，难以消遣。两年来，他竟练就了一副好酒量。

一个时辰之后，周全进来禀报，宫中的刘公公来了。奕譞慌忙起身，迎了出去。刘公公高声说道："圣母皇太后有旨：皇帝年满六岁，已到开蒙之时，特命翁同龢为师，传道授业，行走毓庆宫。醇亲王奕譞，谨慎知礼，忠厚纯良，特许入宫照料。"

奕譞一听大喜过望，忙行大礼谢过太后。刘公公接着说道："王爷，明儿个辰时皇上要行拜师礼，还请王爷入宫谢恩。"然后略微放低了声音："圣母皇太后特许王爷入长春宫面见皇上，便是不用同时拜见两宫皇太后了，望王爷知晓。"

奕譞忙作揖道谢，拿了十两银子，悄悄塞进刘公公手里。刘公公脸上笑开了花，躬身告退。

奕譞心中不解，依祖制这后宫是进不得的。他忽然间明白了，慈安皇太后位尊，两宫皇太后在一起时慈禧觉得不自在，明日叫他到长春宫拜见皇上便是要回避慈安皇太后。他两年未曾入宫，不知这是不是已经成了规矩。看来他是要备两份礼，明日分别拜见了。

　　第二日，奕譞早早便起床梳洗，周全为他穿上石青色朝服，戴上朝珠。奕譞下意识地摸了摸胸口圆形补子上用金线缝制的五爪正龙，这是亲王才有的待遇！他不比六哥文武双全、精明强干，却靠着小心谨慎一路封到了醇亲王。虽说前路艰险，但亲生儿子承继大统，为了这份无人能及的荣耀，以前的种种担惊受怕、做小伏低，都是值得了。

　　婉贞早已候在前厅，身边的丫鬟们来来回回地搬运着各种东西，有孩子穿的衣物、冬天的棉被，还有一盒一盒的果子蜜饯；桌台上放着两个紫檀礼盒，旁边整齐地摆放着一些字画卷轴，桌台旁是一扇梅兰竹菊纹样的珐琅镂金屏风。奕譞见此情景不禁怔住了："夫人，你这是做什么？"

　　"昨儿王爷吩咐给太后备礼物，自是耽误不得。王爷今儿入宫，这么久没见载湉，总要多带些东西。今儿还要行拜师礼，翁师傅那里，见面礼想来也是少不得的。"

　　"这些不必了，"奕譞指着衣服被褥道，"皇上在圣母皇太后身边，穿最好的、用最好的，哪里用得着这些？你送东西过去，倒像是怕太后照看不周，会惹太后不高兴。给太后的礼物备的什么？"

　　婉贞走到桌边，打开一个紫檀木方盒。原来是一把羊脂玉梳子和一个小巧的玉滚轮。那玉梳和玉滚轮色泽一致，通体乳白油润，梳子背儿上带着一块黄色的皮子，玉滚轮的手柄上镶嵌了一块粉红色碧玺，让人爱不释手。慈禧太后喜欢玉石，也爱保养。这份礼物既不失身份，又不过分张扬，奕譞十分满意。

另一个檀木盒子内是一把苏绣团扇，上有双凤戏牡丹的纹样，是婉贞给慈安太后准备的。

"给翁师傅的礼我已经备下了，我只带上这两个罢。"奕譞指了指这两个紫檀木盒。

婉贞将盒子收好，立在桌上，低头悄悄抹起眼泪来。奕譞忙让丫鬟们都退下。

"两年没见载湉，也不知那孩子现在什么样了。真想去见他一面。"

"夫人，不要伤心了。为夫不是一会儿就要见到他了吗？以后进宫照料，可以天天见面。待日后我进宫时，夫人再准备些东西送去。现在还是先用膳吧。"

用过早膳，奕譞便起轿进宫。

进西华门，奕譞随内官沿宫墙一路向北走到隆宗门，进了隆宗门继续北行，前面还有宫门和长长的夹道，真不知要走多远，才能到太后居住的长春宫。这一路是如此漫长，庭院深深，宫墙重重，奕譞压抑着内心的慌乱，努力使自己急促的呼吸平复下来。

长春宫正殿两侧环抱着回廊，回廊内有十几幅《石头记》壁画，院中栽种了两株杏树。屋内传来宫女清唱的声音。听闻慈禧是个戏迷，平时爱让宫女唱戏给她听，她自己有时也会哼唱两句。奕譞驻足细听："听一言来怒冲冠，骂一声驸马理不端。身在北番心在汉，一十五载漏机关。今日既然将罪犯，还敢在此胡乱言。"这是《四郎探母》，唱的是杨四郎被俘，改名易姓迎娶萧太后之女铁镜公主。十五年后得知母亲到了雁门关内，四郎心中挂念母亲，向公主坦白相告。公主骗得令箭助杨四郎前往雁门关与母亲相见。杨四郎怕连累公主，如约返回。不料身份被萧太后知晓，欲推出去问斩。偏偏此时听到这么一句，太后用意明显，奕譞只觉得心中一紧，慌忙让太监通传。

戏音停了，奕譞进得屋内。慈禧太后正斜靠在软榻上，她四十出头，五官长相虽不出众却也清秀，头发梳得一丝不苟，皮肤保养得极仔细。只是嘴略有些歪，若不笑便显得严厉。慈禧身穿一件紫纱地缂丝氅衣，上面缀满了双蝶和折枝栀子花，衣边一圈黑地饰蓝花图案，白绸的袖口绣有牡丹和仙鹤，头戴一支点翠蝴蝶花卉步摇簪，指尖摩挲着一支镶红宝石和田玉如意。奕譞一见慈禧，扑通一声跪到地上，忙不迭地叩首请安。

慈禧今天心情好，对奕譞格外和气。奕譞慌忙呈上了和田玉梳和玉滚轮，慈禧素日就喜欢收藏玉器，此刻果然喜笑颜开。

"奕譞，去过钟粹宫了吗？"

"臣进了紫禁城，就直奔您这儿来了。"

"也罢，一会儿你陪皇帝一块儿过去吧。"

慈禧命人唤载湉过来。奕譞只觉得心口怦怦直跳，等待载湉的这短短时刻，对于奕譞来说是那样漫长。但越是如此，他越努力按捺住自己的心绪，毕恭毕敬地垂手站在那里。忽然，珠帘后一阵窸窣声，两名年轻宫女带着一个六岁孩童进了内殿。他身穿明黄色缎绣十二章纹龙袍，像个小大人一样，身姿英挺，眉目清秀，比起两年前生得越发好看了，尤其是那一双美目，像极了婉贞。奕譞心中先是悲楚，渐渐转变成一阵狂喜，瞬间觉得这两年来的所有隐忍都是值得的。但无论他心中再怎样激动，面色都没有丝毫改变，更没有忘记跪下身子。载湉小小年纪，却分外聪明懂礼，先是恭敬地给太后行跪礼，并叫了声"亲爸爸"；随后又起身面向奕譞，水灵灵的杏眼眨巴了几下，垂下长长的睫毛，略显羞涩地对奕譞叫道："醇亲王。"

奕譞鼻子一酸，心里有许多话要对儿子说，他想问儿子宫里的生活，想要抱抱他，想要让儿子去见见亲生母亲。但他只是恭谨地伏下身子，努力掩饰着心中的激动，一字一顿地说道："臣奕譞，拜见皇上。"

载湉用稚嫩的声音说了声"醇亲王快平身"，坐到慈禧身旁。太后见奕譞与儿子久别重逢却依旧恪守礼数，心中满意，只是嘱咐了几句，便让人领着他们去见慈安太后。

一行人穿过夹道，又绕过乾清门，向北到了钟粹宫。钟粹宫的陈设更加雅致，穿行其中犹如置身江南。它的主人慈安太后不骄不躁，性情温和。

东配殿内熏着淡淡的松香，慈安太后坐在桌前吃葡萄。载湉和奕譞走进来，还未行完礼，她已将二人叫起。载湉在这里颇为自在，跑到桌前拿了串葡萄，倚到慈安太后身边吃起来，慈安太后笑眯眯地看着他。奕譞忙把蜀绣团扇献上，慈安只将那盒子半开看了一眼，便笑着收下了。不一会儿便催他们快去毓庆宫。

毓庆宫是宫中难得的僻静之处，殿外有一片精心修剪过的灌木、一口井，深靠宫墙的位置有两棵老槐树。毓庆宫正殿内十分清凉，正中央一幅孔子像，底下两把太师椅，一张檀香木方桌，简单而又古朴。

翁同龢早已候在了殿外。奕譞见过他，却没打过交道。如今仔细打量，翁师傅四五十岁，身材壮硕，皮肤黝黑，额头很长，颧骨突出。双眼有些下垂，双嘴也向下垂着，以致整张脸似有几分严厉，又似有几分沮丧，和奕譞想象中仙风道骨的文人雅士完全不同。翁同龢是咸丰六年的状元，不仅工诗，且擅长书画，是声名远播的才子，也曾是同治皇帝的老师。如今他成为载湉的老师，奕譞自是对他十分恭敬。

翁同龢先行了君臣叩拜之礼，载湉亲手扶起他之后，作揖行过拜师之礼。之后，又向孔子像行过礼。落座之后，便开始了今日的功课。翁师傅先提笔写下四个大字："天下太平"，教皇上认读习写。之后，便拿出《帝鉴图说》，为皇上讲解其中的《任贤图治》。载湉不仅聪明好学，而且懂事知礼，奕譞看着心中有说不出的高兴。

这一日很快过去。翁同龢见载湉书已经读了不少，此刻已有倦意，便宣布下课。奕譞不失时机地奉上自己精心准备的一方端砚和一支上等湖笔。见翁同龢十分喜欢，奕譞说道：

"本王素来仰慕翁师傅才名，听闻翁师傅的字博采众家之长，却未能得见，着实遗憾。"

"承蒙王爷厚爱，以如此重礼相赠，翁某不才，今日便在王爷面前献丑。只是不知王爷希望翁某写哪几个字？"

"本王尚未给书房取名,"奕譞停了一下细细思索,"但此刻忽然想到拙诗中的四句:'遥天风散云烟态,大地春回草木姿。柳下双柑花下酒,小园从此畅襟期。'如此,便想将书房取名'畅襟斋',翁师傅以为如何?"

"好名字!在下便为醇亲王写这几个字,还望醇亲王不要见笑。"

"能得到翁师傅的墨宝,本王何其幸哉!"

翁同龢取出笔墨,铺开一张宣纸,摆足了架式,才开始落笔。随着墨香的飘散,"畅襟斋"三个字跃然纸上。

"翁师傅的字体清润舒旷,似有钱沣之风骨,又具董文敏之柔和。果然是大家,出手不凡!谢过翁师傅了。本王唯盼与翁师傅时常畅叙襟怀。"

寒暄了一阵,奕譞别过翁师傅,便和载湉一道出了毓庆宫。

秋日的夕阳素来色泽艳丽,那一片片绯红的火烧云绵延万里,仿佛看不到尽头。绯云之下,紫禁城的琉璃瓦黄得耀眼,大红的宫墙也有了几分暖意。

自从奕譞入宫照看皇上读书以后,婉贞的心情终于舒畅了许多。

婉贞的长子夭亡后,过了五年才生载湉,又是她亲手带大的,感情格外深厚。载湉被抱入宫中,如同要了婉贞的命一般。紧接着她又经历了一次产子丧子之痛,精神一下子垮了,天天以泪洗面。去年开春,她在花园里打理花草,不小心踩死了一只蚂蚁,她竟郑重其事地将那蚂蚁埋了,并且此后再没进过花园。由于茶饭不思，神思郁结，人也渐渐消瘦下去。

如今她时常可以带东西给载湉，又能从奕譞口中听到载湉每日的生活琐事，心中安定了不少。婉贞虽是慈禧太后的亲妹妹，但她再三在心里告诉自己，从今往后，姐姐才是载湉的额娘。纵然她心里对载湉有万般牵挂和不舍，但绝不能惹恼姐姐，为载湉招来麻烦。自此她每日吃斋念佛，绝口不提入宫之事。

也许是奕譞的小心翼翼和婉贞的虔诚感动了上苍，载湉在宫中平平安安地长大了。光绪五年（1879年），婉贞终于又生下了四子载洸，而奕譞的侧福晋刘佳氏也于光绪九年（1883年）顺利生下五子载沣，王府里又热闹起来。

二

光绪十年（1884年）春。

奕譞穿戴得整整齐齐，站在王府门口，望向河岸的远方。

奕譞今年四十六岁。年初，刚满五岁的载洸夭亡，婉贞有三个孩子都没养大，奕譞心情悲痛，未老先衰，显得比实际年龄大了十岁，头发也略显花白了。所幸他能够经常入宫见到载湉，载沣也健康壮实，两个孩子安好是他生活中最大的慰藉。

岸边的新柳轻拂着微波荡漾的水面，鱼儿在河里游动发出欢快的声响，天空中飘着两朵悠闲的云。春天的宁静中藏着无限生机。

不一会儿，一顶轻轿缓缓来到王府前。奕譞慌忙上前迎接。大红色的轿帘缓缓掀开，从里面走出一个精神矍铄的老者。老者身材极高，年纪六十开外，身穿石青色白鹤补服，配一串珊瑚朝珠，神态雍容，气度超群，他便是大名鼎鼎的三朝老臣李鸿章。

李鸿章颔首作揖："鸿章拜见醇亲王。"

"李中堂快快有请。"

这是奕譞与李鸿章初次私下见面，心中不禁暗自感叹李鸿章卓尔不群的气质。二人进了院子，缓缓向书房走去。到了门口，李鸿章看到门上挂着匾额，上书"畅襟斋"三字，不禁驻足观看。奕譞微微一怔，突然想起，这字是翁师傅送的，心下后悔，他竟然忘记翁师傅和李中堂的过节了。二十五年前，太平天国造反，翁同龢的兄长安徽巡抚翁同书弃城而逃。李鸿章的恩师曾国藩呈递奏折请求严惩翁同书，那份奏折其实是李鸿章的手笔。

"'畅襟斋'，王爷这是要'开怀畅远襟'啊！这三字苍劲有力、结体舒朗，真不愧是大家之作！只可惜，写字之人对鸿章却是恨之入骨。"李鸿章哈哈一笑，说道。

奕譞不好意思地笑笑，心下却不禁感佩李鸿章的心胸。这几年，他与翁师傅朝夕相处，每每事关李鸿章，翁师傅都是恶语相向，而李鸿章却还能泰然自若地夸赞翁师傅的书法，果然非一般人物可比。

李鸿章坐定后，抬眼环视了一圈屋内布局。门口的木架上是两尊青花新竹瓶，桌台上摆着一盆精心修剪过的兰草。西厢房被一扇屏风单独隔开了，那屏风上绣着寒雪绿梅图，隐隐透着清丽之姿。

奕䜣说道："本王素知中堂饮食精细讲究，听闻中堂每日进食鱼翅燕窝，饮浓鸡汤，补充铁水铁酒，难怪中堂身康体健，精神矍铄。无奈本王对饮食一向没那么讲究，平日里只爱亲自采花果酿酒，还望中堂见谅。"从进门到现在，奕䜣对李鸿章的态度一直十分恭敬。虽然奕䜣是皇亲贵胄，但在李鸿章这个三朝老臣面前，他只能算是个晚辈。

"王爷雅兴！鸿章求之不得！"

周全带人端上酒水茶点，点心只是佛手酥、金瓜酥、豌豆黄、艾窝窝四样，茶上的是明前龙井。

"去年秋天，园里的菊花开得极好，本王便亲自采摘了一些，酿了菊花酒。过了一冬，味道应该有了。中堂请。"

"哈哈哈哈，鸿章今日有口福了。谢过王爷。"

李鸿章喝了一杯酒说道："王爷这酒，清香淡雅，品味不俗。王爷的书房，名字取得雅致，陈设也别致——满室梅兰竹菊。可见王爷喜欢清丽雅致之物。"

奕䜣自年轻时起便爱读书，又喜欢亲自莳花弄草，本性恬淡。听李鸿章如此评价，心里分外高兴："花中四君子，气节品性，令人神往。"

"真是巧了，鸿章也有同好。高洁、淡泊、性坚、谦雅，此乃花中四君子的品性；君子应讷于言而敏于行。只可惜，如今寻花容易，寻品性高洁之人难了。王爷推崇花中四君子，是位风雅之人。"

"本王愧不敢当。"

李鸿章又端起茶碗，啜饮了一口。短暂的沉默之后，他轻轻放下茶碗说道："鸿章来拜会王爷，并无特别的事项，只是往后少不得上门叨扰，今日便先来认认王爷的大门。"

奕譞心中明白，三日前，太后罢免了恭亲王军机大臣之职，以礼亲王世铎代之。又下令遇有重要事件，世铎须与自己商量。没想到李鸿章立刻就递上了拜帖。李鸿章能够成为三朝重臣，除了超出凡人的才干外，这份与人交往的游刃有余，以及行走于朝堂之上的机敏变通果然令人赞叹。

"中堂过谦了。中堂平定洪杨之乱，剪灭捻军，兴办洋务，为我大清股肱之臣。本王资历尚浅，还望中堂多多指教。"

"王爷言重了。太后慧眼识人，鸿章今后还有赖王爷提点。"

奕譞微微一笑。

"去年法兰西军队进犯越南及我大清南境，我大清连失多城。难怪太后震怒，恭亲王军机大臣之职都遭罢免，工部尚书翁同龢革职留任，仍在毓庆宫行走。鸿章料想，过不多久，便要议和了。"李鸿章神情忧虑地说。

"愿闻中堂高见。"

"法兰西国进犯伊始，鸿章便说过，'各省海防兵单饷匮，水师又未练成，未可与欧洲强国轻言战事'。鸿章与法国公使议和，却遭法兰西反悔，与日本公使洽谈未果，未能阻止战事骤起。今观战局，果如鸿章所料。想那法兰西觊觎越南已久，这次恐将遂愿。唯有丢卒保车，保我大清边境无虞，再另作打算，万不可引火烧身。"

"若真如此，恐怕要辛苦中堂善后了。"奕譞轻轻说道。

"鸿章主和，并非胆小怕事，只因鸿章深知法兰西、英吉利之强大。今观我边防守军，实非对手。唯有兴办实务，富国强兵，方可与强敌一争高下。如今强敌环伺，日本也不可不防。我大清有一要务，非办不可。王爷得太后信任，此要务一定要王爷来督办，鸿章才可放心。"

"中堂所言何事？"

"兴办海军，加强海防。"李鸿章神情严肃地说。奕譞这才明白，李鸿章说随便走动走动，并非为一己之私，实为军务。

"历代备边多在西北，今则东南海疆万余里，各国通商传教，往来自如。阳托和好，阴怀吞噬，实为数千年来未有之变局。日本吞并琉球，法兰西侵犯越南，无不仰仗海军。如今我在越南失利，列强环伺，若不发展海军，恐将受制于人。鸿章十年前便提出海防之论，订购铁甲舰，组建北洋、南洋等舰队，辅以沿海陆防。如今看来，海军之事迫在眉睫。还望王爷仔细筹划，成就此事。"

"中堂所言极是。承蒙中堂信任，本王定竭尽全力，助中堂促成此事。"

送走了李鸿章，奕譞独自走向西院。

春风醉人，柳丝轻扬，拂在脸上痒酥酥的。

湖水金色的波光映在恩波亭的廊顶，摇曳不止。太后更换军机处，他自己没有成为领班军机大臣，那是因为载湉生父的身份；如今李鸿章这样的重臣都上门拜访，虽然没有职位，但人人心知肚明，他的地位早已胜过礼亲王世铎了。

丁香的芬芳被微风送到面前。奕譞走上石子路，玉兰已经开过，树下还留着羊脂玉一般丰满润泽的花瓣，榆叶梅开得正旺，梨花满树洁白。

两株西府海棠花开得茂盛。满院子的花树，奕譞独爱海棠："当年未入少陵诗，香色常教俗眼疑。我对名花心不尔，只如唐代以前时。"

醇亲王府原是成哲亲王永瑆的后人固山贝子毓橚[①]的府第，载湉承继大统，太平湖的王府成为潜龙之邸，太后命固山贝子迁到西直门，这一处宅院连同赏银十万两一并赐给了奕譞。他当时一见便喜欢，自然是因为院中的海棠。

海棠看似柔弱，实则生命力顽强。因为春旱未能开花，到了秋天依然绽放的事时有发生。奕譞出生在圆明园的海棠院，听说那一年院中有一株海棠，花期之后半年竟在小阳月盛开了。为此他赋诗一首：

---

① 成哲亲王永瑆五世孙溥庄养子。

侧闻禁籞我生年，芳树会开两度妍。
花底重倾山馆酒，樽前疑睹蕊宫倦。
未同桃李春风被，合付丹青妙迹传。
岂是寻常惊绝艳，生机一线藉渠延。

抬眼望去，头顶是一片嫣红的花云，密密麻麻，花团锦簇，一直绵延到房梁上去。他顺手拈起一片花瓣，透过阳光，清新的颜色如此悦目，鲜嫩饱满得似能滴出水来。微风吹过，花与花之间发出细密的摩挲声，花叶却纹丝不动地屹立于枝头上。

在奕譞眼里，这个春天如此绚烂。

三

光绪十一年七月（1885 年 8 月）。

天气晴朗，碧空如洗。缸里养着莲花，几条锦鲤在莲叶中穿梭游动。太阳还没有变得灼人之前，早晨空气中的清凉让人想要尽力抓住。

毓庆宫笼罩在一片树荫里。载湉今年十四岁，比往年长高了不少，穿着蓝色葛纱袍更显颀长挺拔，已经有了大人的模样。他那一对细长的黛眉和黑亮的杏眼在满人中十分少见，一张白净的小脸也生得比小姑娘还文静俊秀，脸上常含的笑意让人感受到他天性的善良。

翁师傅让载湉写一篇《君子论》，他自己与奕譞坐在一旁喝茶。

翁师傅头发都白了，被罢免军机大臣、工部尚书后，他的脸似乎又向下垂了一些，眼睛也变得暗淡无光。

"听闻左相①在福州仙逝，我大清又损失一股肱之臣。"奕譞说道。

"哼，左相是被李鸿章那小人气死的。什么'乘胜即收'？！明明是胆小怕事！左相上奏折请求不要议和，不要撤兵，定是被那小人给挡下了。若非气愤至极，左相何至告病请退？！又何至撒手而去！"

"翁师傅慎言啊！'乘胜即收'乃是太后的主意。"

"太后是被那小人蒙蔽了双眼。从去年法兰西侵犯越南起，他李鸿章就一直主张跟洋人和谈。去年四月，大清战败他去谈也就罢了，如今我军镇南关大捷，毙敌军近千名，重伤法兰西指挥官尼格里，夺回了谅山，士气高涨，没承想仗打胜了他李鸿章还去和谈。"

"翁师傅有所不知，李中堂虽主和，但绝非惧怕洋人。镇南关之战后，英吉利、美利坚等国驻华公使纷纷施压，太后不愿得罪洋人，也怕兵连祸结。李中堂一贯主张一面与洋人周旋，一面兴办海军，坚固海防。"

"那是为自己开脱。左相骂他坏事，一点不假。只他一人

---

① 左宗棠。

要兴办海军？左相临终前还连上两折，其一便是设海防大臣，其二将台湾建省，设巡抚。其豪迈之气，俯仰一世。岂是李鸿章能比！"

"左相仙逝，李中堂曾言，'周旋三十年，和而不同，矜而不争，唯先生知我。'二人虽时有分歧，却也是彼此相知，这加强海防一事，实乃英雄所见。"

"哼，他也配称英雄。"

奕譞不便接话，心中却有些不快。他打算今天进宫时面见太后，提一下建海军之事。自去年春天与李鸿章会面后，他发现自己已经走进权力的中心，也期望能够有所作为，而不只是躲在毓庆宫里做一个默默无闻的亲王。只是去年四月李鸿章和法兰西签署合约之后，夏天法兰西又再次进犯大清边疆，还将战火烧到了大清东南沿海，进犯台湾。战事一直没有停下，直到今年五月才终于罢兵。他今天原想听听翁师傅对于海军有何建议，没想到翁师傅除了指责李鸿章，别无其他主见。

这时，载湉撂下笔，走过来作揖道："翁师傅，醇亲王，学生以为，君子者，清正廉洁，忠君爱国，谦和有礼。君子应讷于言而敏于行。左宗棠内行甚笃，秉性廉正，莅事忠诚，迭著战功，实乃君子；李鸿章兴办实业，力促和谈，鞠躬尽瘁，至忠至诚，亦是君子。君子之交，求同存异，互为知己。是故，在学生看来，李鸿章与左宗棠皆为君子。"

翁同龢听后一怔，奕譞心中却大喜，忙抢先说道："皇上所言极是，臣也以为，李中堂与左相皆为君子。皇上年少，却有如此见识，翁师傅教导有方啊！"

翁同龢脸一红，把头低了下去。

幸好这时，皇上的贴身太监小顺子进来禀告，午膳时间到了。小顺子生得瘦瘦高高，皮肤白晰，细眉细眼，比载湉岁数略小些，载湉在毓庆宫读书的第二年小顺子进的宫，是载湉难得的玩伴。他顺便告知奕譞，他刚刚托小关子跟太后禀报了，太后说，天气太热，她懒得去养心殿了，太后午膳后会小憩一个时辰，睡醒后再过一个时辰，奕譞便可以直接去她宫中请安。

下午时分，储秀宫内，荷叶被太阳晒得有些蔫，直直地垂到水里去。

慈禧太后入宫后便住在储秀宫，也是在储秀宫生下了同治皇帝。今年为庆贺太后五十大寿，内务府花白银六十余万两重新布置了储秀宫，把储秀宫与翊坤宫打通，太后便从长春宫搬回了这宽敞的院落。院子正中有两株高大的侧柏，院落建筑连成回廊，回廊墙壁上镶贴着琉璃烧制的《万寿无疆赋》。正殿门口有一对漆金铜雕飞龙和一对铜鹤。太后院子里不摆凤却摆龙，这可是大大地逾制了。慈安太后几年前驾崩，看来慈禧太后的寝宫装饰陈设一下子发生了不小的变化。奕譞不敢多看，低头上了台阶。

大门为楠木雕万字锦底隔扇门，进门之后，一种混和着花果香的甜腻之气扑鼻而来。门口摆着一对绿地粉彩花鸟纹大缸，里面种着荷花。旁边多宝格上摆满了玉石古玩，碧玺的牡丹盆景、和田玉的菊花盆景、翡翠的竹节盆景，还有琳琅满目的瓷器和西洋钟。花梨木的柜橱上镶满了红蓝双色宝石，桌子上摆着座象牙玲珑塔，墙上挂着三星祝寿图，下面的小桌上摆了一对藕荷地粉彩花鸟纹的花盆，里面种着大红色的月季。屋子的中央，摆了个大冰鉴，阵阵凉气从中冒了出来。冰鉴上放了个青花云龙纹盘子，里面盛着新鲜欲滴的荔枝。太后正侧卧在榻上吃牛奶冰。她脸上像往常一样施了薄薄一层粉，身着粉红色纳纱西洋花卉彩蝶氅衣，春水般柔滑的纳纱闪着淡淡光泽，象牙色的西洋花卉纹饰和彩色蝴蝶显得华贵无比，品月色涤边上绣满了金色龙纹。身后两个宫女手执牡丹镂金丝缀锦团扇，正轻轻地扇着小风。奕譞快走两步，跪地请安。

"七爷来了。"慈禧抬手赐了座。二人先是闲话家常，说着说着又说到了左宗棠的过世，不免叹息了一番。奕譞见今日慈禧心情不错，便壮起胆子说道："太后，臣今日来此，实乃心中有个想法，太后聪慧有胆识，胜男儿百倍，臣斗胆说与太后，请太后指教。"

慈禧抬眼看了他一下，嗔怪地笑笑说："七爷这么说见外了。哀家了解七爷，稳重靠得住。都是一家人，有话就直说，哀家听听。"

"谢太后。臣就斗胆直言了。去年太后颁懿旨，朝中遇要事皆可与臣商议。臣虽才疏，但得太后厚爱，诚惶诚恐，不敢怠慢。自去岁法兰西国侵犯越南以来，情势愈演愈烈。如今列强环伺，太后下令乘胜而收，实为明智之举。敌强我弱，当借此时机修养生息。英吉利、法兰西诸国觊觎我大清，均倚仗海军强大。观我大清，沿海虽有水师，无奈海防不坚，统一指挥不严，以致海战频频失利，令人担忧。如今兵事已息，何不发展海军，坚固海防，消除隐患，为大清未来长远打算？"

"你说的哀家也在考虑。筹建海军之事，李鸿章说过多次，左宗棠临终上书，仍为此事。你能想到这一层，可见是用心了。筹备海军，先要建总理海军事务衙门。今儿你来说此事正好，你是最合适人选，哀家也早有此意。既然如此，这海军衙门哀家就交给你，所有沿海水师，悉归总理海军事务衙门节制派遣，让奕劻、李鸿章会同办理，善庆、曾纪泽帮同办事。你先去找地方，拟章程，筹划好了哀家便颁懿旨。"

"太后圣明！臣，谢太后隆恩！"事情办得如此顺利，奕譞心下十分欢喜。

"来呀，赏七爷一碗绿豆百合汤。还有那荔枝，拿给七爷尝尝。"

从储秀宫出来，已将近日落时分。微风掀起衣角，带走了一日的暑热，送来阵阵清凉。阳光温柔地映照在朱红色的宫墙上，对面屋脊的剪影沉淀下来，黄昏的流霞铺成了春水般的锦，将这座静美的宫城镀成了赤金。西边角楼后的天际染上了艳红的火烧云，夕阳一闪而过，落在角楼后面，天边徒留一片深深浅浅的余晖。

四

光绪十二年四月十一日（1886年5月14日），奕譞坐在马车上，后面骑马跟着二百三十名扈从官员和仆人，一路东行。

他自去年做了总理海军事务衙门大臣以来，身份更加尊贵，而他本人并不需要劳心费力，海军一切事宜都有李鸿章操办，日常公文处理又有善庆和曾纪泽帮办，他只要享受别人的尊崇就行了。十几日前，北洋大臣李鸿章上书朝廷，北洋水军已练成，奏请朝廷钦派大员前往校阅。慈禧太后便把这风光的差事派给了奕譞。

奕譞是聪明人，又相当谨慎，当即请太后派她身边的红人李莲英随行。一来，他想表明自己的行程在太后监控之下；二来，若遇到地方官员办事行好处，有李莲英挡在前面，他不用担责。

才到通州，奕譞便收到了李鸿章的书信。李鸿章在信中说，他已备下了二十三艘舢板船、三艘长龙座船在通州迎候。还有二十五艘座船、五艘伙食船同往，厨师家丁一应俱备。此外，他早就派人命令沿岸渔船停泊靠岸，另派二百名纤夫在沿岸听命，确保醇亲王船只顺利通行。

奕譞十分满意，当晚睡了一个好觉。第二日，用过早膳之后，他便登上长龙座船，在众多船只的簇拥之下浩浩荡荡出发了。只两日，船队便到达了天津。

李鸿章已在天津恭候多日。经过这两年的交往，奕譞对李鸿章的信任和亲近又多了几分。奕譞从来不觉得自己有过人的才干，但多年的隐忍让他相信自己具有识人之明。在他看来，李鸿章不仅才干过人，而且聪明机敏，识好歹，知进退，重实干。虽然他知道，李鸿章与自己交往是为了做成事情，而非出自性情相近、相知甚深的本心，但他相信李鸿章是个正人君子，这就足够了。

登岸后，奕譞换上轿辇，李鸿章亲自护送，众人簇拥着，浩浩荡荡穿城而过，直奔南门外海光寺。海光寺建于康熙年间，原名普陀寺，圣祖南巡时，亲赐寺名海光寺，并御题了匾额，如今仍高悬于寺庙之外。正门外是一大一小两副对联，一副为"香塔鱼山下，禅堂雁水滨"；另一副是"水月应从空法相，天花散落映星龛"。字迹工整，错落有序，一看便是圣祖的墨宝。

进了寺院，大殿的匾额上有四个苍劲有力的大字："普门慧镜"，两侧的对联是"觉岸正光明如水如月，法流大自在非色非空"，那字如同跃动的蛟龙般盘旋飞舞，这是高宗的御笔。能在此地看到两位爱新觉罗家族先祖的字迹，奕譞甚觉亲切。

海光寺建筑华美，雕梁画栋，房上的红漆闪闪发光，根本不像一座历经百年的老庙。奕譞不禁有些好奇："一两百年风风雨雨，这海光寺如何与新建成一般？"

"王爷是钦差大臣，何等尊贵？此行巡视北洋，舟车劳顿，无奈城中无宽敞行辕，鸿章便想到此处。海光寺宽敞安静，寺外水田漠漠，有'小江南'之称，景色极好。只是此庙历经百八十年，墙皮脱落，立柱老旧，加之当年《天津条约》签订之时，英吉利、法兰西特使曾带兵来过此处，鸿章便差人里里外外粉刷一新，供王爷下榻。同治年间，寺庙外修建机器枪炮营造所，规模颇可称道。这里宽敞，便于安置随行人员，更方便派驻兵士，护卫王爷安全。"

奕譞一听，甚为满意。几十年来，他一方面享受众人围绕奉承的感觉，但另一方面，他一个人安静惯了。如此又受到隆重的礼遇和众人的簇拥，又能够独享安静，实在是难为李鸿章想得周全。

稍事休息，李鸿章便率众为奕譞接风洗尘。席间奕譞见过了北洋的大小官员一应人等，还有各国驻津领事，场面有如众星捧月一般。用过膳后，李鸿章和善厚齐都统陪着奕譞在寺院中散步。

热闹散去，寺庙里一片宁静。

暮春的夜晚，不似初春那般干燥和清冷，空气有些温润。远处的山坡上有几株石榴，还有几簇黄月季。微风吹拂，一阵阵轻微的酸甜果香飘荡开来。寺院的经声和钟声让人内心安定。一轮明月挂在空中，月光如水，将这夜色中的树与屋镀上了一层银白的柔光，三人一边踱步一边欣赏月色，如痴如醉。

佛国经声作，官场礼数完。
酒肴小酬酢，衫履共盘桓。

翠柏依僧舍，黄花簇石栏。

漫歌珠胜月，礧磻一灯寒。

写诗是奕譞多年来养成的习惯，若每日不作一首诗，他便觉得这一日会被忘记。

没过多久，李鸿章和善都统也知趣地告退。

奕譞不愿辜负这温柔的夜色，向后院深处走去。这里立着一栋重檐六角的双层阁楼，与它相呼应，墙外建有一座六角飞檐凉亭。月光之下，白墙透出几分斑驳。

在墙角的缝隙中，露出一枝细嫩却坚韧的树干。奕譞借着月光凑近细看，那竟是一株海棠。王府里那两株西府海棠，一到春天就散发着幽幽暗香，即使过了花期，似仍有树的淡香萦绕。听闻这乡野间的海棠是无味的，枝干也细弱很多，不凑近看就会被忽视。奕譞喜爱王府中枝繁叶茂的老树，却也欣赏这平淡无奇的地方长出的绚烂新枝。一阵温暖的风吹来，海棠枝叶沙沙响了几下，便重又默立在暗夜之中。奕譞登上墙边的石阶，墙外营造所内传来热闹的声响，奕譞感到安心。极目远眺，远处是四野无人的乡间小路以及无尽的水田，天边隐约呈现出延绵起伏的山脉轮廓。今夜，一切都是这样圆满。

第二日，奕譞没有耽搁，乘船直奔大沽口。第三日，数十艘船浩浩荡荡继续向旅顺进发。

奕譞所乘的长龙座舟是官船，雕梁画栋，分外奢华。北洋的两艘铁甲船定远号和镇远号分别行驶在长龙座舟的两侧，均有黑色的坚甲巨炮，威风无比。李鸿章说，两船均为去年从德意志订购，共花费二百二十余万两，在东亚没有其他舰只可与比拟。两艘铁甲船后面，分别一字排开三艘快船，定远舰后面跟着北洋水师的超勇号、扬威号和济远号，镇远号后面跟着南洋水师来参加检阅的南琛号、南瑞号和开济号。"超勇号和扬威号均为光绪七年从英吉利开回，济远号与两艘铁甲船一道，从德意志订购，这些快船上均装备有主炮两门、副炮四门，还有其他舰炮。"李鸿章指着快船上的主炮说。而后他又欠了欠身子，陪着奕譞走到长龙座舟的另一边，"南琛号与南瑞号为从德意志订购，开济号则由福州船政局制造。"

奕譞满意地点头称赞，目光向船尾方向望去。除了这八艘舰船在侧翼为奕譞护驾，船队的后方还齐刷刷地跟着六艘战船。"镇东号、镇西号、镇南号、镇北号、镇中号、镇边号，"李鸿章一一指着它们介绍着，表情就像在介绍自己珍视的宝贝，"此六艘为我北洋炮舰，光绪五年和光绪七年从英吉利购得。"

"少荃中堂，我大清水师竟然如此威风，此乃太后之福，中堂之功啊！"

"王爷谬赞了，此乃太后洪福不假，却非下官之功，实乃王爷之功德。"

长龙座舟的后面，还有其他官员乘坐的船只以及仆役船。这一巨大的船队方阵彩旗飘扬，浩浩荡荡，威风十足。望着前方开阔的海面，奕譞疲惫的脸上露出灿烂的笑容。

两日后的午后，奕譞登上旅顺的黄金山。天空并不晴朗，空气中弥漫着薄薄的雾气，但这丝毫也没有影响奕譞的心情。连日来，他走到哪里都被簇拥，被叩拜，笑容都像是要雕刻在脸上一般。昨日上午奕譞亲临校场阅兵，观看了配有德国步兵枪军队的方阵演习，又视察了船坞工程和鱼雷厂等。下午，奕譞在行辕接见和宴请了亲来观操的各国使节和武官，那些黄头发高鼻梁蓝眼睛的洋人全都围在他左右，和他攀谈，向他敬酒，与他合影，他亲耳听到了这些洋人对他、对大清海军的一片颂赞之声。

今日原打算上午观看北洋演练布阵，无奈晨起大雾，奕譞担心天气，想推迟一天再定，但李鸿章打保票说，午后大雾自会散去，奕譞便信了他。

登上炮台，奕譞向前方望去，淡青色水面笼罩着一层轻薄的雾气。他所站立的地方是一处悬崖，陡峭的岩石直直地插入大海，几门黑色油亮的巨炮指向如同蒙着白纱般的水面。太阳像是在天空中同云层做着斗争，奕譞觉得，也许它马上就要冲破重重阻碍。

"我北洋水师在旅顺口、大连湾、威海卫均建有炮台，连接成群。水师以船为用，以炮台为体，若有兵船而无炮台庇护，则兵船弹药、煤、水耗尽，必为敌所夺。故炮台与水师极宜并举。"

"少荃中堂想得周到。"

等了一会儿，奕譞隐约看见洋面上八艘战舰开了过来，奕譞对于几日以来一直贴身护卫的这八艘战船已经十分熟悉。说来也巧，这八艘冒着黑烟的战船刚刚就位停稳，一阵风忽然吹起，太阳偷偷露出了脸，水面的雾气像是受到了惊扰，竟然一下子四散逃开了。"王爷福泽深厚，您一来，这雾气便散了。"

"少荃中堂说笑了。"奕譞嘴上客套着，心里却很受用。

北洋海军提督丁汝昌走上前来，将一把小巧的手枪递到李鸿章手中。

"王爷，这检阅的号令枪，理当由您来放。"李鸿章说着将手枪双手奉上。

"好。"奕譞感觉豪气上涌，接过手枪高高举起。随着一声清脆的响声，枪口冒出一股白烟。

传令兵站在炮台最高处，手中令旗翻飞。不一会儿，八艘战舰缓缓移动，不知不觉间便变换了阵形。两艘看着厚重的铁甲船，在其他几艘快船的掩护下，不留痕迹地移到了舰阵的后方。奕譞看得笑逐颜开，不由得拍起手来，大喊了一声"好"，周围人全都跟着鼓起掌来。

变换了几次阵形后，八艘战舰一字排开，向大海深处驶去。李鸿章亲自为奕譞递上了望远镜。远处不知何时已停好了两艘靶船。济远号首当其冲，瞄准其中一艘靶船开了炮，靶船应声着火。而后扬威号和开济号分别由两侧驶出，同时对准另外一艘靶船发射了炮弹，双双命中目标，两艘靶船在大海中燃起熊熊的火光。

奕譞还没来得及叫好，三艘小型舰艇驶入眼前，另有一艘炮舰拖来了一艘靶船，停在近海区域。令旗飞舞，鼓声震天，大家都屏息静气，睁大了眼盯着眼前的海域。突然，鼓声骤停，似在等待一个重要的时刻。奕譞只听得水中"嗤"的一声响，没有看到炮弹在空中划过的弧线，靶船就轰的一声中弹，大火烧成一团。

"王爷，这是鱼雷。"李鸿章凑近了说。

奕譞大声叫好，使劲拍起手来，身后响起一阵欢呼声和鼓掌声，响声传遍了整个山坡。奕譞只觉得热血沸腾，内心狂跳不已。李鸿章见状抬起手来，让人群安静下来，大家的目光都集中在奕譞身上。

> 海门习战迈昆明，骇浪惊烽互搅紫。
> 一炬灰飞腾赤壁，八方雷奋裂沧瀛。
> 星罗势扼关山险，机捩功从掌握成。
> 绝顶开颜还太息，天心未厌矢人情。

奕譞当即赋诗，吟诵完毕，右手在空中豪迈地一挥。众人齐声叫好。

"我水师强大，海防坚固，是中堂的功劳。日后禀明太后，定会嘉奖。本王看得高兴，今日便不在旅顺歇息了。我等便乘风破浪，直奔威海卫，少荃中堂意下如何？"

"全凭王爷吩咐。"李鸿章也十分高兴，吩咐手下去安排。

天空终究没有完全放晴，太阳忽隐忽现，不一会儿，阴沉沉的天空竟如同压下来一般，还淅淅沥沥地飘了一阵小雨。伴着雨声，奕譞在船舱里踏踏实实地睡了个好觉。等他醒来，天空朦朦胧胧的，四周一片云水苍茫，寂静中只听到船破水而过的声音，以及远处护卫战舰传来的微微的机器鸣响。

"给王爷请安。"李鸿章不知何时来到了奕譞身边。

"王爷，您说这海之远处，会是哪里？

"那便是日本了吧！"

"鸿章料想，这海之远方，或有一支不容小觑的海军。并非鸿章多虑，未来我大清之劲敌，就在这海之彼岸。王爷此行回京复命，还请代为转达鸿章之意，一来请太后放心，我北洋海军声势已壮，我大清海防已成深固不损之势。二来，万望太后允准，多拨银两，多购舰只，拟定海军章程，加强海军操练，阅操也可年年举行。"

"本王定当照办。中堂也不必过于忧虑，北洋水师经中堂筹划，购舰英美，渐次成军，如今规模可观，定能扬我大清雄威。"

李鸿章未接话，只是眯起眼望向远方。东风吹起他的衣襟，显得有些孤独和寂寥。

此时，原本压得低低的墨灰色云层渐渐变得通透，不一会儿，天边出现了一片雪青色的天空，像是阴沉的天空被撕开了晴朗的一角。这一片雪青色不断扩散，变成了一片淡蓝，云层的边缘被染成了赤金。头顶的天空在不知不觉间放晴了，一轮金色落日不知何时出现在身后，将海面照耀得波光粼粼。前方的天空却越发神奇，蔚蓝色的天空渐渐云雾缭绕，云雾之上竟然浮现出山林的轮廓，山林之中忽隐忽现，有一座通天的佛塔。奕譞惊讶得张大了嘴，回过头看了看西边的落日，又看了看大海，使劲揉了揉眼睛，继而再次望向东边的天空，深信他没有看错，海面上竟真有"层峦耸翠，上出重霄；飞阁流丹，下临无地"的幻景。

奕譞抓住李鸿章的衣袖使劲摇着，却半天说不出话来。李鸿章也被这一奇异的景象吸引，但他毕竟阅历深厚，微微笑了笑说："王爷福泽深厚，连老天都分外眷顾。这是老天爷显灵，让王爷一睹世间少有之奇观。"

远处十几艘战舰的士兵都拥到了甲板上，看到这一胜景，人们纷纷伏地叩拜。奕譞这才回过神来，也面向东方肃然而立，双手合十高高举过头顶，闭上双眼虔诚躬身三拜，心中默默祈祷，愿苍天保佑醇亲王府阖府平安，保佑载湉一切顺遂。他睁开眼，用手抚摩着胸前补子上镶金线的五爪立龙，望向天空中有如仙境一般的景象。

李鸿章的忧虑已被他抛诸脑后，他甚至已经忘记了李鸿章的存在。他无限留恋地望向东方，那美好的幻景久久不去。这是一天中最美好的时刻，也是他一生中最美好的时刻。奕譞祈祷着太阳永远不要落下，不要让夜晚过早来临。

五

光绪十三年（1887年）正月初五，天气虽寒，却是晴空万里。今天是光绪皇帝亲政的日子。

奕譞与众亲王、郡王、贝勒、贝子及镇国公、辅国公等王公垂首站立在紫禁城隆宗门外。奕譞身边是他的六哥恭亲王奕䜣。奕譞与六哥关系十分亲密，二人住得也近，经常见面或交换诗作。即便如此，今日身穿朝服往这里一站，他仍觉得奕䜣老了不少，昔日的威风已去掉了一多半。奕譞心中感慨，他们兄弟两个感情虽好，但以前他一直只是六哥身边的陪衬，如今却反过来位居权力的中心，真是世事沧桑啊。

光绪十一年，六子载洵出生，现在，刘佳氏又怀有身孕，王府里又将添丁。奕譞这两年整个人也变得精神焕发。过不了多会儿，他的亲生儿子载湉就要真正成为大清国的君主，和以往所有皇帝一样。他偷眼看了看身边的众多皇亲国戚，一种激情涌上心头，只有他的儿子得到了这份尊崇！而这一切，都是靠他自己察言观色、谨慎小心、任劳任怨换来的。

这时，远处传来赞礼官的声音："皇上驾到，跪拜。"

奕譞忙躬身跪下。他瞥见载湉的銮驾从养心殿方向慢慢过来。载湉端坐着，头戴熏貂朝冠，身穿紫貂皮端罩，端罩下露出一截明黄色的朝服下裳，上面绣满了舞动的飞龙，在下幅八宝平水纹的衬托下鲜活生动，呼之欲出。

　　赞引官带众臣起身，跟随在皇帝身后向慈宁宫走去。銮驾出了隆宗门，在永康左门外停下，载湉被搀扶着下来。十六岁的少年天子背影挺拔俊秀，风度翩翩，头顶上的朱纬在冬日的蓝天下有如一团火一般耀目。

　　奕譞站在队伍的前端，垂手站立于慈宁门旁，目送载湉走了进去。不一会儿，太后的舆驾也来到了永康左门，慈禧下了舆驾，经过时含笑望了一眼奕譞，似微微点了点头，在众人的簇拥搀扶下缓缓走向慈宁宫，乐曲声随之悠悠响起。当乐声停下时，紫禁城内一片静寂，天空蓝得醉人，宫墙分外红艳，黄色的琉璃瓦又是那样耀眼。奕譞料想太后已在慈宁宫落座，载湉也走向拜位。赞引齐声高喊"拜跪"，奕譞等齐刷刷向着慈宁宫方向行三跪九叩之礼。奕譞跪拜得分外虔诚，他知道，能站在这慈宁门的，是群臣中品级最高之人。还有众多"不入八分"镇国公、辅国公等只能站在长信门外，更多的朝臣则只能在午门行跪拜之礼。能站在离太后和皇上最近的地方，是他作为亲王的礼遇，是他尊崇身份的象征。今天，他以及他的家族比之旁人又将多出一份荣耀。

　　礼毕，太后和皇上一先一后离开各自回宫。赞引官引着众人向太和殿走去。

　　到达太和殿时，殿前已经站满了等候的群臣。奕譞挺直了身子，在这按品级候立的层层人群面前走过，登上汉白玉石阶，走向巍峨无比的太和殿。太和殿内静得出奇，袅袅雾气自香炉内升起，盘旋出一圈又一圈若隐若现的云烟，龙涎香的气味在空气中流转。又过了很久，奕譞终于再次看到载湉的身影。奕譞自豪地打量着自己的儿子，载湉容貌俊美，气质高贵，配上这世间最为华丽的礼服，更加显得玉树临风。

典礼的乐章已经奏响。载湉缓缓走入太和殿，坐到那髹金漆云龙纹宝座上。这宝座，被大清的八位先君坐过，如今，它就在儿子载湉身下，虽然没有紫禁城初建时那么金光璀璨，可是依旧显得端庄典雅。

三声清脆的鸣鞭声落在砖石地面上，传遍紫禁城的每一个角落。文武百官三拜九叩，齐呼万岁，声音直冲九霄，久久回响。奕譞看到，载湉年轻的脸上泛起了潮红，眼睛里闪耀着兴奋的光芒。

六

光绪十五年（1889 年）深秋。

奕譞坐在恩波亭里，手里拿着个馒头，一点一点撕下来抛入水中，红色的鲤鱼凑在一起争抢，发出啪啪的水声，打破了午后的沉寂。

"王爷，您坐了一个时辰了，仔细亭子里凉。"周全担忧地说。

"不妨事。再去拿些馒头来，泡壶茶，拿些点心，还有我书房里的黄酒。"奕譞淡淡地说。

天空阴沉沉的，池水没有阳光的照耀，显得灰暗浑浊。鱼儿却不管这些，只要馒头粒丢入水中，便一拥而上，争抢着，翻滚着，水面上留下一层久久不灭的气泡。

远处是一片残荷，在池塘里自怜自艾。枯萎的莲蓬变得又黄又瘦，杂草似的立在黄褐色的荷叶丛中，如同垂暮之年的老人，只剩下一股颓唐之气。岸边的树木枝枯叶黄，打扫过的地面偶尔会重新掉落一些枯叶，发出轻微的声响。

奕譞心里很是烦乱。

自今年初皇上大婚起，所有的事情都不顺。确切来说，从载湉亲政礼之后，事情就开始不顺了。

太后虽未继续垂帘听政，却采纳了自己"训政"的建议。只是，载湉亲政时十六岁，到了大婚的年龄，太后却迟迟不议大婚之事。奕譞再怎样对慈禧言听计从，终归是载湉的亲阿玛，对他的婚事分外上心。好容易又过了一年，光绪十四年才选出一后二嫔。最让奕譞不舒服的是，这后宫之主的人选，太后给了她的亲侄女——副都统桂祥的女儿静芬。先不说平常秀女年纪均在十三岁到十六岁之间，静芬却已年过二十，长载湉三岁，单说长相，载湉是个美男子，可这静芬，又黑又瘦，含胸歪肩，一双三角眼总是斜着打量人，因为长了一口龅牙不苟言笑。如此容貌，看过一眼目光都要赶紧离开，又如何日日相对？镇国公载泽的福晋静荣是静芬的长姐，却有沉鱼落雁之貌，真不知世间怎会有如此不同的姐妹。无奈静芬是慈禧的亲侄女，也是婉贞的亲侄女，奕謉也实在不便说什么，只有委屈载湉那孩子了。

太后将皇上大婚的一切事情交给他稽查，还特意嘱咐，要力行节俭。可皇后与太后和婉贞有这一层关系在，再怎样，也不能太节俭，该有的排场必须有。奕謉将心中的不满隐藏起来，尽心竭力，花费白银五百余万两，希望把载湉的大婚仪张罗得风风光光；却没想到，大婚竟成为一切不顺的开始。

大婚仪前一个月，太和门失火，把一座门都烧得黑焦一片，用是用不得了。太后下令找人囫囵搭了个门先凑合着。仅这一点，就让奕謉感觉不祥。

按照以往的规矩，皇后入宫受封之后，皇上应在太和殿接受群臣朝贺并宴请皇后生父，王公贵族、文武百官尽数参加；皇太后则在保和殿宴请皇后生母，公主、福晋及命妇尽数参加。可大婚当日，皇后入宫受册后，皇上大宴群臣，皇太后宴请女宾，却唯独不见皇后的父母。后来才知，载湉根本没有邀请他们。谁看不出来，这是他对太后硬塞给他一个皇后表达不满？奕謉长叹一口气，轻慢至此，隆裕皇后[①]、桂祥和太后颜面尽失，难免为日后皇上与太后的不和埋下祸根。

载湉年轻气盛，不知隐忍。大婚后，帝后二人应在三日后去拜见太后。从圣祖开始这个规矩几乎就没有改变过，皇上还常常额外施恩于皇后一家，帝后新婚恩爱，一家子和和满满，

---

① 静芬。

天下人看着也分外羡慕。可载湉大婚之后迟迟不去拜见太后。大婚后第四日，奕譞特意找到小顺子打听才知道，皇上大婚当日只是在坤宁宫坐了一整晚，第二日一早就搬回了养心殿。

奕譞在大婚之前特意花重金寻来了一串粉红色碧玺串，颗颗碧玺圆润鲜艳，还闪着金色的光泽。奕譞把它交给载湉，让他送给皇后。可载湉根本没拿给皇后，却把它送给了珍嫔。珍嫔他他拉氏是户部右侍郎长叙的女儿，今年十三岁，和姐姐瑾嫔一道入宫受封。听说不仅模样俊美，最难得的是纯朴活泼，人见人爱。只是载湉如此激烈顶撞太后，日后是一定要吃苦头的。奕譞赶紧让婉贞找了些珠宝亲自送给嫂嫂。他自己找到载湉，私下一通责怪，要载湉不许任性，向太后服软。载湉是个孝顺的孩子，嘴上虽没说什么，但还是在大婚六日后，带着皇后去拜见了太后，过了两日又接受了群臣的拜贺。大婚典礼总算在提心吊胆中稀里糊涂地敷衍过去了……

周全带人端来了黄酒和茶点，还搬来了个小桌，铺上布，将盛酒的银壶、酒杯一一摆上，还周到地放上了个暖酒的小盅。旁边摆上了几盘点心，有枣泥糕、柿子饼、芸豆卷，还有一小盘蚕豆。茶他沏的是皇上赏的普洱贡茶，盛在皇家御制的菊花杯中，这菊花杯是前年太后赏给他的。

奕譞又叹了口气。

"王爷，您把这坎肩穿上吧。"

奕譞站起来，周全服侍他穿上带兔毛领的福寿暗花纹坎肩，又在长廊椅子上放上了个织锦垫子，拍了拍，就识趣地退到亭外远远地候着去了。

奕譞无心再喂鱼，拿起温热的黄酒，一仰脖喝了一大杯，急忙塞了一块枣泥糕到口中。这两年，他只觉身体大不如以往了，酒也不敢多喝，多数时候只想坐着，站一会儿就觉得累，每天晚上困乏得很，可躺到床上，又变得全无睡意。

远处的菊花飘出阵阵药香，奕譞端起菊花纹茶杯，再次叹了口气。

今年二月，河道总督吴大澂上了个密折，说宋英宗崇奉其父濮王，明世宗崇奉其父兴王，一些议政大臣表示反对，认为过继的皇帝应该改称亲生父亲为伯父或叔父，这些大臣实在是不近人情。皇帝应当定亲生父亲的名号，加上徽号。一般的臣子过继为别人的后代，还可以封自己的亲生父母，更何况贵为天子。天子的父母，必当要有尊崇的封典，因此应当请朝廷众臣议定醇亲王的称号。

太后看了这密折后，把它交给了奕譞。

奕譞看后，惊出一身冷汗。他思来想去，兴许吴大澂是受了翁同龢的授意才上此折的，若真如此，那么此事十之八九是载湉的意思。奕譞感念载湉这孩子至纯至孝，但他一贯胆小谨慎，认为他们这样为自己争取封赐，无异于把他架在火上烤。当年太后选中载湉，若不是他又哭又闹，坚决请辞一切职务，这些年怎么可能成为太后器重的亲信？太后兑现当初的诺言归政，如果不是他再三请奏，先请她继续垂帘听政，又请她训政，载湉怎么可能顺利亲政？载湉因为选后的事情和太后闹僵，如果不是他两头撮合，苦心周旋，他的地位、载湉的皇位怎么可能还保得住？

奕譞心里痛骂吴大澂，这些年来，他小心翼翼，担惊受怕，总算没让皇帝亲生父亲的身份引起太多的风波。可吴大澂一份密折几句话，就几乎让他多年的辛苦都付之东流了。虽然载湉已长大成人，名义上亲政了，他在朝中也有了一定的支持，但这一切都是靠太后的恩赐，违逆太后的事情绝不能做。大婚之后这不到一个月的时间，载湉似乎对太后起了敌对之意。能劝最好，若不能劝，宁可得罪儿子，也不能得罪太后。

主意已定，奕譞一整夜没有睡，来回斟酌，反复推敲，在书房拟了一份奏折。他在奏折中说，历史上这些过继成为君主的人孝顺本生父母的有很多，其中不乏行为妥当的，比如宋孝宗，并没有为亲生父亲上封号；亦有可称为大乱纲纪者，如宋英宗、明世宗。这其实是在表明他的立场：吴大澂所例举之二人，在他心目中是大乱纲纪者，他丝毫没有仿效之心。之后，便提醒太后他一直以来的忠心：当年穆宗英年早逝，太后为大清社稷考虑，让当今皇上承继大统。因身份尴尬，他诚惶诚恐，感惧莫名。幸而太后垂帘听政，且知人善任，那些不当议论自然会销声匿迹。原想皇帝亲政后，若再有不当言论，便即刻将其中利害讲与皇上。未料略一夷犹，便又生出祸论。最后奕譞没忘记把自己和吴大澂等人撇清关系：此奏折请太后留于宫中，今后他的心意也绝不会改变。若有人再提及此事，务必视之为奸邪小人。

这份写了一夜的奏折可谓周到妥当。之后太后果然下谕说，醇亲王"谦卑谨慎，翼翼小心，十余年来，殚竭心力，恪恭尽职"，"其秉心赤诚，严畏殊常，非徒深宫知之最深，实天下臣民所共谅。"终于，因吴大澂密折导致的又一个危机，在战战兢兢中得以化解。

奕譞在亭中坐久了，着实感觉到深秋的阴冷，便站起身，赶紧将手中剩余的馒头捏碎了尽数丢进水中，略微活动了一下微麻的双腿，顺着石子路向庭院深处走去。

柿子树的叶子已变干黄，掉落了大半，还有一些柿子挂在树上，早被鸟儿啄得只剩下一个空壳，点缀着灰暗的天空，却倔强地不肯落入泥土。他看到了那两株西府海棠。海棠果早已熟透得都快烂了，墨绿色的枝叶变得干枯，就那样孤独地立在枝头。今年他身体不好，偏生事务繁多，根本没有时间照顾这些果子，也没有早点来闻一闻那熟悉的果香。

他停下脚步，仔细想了想，似乎从光绪十年李鸿章第一次踏入王府时起，他便没有摘过海棠果了。那个美好的春日，他至今都记得，尤其记得这两株海棠繁花似锦的样子。

奕譞再次叹了口气。今年事事不如意。一月二月过去，原以为春日一到所有的不快都会远去，没想到新的烦恼接踵而至。

三月初，正是王府里百花争艳之时，紫禁城里养心殿前的海棠正初开，嫩绿的叶片包裹着粉嫩的花朵，那样新鲜欲滴，那样生机盎然。载湉大婚后，他刻意减少了去见载湉的次数，若非载湉有事召见，他是断然不会主动去拜见的。但那次例外，载湉明年要过二十岁万寿，他得到了一块和田玉石，想雕个摆件送与载湉，请工匠画了几幅样子，便亲自送到养心殿，请载湉挑挑中意哪个。从养心殿出来，人还没出院子，太后便派小关子来皇上这里叫他。他心里咯噔一下，有一种做了亏心事被别人撞到的不安。

春日的胜景在他眼里骤然失了颜色。他不敢拖延，一溜小跑地赶到了储秀宫。

慈禧正在发脾气，把桃花酥和豌豆黄扔到地上。

"用这就想打发我，横竖看我是个老太太了是吧？！"

奕譞紧跑几步跪在慈禧面前。"给太后请安！太后千万别气坏了身子。"

"七爷啊。坐吧。"

"谢太后！太后，多日未见，您是吃了什么仙药了吗？怎么臣一日日变老，头发都快全白了，您倒是跟十年前比，一丝一毫都没有变呢！"

"看把你嘴甜的，以前哀家看你稳重，没想到如今也学得这般油嘴滑舌了。"

"太后身体安好，是我们臣子之福。有什么烦心的事，您尽管交代给臣，臣必当尽心尽力。"

"你这样一说，哀家心里舒坦多了。最近，哀家心里倒真是寻思着一件事儿呢。皇帝大婚了，我这个老婆子也不该再管这许多事了。哀家想搬出紫禁城，让皇帝也多担些责任。年轻人想有些作为，我们理当体谅。寻思来寻思去，哀家看三海①就不错，离紫禁城又近，又不碍皇帝事儿。可惜三海年久失修，哀家若要搬过去，非得重新整修一番。再有，哀家六十大寿，在哪儿办？原先乾隆爷过万寿，都是在圆明园。如今修那圆明三园，实在花费太多，哀家看旁边的清漪园就不错。乾隆爷孝顺，当年为太后办寿诞特意建了清漪园，如今修整一下，最为合适。以前老六管事儿，我一提整修他就不高兴，动不动就甩脸子，好像哀家要花他多少银子似的。现在他倒是躲清静去了，这事儿哀家也没有人可唠叨了。"

"太后想整修三海和清漪园，那是好事！自从当年清漪园被洋人毁了，这么多年没有整修一番，倒显得我大清穷酸了，实不应该。"

"还是七爷你明白事儿。三海空着也是空着，拾掇拾掇就行。原先合计着加上重修圆明三园统共得花三千万两，哀家寻思也用不了那么大的地儿，就紧着点儿，三海之外多修一个清漪园，一千万两足够了。户部尚书阎敬铭今年报上的银两，生生多出七百万两，再添上些，也就够了不是。"

"太后六十大寿，哪有不好好操办之理。臣觉得整修清漪园和三海甚为要紧。"奕譞嘴上附和着，心里却隐隐不安。

慈禧穿了件品月色缎绣玉兰蝶氅衣，品月色的素缎上绣满了五彩折枝玉兰和彩色蝴蝶，做工极为精细，氅衣镶有粉色缎

---

① 北海、中海和南海的总称。

绣折枝玉兰蝴蝶边和蓝色万字织金缎边，里面还有一层粉色云龙涤边。服饰镶云龙纹，是慈禧独特的癖好，对于她而言，哪有什么事情是她想办而办不到的呢。这样一件氅衣，算下来不知要花费多少银两。三海和清漪园整修之后，服装和饰物的花销自然不会减少，这些事情加起来，一千万两哪里打得住。

"哀家果然没有看错人，满朝文武，数七爷最稳重明事理。寻常人家的老太太做寿，儿子媳妇们不是争着孝敬吗？哀家不信到了天子之家，就不讲这个理儿了。哀家偏要做给天下人看。"

墙边的大自鸣钟响了起来，一只机械布谷鸟伸出头来鸣叫，引得养在一旁的金刚绿鹦鹉也突然来了精神，说了句"太后万寿无疆，太后万寿无疆"。

慈禧一听大喜，忙让人赏这只鹦鹉。奕譞慌忙跟着祝贺太后洪福齐天。太后笑逐颜开，连带着赏奕譞绸缎两匹，食盒一个；并让人给奕譞上了杯茶，是今年才下的明前龙井。奕譞偏爱龙井，春日里看着嫩绿的叶芽在杯中绽放开来，将水染成黄绿色的茶汤，心也能安定下来。可如今看着面前的龙井，奕譞却轻松不起来。

"这些年，你的海军衙门，哀家没少往里贴补，一年四百万两，添置不少舰只了吧？现在哀家想整修三海和清漪园，海军一年也用不了那么多银两，不如两年拿出四百万，户部再出些，今年就把这整修的事操办起来。你看如何？"

奕譞心里暗暗叫苦，李鸿章前几日还说要多购置几艘铁甲船和鱼雷艇，让他在太后耳边吹吹风，想多要些银两，没想到太后反过来打上了海军军费的主意，该怎么跟李鸿章说呢？奕譞绝不会把心里的想法透露一丝一毫在脸上，他嘴上一个劲儿地称好，心里打定了主意，无论如何也要说服李鸿章，宁可得罪他，也绝不能得罪太后。

几日之后的正午时分，李鸿章坐在醇亲王府的味道斋里。阁外的海棠花已经开到荼靡了，粉红色完全褪去，花瓣完全变白，却也并不如盛开时那样洁白，没有了先前的娇嫩，连香气中都少了些清雅，多了些甜腻，似在与衰败做着最后的斗争。心急的杨絮已经开始在风中飘动，把池水弄得有些浑浊。

桌上摆着用鲜鸡汤炖制的上等官燕、黄焖鱼翅、烤乳鸽、桃仁酥鸭方和各色鲜蔬以及小吃等。李鸿章面前则是一盘清蒸鲈鱼，切得极细的葱丝，洁白的鱼肉在热油的浇烫下从鱼皮里翻了出来，鲜嫩诱人。

"少荃中堂最会养生，在饮食上也极讲究，本王在饮食上马虎得很，不如中堂口味高雅。不过，这道清蒸淞口鲜鲈鱼，可是今早刚刚运到的，中堂请尝一尝。"

"多谢王爷！鸿章最爱吃鲈鱼，一见到清蒸鲈鱼，什么别的事情都不重要了。年轻时，尤爱在鱼肉上撒上一层干辣椒，再加些炒焦了的麻油，鱼皮会变得更加香酥，里面的鱼肉却还是白嫩的。可如今，鸿章口味是越来越淡了，更爱这鲈鱼本身的鲜美，带着淡淡的水乡味道。"

"本王前些年喜欢喝烈酒，非要喝到全身出汗才爽快。如今却也收敛不少，偶尔酿酿菊花酒和桂花酒，也都是只闻花香、少见酒气。似乎人上了年纪，越发喜爱朴素淡雅的东西了。"

"王爷亲自栽花酿酒，品味最是清雅，鸿章自愧不如。"

奕䜣见李鸿章今日心情好，觉得机不可失，于是鼓起勇气说道："人上了岁数，习惯口味都会改变。就连太后，平时那般喜欢赏景、听戏的人，如今也更爱清静了些，吃穿用度节省不少。前些日子，太后与我说，她想整修一下三海，归政后就住过去，再修一下圆明三园，六十寿诞就在那儿过。不过想到这些年国库有些紧张，圆明三园便改成清漪园，预算也就从三千万变成了一千万。好在，今年国库多出来七百万，只是略少了些。太后平日里没少补贴北洋，她这样跟本王说，本王怎么好拒绝……"

"唉！"李鸿章放下筷子，"光绪十三年七月，我北洋定远、镇远二铁甲舰至日本长崎港维修，日本朝野轰动。七千吨级的铁甲舰，每舰装有主炮四门，副炮两门，其他大小炮十四门，鱼雷发射管三个。日人哪里见过这般坚甲巨舰，整个东亚再无此等海军装备。丁汝昌说，日人看那巨舰的眼神之惊惧和仇视，让他久久难忘。鸿章了解他们，他们绝不会停留在惊惧中无所事事，他们一定会兴举国之力造舰。鸿章相信，我大清未来之强敌，定是日本。"

他倒上酒，一饮而尽。"只是，太后之事，亦非小事，不得不办。鸿章能有今日，全凭太后恩赏。鸿章也不愿王爷为难。若如此，便依王爷，北洋先垫上四百万两，以太后寿诞为主；

待我国库稍有盈余，还望王爷说服太后，以海军为重。"

奕譞全然没有想到李鸿章这样痛快，心里感慨，还是和李鸿章这样的聪明人打交道舒服，没想到一个困局就这样被轻松化解了，奕譞心中一块千斤的石头落了地。

在园子里待了太久，奕譞终究还是感到了深秋的寒气，他离开海棠树，向书房走去。

没有太阳，下午的书房内显得格外昏暗，下人早早点上了灯。王府里早就通了电灯，那时觉得光亮如昼，方便得很，如今反倒觉得太过亮眼，白天想打个盹儿也打不成，干脆又用上了煤油灯。一阵剧烈的咳嗽。这几年，他的身体极不好。由于酗酒过多，咽喉内经常有痰，咳嗽也是一日比一日厉害。回想这一年，奕譞越来越感觉到力不从心。

太后和载湉的关系不断恶化，载湉完全听不进劝，丝毫不知退让，让他夹在中间左右为难。今年夏天，载湉竟因为他的病和太后闹了一场。六月时，兴许是劳累外加中暑，他一直胸闷头晕气短，还有些拉肚子，接连多日无法上朝。太后指派了太医，却怎样也看不好。周全实在着急，好容易找了一个外面的郎中来看，吃了几副药后，竟好了许多。未承想这事被太后知道了，十分不悦，说病来如山倒，病去如抽丝，太医医了多日，药已然起了作用，那江湖郎中不过是捡了个便宜，怎能把他说得倒比太医还高明了？再者，她亲派太医前来医治，醇亲王难不成不信她，还特意自己去找个江湖郎中来？这话被载湉听到了，当着太后的面理论，说无论是谁，只要能医好醇亲王就该赏，没听说医得好的不准医、非要医不好的来医的道理。太后如此，到底是希望醇亲王好还是不希望他好？

难为载湉护着他这个生父，奕譞却有苦说不出，只好赶紧让周全打发那郎中走，继续让太医医治。没想到，从那以后，原本较前些年虚弱许多的身体，竟越发差了。到了秋天，咳得也更凶了。

周全端来一碗百合雪梨水。奕譞喝下之后，身体乏得很，索性合衣躺到了躺椅上。他这两年，躺着的时间越来越多，因为咳嗽的缘故，又不敢平躺，这种病恹恹的状态让他十分不快。

这时，他想起上个月他入宫时太后说的一些话。太后问，他和李鸿章是不是关系很好，又问李鸿章的北洋是不是很强大，朝中已经没有人能与之相比了等等。奕譞隐隐又感到一丝恐惧。难不成，太后对李鸿章心有忌惮？她要北洋出钱修三海和清漪园，到底是要修园子还是要制衡李鸿章？自己的身体越来越差，到底和太医有没有关系？

奕譞不敢往下想了。这一年中的桩桩件件，突然让他感到害怕。这时，他看到了墙上"畅襟斋"三个字。这字还是他奉旨入宫照料皇上时，翁师傅第一次见他时送的，一晃十几年过去了。奕譞眼眶有些湿润。这十几年，风光无数，苦闷也常随，没想到兜了一圈，最终又回到了与十几年前同样的情形。也许这就是他的宿命，现在看来，载湉被抱入宫中的那一天，他做的决定才是最正确的——远离权力的中心，才能保一家老小周全。

一阵止不住的咳嗽，奕譞好容易才将它压了下去。他深深地叹了一口气，支起身子，披上衣服，绕着书房慢慢踱步。架上的石榴盆景依旧常青，只是最上面那一根长枝丫枯死了，只留下干瘪的光秃枝条。

两日后，奕譞上了个请辞的折子，说自己年老多病，海军事务繁忙，太后寿诞也不能拖延，朝中事务实难堪任，希望回府养病。

过了几日，太后准了她的折子，派人送了一堆名贵药材来，并以皇上即将万寿的名义，为醇亲王府增派十五名护军，蓝白甲五十人，并授奕譞年仅两岁的七子载涛为二等镇国将军。

奕譞对此感到非常满足。冬天就快到了。

七

光绪二十一年（1895 年）正月末，大雪。

这个冬天似乎来得格外早，去年十月就开始下雪，今日已经是今冬的第五场雪了。晌午过后，雪将将停了，奕譞在恩波亭里半靠在躺椅上，身下铺了一整张鹿皮，头戴一顶貂皮帽子，脖子上还围了一条狐狸毛围脖，身上穿着今年元旦新做的棉袄，脚上穿着内联升特制的厚棉布鞋，身上盖了两条薄棉被。

上了岁数，睡眠少而浅，以往晌午吃过饭后，奕譞总能在床上眯一觉。可去年初秋开始，他不仅夜里睡不踏实，连午觉都难以入眠。倒是没打算睡的时候，常常能靠在躺椅上眯一小会儿。于是奕譞干脆就让周全在南楼里、恩波亭里、甚至海棠花树下都摆放了躺椅。

天空灰暗阴沉，压向面前的池水，整个世界一片灰白色。南楼的红色柱子在这阴湿的天气里都变暗了，似乎就要隐藏到外墙的灰色里。一只寒鸦嘶叫了一声，落到海棠的枯枝上，与黑褐色的树干一起，成为灰白天地中的一个剪影。

柳子厚①写"千山鸟飞绝，万径人踪灭"时，大约也是看到了一样的雪景，也和自己现时一样的心境吧。

奕譞请辞后，与载湉不能常见面，便天天盼着元旦、宗庙祭祀，可今年元旦时，咳疾复发，无法参加宫宴和一切年初的祭典，只好眼巴巴地盼着春季了。

幸而有五哥奕誴家的老四载瀛，尚念着自己这个老王叔，时常过来走动。五哥的性格与众不同，没把权力、富贵当回事，也没把自己当成个王爷，想做什么就做什么，天生一个风流自在人。载瀛如今虚岁二十七，比载湉大三岁，没有五哥那般狂放，却也一样不把富贵权势放在眼里，是个懂得琴棋书画的雅人，画的马栩栩如生。以前自己得势时，他很少来府上，如今倒是常来问候。可能只有在落魄之时，才能识得什么是真情吧。

---

① 柳宗元。

还有六哥奕訢。他和六哥一向亲密，六哥不仅文韬武略胜过众兄弟，写诗也常有佳作，奕譞崇拜之至，常和六哥以诗作信。但奇怪的是，他和六哥在朝堂之上似乎总是此消彼长，倒像兄弟二人不能共存一样。如今六哥又忙了起来。与日本海战失利之后，太后立刻重新启用了奕訢，希望他通过外交手段逼日本人停战，只是英法美等国各怀主意，调停失败。

想到对日海战，奕譞心里莫名地疼了一下。

去年夏天，奕譞便从载瀛那儿听说了，日本借口朝鲜发生叛乱不断增兵。叛乱平息后，日本本应和大清一道从朝鲜撤军，却赖着不想走，便抛出了要与大清一起改革朝鲜制度的建议。此事干日本何事？朝鲜乃我大清藩属国，轮不到他们横插一杠。他们想对我大清动武，蓄谋已久，不过找个理由罢了。

去年八月，北洋海军护送清军到鸭绿江口的大东沟登陆，返航时，被日本联合舰队发现了。日本舰队集中全部力量向我大清海军发动了袭击。一时间双方炮火交织，轰鸣震天，海上升起团团浓烟，遮天蔽日。

奕譞想那海战场景，定是十分惨烈。

致远号管带邓世昌，奕譞清楚地记得他。当年视察旅顺、威海，邓世昌曾与其他海军将领一起随行。奕譞不喜欢性格太过张扬之人，那时邓世昌三十五六左右，个子不高，皮肤白净，不像个武将，言语不多，显得敦厚老实。但听闻他曾两次赴欧洲接收舰只，功勋卓著，治军严格，手下士兵英勇无敌。海战之时，在众多敌舰的围攻之下，致远舰起火，邓世昌发现弹药已经用尽，又看到我方舰只纷纷折损，便决心以死相拼，全舰将士抱着必死的决心全速冲向船捷炮利的吉野号。吉野号吓得赶紧掉转船头躲避，仓皇之中连发炮弹回击，致远号还未近身便被击中，船上官兵全部殉国。那一日，正是邓世昌的四十五岁生辰。

经远舰见状，奋不顾身，猛攻吉野号，要为致远号报仇雪恨，却又遭到敌方四舰合围，寡不敌众，管带林永升中弹身亡，经远舰最终被击沉。

两艘铁甲舰定远、镇远一直浴血奋战，直至双方撤兵，返回旅顺港。

黄海海战历经两个多时辰，那景象一定惊心动魄。奕譞微微闭上眼睛，似是不想看到北洋损失多舰的惨状。

周全命人端上来一壶热茶，盖在棉罩子里，银壶里的水坐在炭火上温着。雪刚停，天气并不十分寒冷，奕譞不想回屋里躺着，到了晚上吃过饭一样是睡不着，在屋里待的时间越少越好。

他想到了李鸿章。书屋畅怀，味道斋小叙，似已是前尘往事。黄海失利，李鸿章退守旅顺，引起一片非议。翁师傅如今再授军机大臣，回归朝堂。以他为首，指摘李鸿章为保自己北洋实力弃大清安危于不顾。翁师傅哪知，北洋是李鸿章一炮一舰、一兵一卒建立起来的，一场海战连失多舰，对于他而言是怎样的锥心之痛。

只是奕譞不敢相信，当年北洋舰队那样威风，怎会落得如此下场？那时视察北洋海军，在旅顺黄金山登炮台观看演习的情形历历在目。日本的海军怎么会短短几年发展如此迅猛？！

　　周全这时过来问，门房通报瀛四爷来了，是在这里见还是到书房。奕譞忙说："天冷，别让他候着，快请他先去书房，我换身衣服就过去。"

　　奕譞换上一身织锦缎棉袍，重新戴好貂皮帽子，围上狐狸毛围脖，挂了根拐杖，急匆匆地赶到书房。载瀛礼还没有行完便着急地说："王叔，大事不好了！海战败了！北洋水师全军覆没了。"

　　"啊？！怎么会！"

　　"几日前日军占了威海卫，定远舰中雷后搁浅，仍未停止战斗，直至弹尽粮绝，管带刘步蟾自杀殉国。丁汝昌不愿被胁迫投降，也自杀殉国。镇远舰管带杨用霖同样……殉国而去。"

　　"怎么会这样？！"奕譞跌坐在椅子上，"皇上定是很伤心吧？"奕譞知道，这场仗太后不想打，是载湉最想打，他想真正干出一番事业，显示自己的能力，摆脱太后的控制。

　　"皇上听说败了，急得捶胸顿足，寝食难安。他说上行下效，日本皇室决意发展海军，带头节衣缩食，省下的钱都用来扩充海军军备，军民一心，日本船坚炮利。可我们大清水师这几年都没有购买过舰只，北洋的钱都被太后拿去造园子了，海军将士天天想着走私挣钱，军心涣散，如此怎能不败？！"

　　"嘘！莫要乱说。"

　　"王叔，这些都是真的。侄儿听说日本明治天皇每日只吃两餐，还动员百姓捐款为海军筹备军费。日军的战舰吉野号，乃我大清早就在德意志预订好的，只因迟迟付不出尾款，德意志最终将战舰卖给了日本。"

奕譞无奈地望向油灯，天气阴湿，那火苗似也有气无力，随时像要灭掉一样，奕譞心里没来由地烦闷起来。

朝中主和派终于占了上风。而日本首相伊藤博文指名要李鸿章任全权大臣。七十三岁的李鸿章，再次肩负和谈之任，出使日本。

三月十六日，紫禁城太和殿内气氛沉闷。李鸿章发来电报说，日本要求大清赔偿白银二万万两，且要求割让台湾岛。

"日方提出该款分作八次交完：第一次五千万两，应在本约批准互换六个月内交清。"刚念到这儿，朝臣便开始三五成群地小声议论，原本肃静的大殿里充满了嗡嗡声。李莲英见慈禧面上已有不快之色，忙喊道："肃静！"

那独特的公鸭嗓划过空中，大殿内瞬间安静了。

"中国将台湾全岛及附属岛屿以及澎湖列岛管理之权让与日本，并将该地方所有堡垒、军器、工厂及一切属公物件，永远让与日本。开沙市、重庆、苏州、杭州为通商口岸，日本政府派遣领事官于前开各口岸驻扎。"

这次大殿里彻底没了声音。

"不签！"载湉一反往日的谦逊忍让，此刻倔强地站起身来，大声喊出了两个字。慈禧正欲发话，却被这两个字生生憋了回去，心里有些不快。

不知是谁喊了一句："若此时不签，待战火重燃，大清危矣。"

载湉本就憋着一口气，此刻身上有些瘫软无力，竟然当场声泪俱下，跺着脚哭道："赔款！割地！台湾去，则人心皆去。朕何以为天下主？"

翁同龢也力奏道："宁增赔款，必不可割地啊！可使俄、英、德三国谋阻割地，能拖则拖，以待转机。"

此时太子少保孙毓汶道："前敌屡败，已失先机，我为鱼肉，人为刀俎，此时怎有讨价还价的余地！"

奕訢奏道："皇上，日本占我辽东，比之台湾，大清龙兴之地更为要紧。事到如今，还望皇上早做决断！"此话一出，有很多人点头称是。

载湉一边痛哭一边说道："李鸿章人在日本，尚觉和谈条件苛刻无理，只求纵横周旋，我等怎能如此轻易放弃？辽东也要，台湾亦不能丢。不行与日本再战，何惧之有！"

平日里，载湉一向是气质优雅，风度超然，加之慈禧专横，这么多年下来，造就了他一副谦和有礼的脾气。可如今，载湉白晰的面庞憋得通红，泪珠挂在脸上却浑然不觉，眼中全是愤怒，用拳头不停捶着龙椅。

"皇帝！"身后传来慈禧沉稳的声音，"中东之战①，敌胜我败，如今不早决断，恐怕日本又加筹码。依哀家之见，可先应着，再请英法俄等国帮忙逼其让步。如今日本尚占辽东，

---

① 中日甲午海战。

随时进逼京城，如此危局，和谈万难令人满意，又何必难为李鸿章？"

"亲爸爸！西洋人岂会白白出面，若西洋人提出更多要求，我大清该如何应答？西洋人出面，日本便会罢手乎？"载湉说完一番话，已是涕泪俱下。

二人僵持不下，半日也商量不出一个对策来，朝臣们也吵得不可开交。载湉横竖听不进去，最终愤怒地拂袖离开。慈禧心中不快，却也只得叫众人散了。

入夜，慈禧卸了妆，披散着有些干枯的长发坐在铜镜前，暖色的烛光把那凌厉的面庞照映得柔和不少，却也多了一股颓废之气。自己年纪大了，载湉也早过了弱冠之年，她叹了口气，无论什么人，一旦尝过权力的滋味，是无论如何也放不下的。若是载湉此时靠着众人的拥戴一举夺回实权，她怕是真的要到紫禁城外孤度余生了。一想到此处，这个年近花甲的老妇人不禁打了个寒颤，忙把李莲英叫来，吩咐道："去告诉恭亲王，给李鸿章发电报，日本国提出的条件，我们答应。让李鸿章速把那和约签了，转告他，哀家相信他。"

李莲英得了指令，俯身回应了一声，却依然静立在慈禧身后。

慈禧半侧过脸道："你还有事？"

"太后，恕奴才斗胆。往日里，皇上一直不敢顶撞您，可如今却公然在朝堂上与您作对，除了翁师傅外，老奴担心皇上背后别还有什么人……"

慈禧知道李莲英想说什么，叹了口气道："皇帝到底是大了，有了自己的想法。自古以来太后难做，何况并非亲生母亲。古有赵惠文后、汉高后、章献明肃皇后能留名青史，个中不易哀家最懂。对于皇帝的小性儿，哀家能忍就忍了。难不成还跟他计较？奕譞胆小，这些年来也在家养病，到底成不了气候。"

"太后大度！"李莲英笑了笑，没再说话，一哈腰退了下去。慈禧将一串镶满翡翠的纯金龙凤步摇放入妆奁之中。那步摇上的凤凰比龙雕刻得更加大气威猛、栩栩如生，仿佛那跃动的龙不过是一个陪衬。

不一会儿，屋里便响起了均匀的鼾声。

此时正是海棠花怒放的时节。养心殿前的海棠树散发出一阵阵迷醉的香。暗香浮动，穿过一道道宫墙，温润了寂静无声的夜色。看着那两树怒放的绯云，载湉心中却一阵难受。今日朝堂上的争论让他无比愤怒，却又不知该如何做才能改变。自从他大婚以来，这几年的日子过得都不好，身体也日渐清瘦，烦闷的心绪让那原本漂亮的一弯双眉显得无比忧郁，眼窝也一日日深陷下去。

海棠开后春谁主，日日催花雨。

忽然，东南方刮起一阵妖风，把空气中温润的幽香吹得四下逃窜。海棠花枝被吹得四面摇摆，如大浪翻滚一般，载湉身上那件未及换下的缎绣龙袍被吹得飞了起来，啪啪拍打在身上，一阵凉意从脊背迅速传遍全身。养心殿前的灯瞬间被吹灭了。几个当值的小太监手忙脚乱地跑到殿前点灯。只一眨眼的工夫，大颗的雨点便拍打在地面上，空气中立刻泛起一股泥土的味道，载湉很快也被淋得浑身湿透了。小顺子急急忙忙地跑来："皇上，下雨了，早些回屋歇息吧，小心着了风寒。"

载湉没有说话，也没有挪步，反倒仰起脸，向天空伸开双臂，任由雨水冲刷。小顺子只好折回养心殿去拿伞。任太监们怎样跪地恳请，载湉都没有听见。雨水落在他英俊而忧郁的脸颊上，与泪水混在一起，滴落下来。不一会儿，海棠花瓣已禁不住这一场疾风劲雨，落了满地。

八

很快，割地赔款之事似乎已经被人们淡忘，满朝上下都在忙碌太后的寿诞盛典了。

清漪园早就整修完毕，慈禧思来想去，起了"颐和园"的名字。载湉天天写这几个字，终于写了个让太后满意的，制成了匾额，悬挂在大门外。慈禧还命人重铺紫禁城到颐和园之间的御道，搭建了"百兽园"。为了让紫禁城到颐和园的路途上更热闹些，慈禧更是让人在沿途搭建楼台、戏台、牌楼六十余处。

大寿庆典的服饰自是怠慢不得。太后命江南、苏州、四川等地的绣坊制作"锦缎龙袍"。为了讨好太后，三大绣坊争相比富比艳，做了几百件礼服。太后最终选了江南绣坊制作的金丝龙纹锦绣龙袍加上苏州的苏绣雪线银貂大氅，还请四川的蜀绣匠人在礼服上加上了代表吉祥如意的大红色云团纹，一片金丝银线，闪耀着富贵而明艳的色泽。

仅这些还不够，太后要的是面子、排场，从紫禁城到颐和园，太后的金辇轿舆便有八乘，皇帝出行有车轿，妃嫔有车轿，连宫女都有青车三十辆，更不要说手饰、摆设、字画等一应物什了。听说此次寿诞花费一千五百万两，奕譞却认为远远不止。

太后挪用北洋水师军费去办万寿庆典之事，是奕譞亲自去说服李鸿章的，如今海战失败，割地赔款，他当然知道其中利害。可太后执意如此，他除了顺太后的意，还能怎样？如今因此事，翁同龢没少责骂李鸿章，李鸿章也对北洋缺少补给多有抱怨。太后知道他们不敢得罪自己，便也只当听不见，该办庆典办庆典，并不挑明了。奕譞明白，太后对于李鸿章，信任倚重多于其他。而对于翁同龢的诸多指责，估计都算在了载湉的头上。

太后大寿，奕譞自是上心。太后赏他亲王双俸，必是得比旁人更尽心才是。奕譞知道太后最喜欢玉器，以往常送些小玩意儿，如今六十大寿非同一般，这些小物件拿不出手。三年前他先备下了一个翡翠、软玉和青金石镶嵌的盆景，一年前又寻到了一块十足的美玉，通体呈半透明的阳俏绿，生怕工匠把这块整石破坏了，就请工匠做了个翡翠玉枕，打磨得光滑圆润，却不敢做过多的装饰，光是这整石和色泽就很难得了，何况玉枕极为养人，他掂量太后定会喜欢。

这一天终于到了。光绪二十一年（1895年）十月初十，太后的轿辇自紫禁城起驾，一路西行至颐和园。御道上，五彩的华盖在黎明前月朗星稀的天空下又撑起一片色彩斑斓的天。太后的金漆车、皇上的红漆车在萧索的初冬显得明艳刺眼。华盖上的金丝线、龙纹、团云宛如翻滚的细小波浪，微风吹动，那各色的花纹也随着摇曳起来。

沿途无不是华丽的盛景。亭台楼阁、小桥轩榭在街边林立。还有卖云锦、湘绣的店铺，叫卖声此起彼伏，商贩都是太监宫女装扮的，效法当年高宗皇帝为太后祝寿的做法，也是为了博慈禧太后一笑。太后和皇上的车驾后紧随着亲王、命妇等的轿辇，一行人浩浩荡荡，队伍绵延不断，鼓乐震天，排场十足。

奕譞这一年身子骨仍然不好，走一会儿路就头晕目眩、气喘吁吁，到了冬日又格外畏寒。坐在轿辇中，奕譞只求这一日能安然度过，不要扫了太后的兴致、丢了自己的脸。

一行人到达颐和园后，许多人头一回观赏园中胜景，即便是冬日，也令人赞不绝口。昆明湖结了冰，在冬日暖阳的照耀下，有如一面碧蓝色明镜，将佛香阁、十七孔桥的身姿映照其中。在慈禧身边陪同的，是近年来紫禁城内的红人裕德龄。此人出生于武昌，年少时去过日本和法国，能说会道，精通八国语言，还知道许多新鲜玩意儿，每日把慈禧逗得合不拢嘴，常常陪同左右。

慈禧先率众人乘轿登上万寿山顶，在寺庙中烧香祈福。之后她让太监们举着事先准备好的一万只笼中鸟，一齐打开鸟笼将它们放生。慈禧神情庄重，双手合十，口中念念有词。鸟儿们一下子冲向高空，场面十分壮观。不料却有几只鹦鹉，平时被铁链拴惯了，解开铁链也不飞走。李莲英忙说："这些鹦鹉都知道太后慈悲，要永远陪在太后身边。"一句话化解了放生的不完满，慈禧听得心花怒放，笑着带领众人下山用膳听戏了。

到了德和园大戏楼，太后坐定，各种精美食膳糕点依次呈了上来，慈禧面前的大桌上百余个精致碗碟整齐摆放，金杯银盏将屋子映得熠熠生辉。燕窝金银鸭块、三鲜鸽蛋、鸡丝煨鱼翅、莲子樱桃肉、挂炉烤鸭、烹鲜虾酥鸡、蜜制火腿、烤乳猪、菊花火锅、如意瓜枣肉……慈禧看到喜欢的，便有人用小碗盛了捧来跪在她跟前，又有专人过来夹到她面前的碗里。用象牙筷子夹一小块，慈禧浅尝辄止，吃了几口，改用镶金白玉杯小口喝着玫瑰茶。看坐在屋外的众人都不敢动，便说："都饿了吧，赐宴。"

李莲英要过了戏单子，却见第二场昆曲是《长生殿》，不禁皱眉："太后大寿庆典，怎能唱这种戏？快叫昆曲班子换《天官赐福》去，放到后面。若是错了，可是会掉脑袋的！"

戏曲以《蟠桃会》开场，一出接着一出，颐和园内锣鼓齐鸣，京胡之声越拉越欢，余音绕梁，不绝于耳。到了最后一出《天官赐福》，换了昆曲常用的竹笙、琵琶、洞箫等乐器，声音稍稍沉静下来。那拖得长长的唱腔婉转起伏，似朝露，也似妖艳的芍药。太后听了几句，问道："小李子，这《天官赐福》向来是放在开场的曲儿，怎么今儿放在后面了？"

李莲英是何等能说会道之人，眼珠子转了一圈，便笑着回话："回太后，这《天官赐福》讲的是天上的神仙向人间降福的故事。奴才想着，将这《天官赐福》放在后面，就是说太后更多的福气都在后面呢，享用不尽，正好应了大伙盼太后福如东海、寿比南山之愿啊。"

慈禧听后开怀大笑。周围人等见她开心，便一同举杯。一时间，祝酒词不绝于耳。奕譞看着李莲英，却在心中愈发担心起载湉来。个中原因他自己也不清楚。

黄昏，太监们从百兽园将大象、金丝猴、金鸡等牵到暖阁外，一只只动物无不憨态可掬，为首的两只大象甚至做出作揖状，逗得在场众人哈哈大笑。透过人群，奕譞看到坐在慈禧下座的载湉。载湉无比安静，不说不笑，眼睛垂着，脸颊在冬日里被吹得有些红。奕譞觉得，载湉人在这里，心却不知在哪里。他不禁有些担心，在如此强势的太后面前，载湉真的有一席之地吗？他的安静与隐忍之后，又是怎样的无奈？

他擦了擦被寒风吹得干涩的双眼，目光落在隆裕皇后身上。隆裕皇后今年二十七岁了，但她天生黑瘦，不大的眼睛深陷在高耸的颧骨上，显得比真实年龄苍老了许多。她身上那一套深色貂皮外套让她显得更加干瘦，似乎承担不起压在她头顶上的那沉沉的后冠。载湉和她分别坐在太后两旁。载湉对隆裕看也不看一眼；倒是隆裕，总是不安地拿眼睛瞟着载湉，似是生怕他一不留神就溜了一般。奕譞看着沉默不语的帝后二人，觉得有些压抑，便把目光转向一旁。

今日园内好生热闹，人头攒动，觥筹交错，奕譞觉得有些头晕目眩。赋闲在家多年，他已经不太适应这样的场面，只想赶紧把这一日快快过去，可以舒舒服服地躺在王府里，哪怕睡不着，看看屋外月光下的树枝也好。此时，他正好瞥见了载瀛。这些年来，载瀛在奕譞心中已经变成了半个儿子。载瀛品性端正，为人平和，无论在哪里，都能安然自处。远远看着载瀛满足地喝着酒，吃着肉，奕譞心中稍稍感到一丝安慰。

入夜，颐和园内张灯结彩。湖面上已经结冰，宫女们摆出冰灯，五光十色，几乎照亮了夜空。水面上的丝竹之声已经淡了，取而代之的是天上绽放的烟花。大寿庆典一日下来，也到了封赏的时候。太后共赐给官员们玉如意百对、瓷瓶五百对、朝珠八百挂、手炉近千件。宫妃女官们每人玉镯一对、蟒缎无数。

文武百官如潮水般拥来，又如鸟兽般散去。颐和园恢复了平静，仿佛园内一切景物只是为了太后一次生辰而存在着。一盏盏花灯纷纷被熄灭，只剩下黑暗中宁静的园子，就像从来不曾拥有过浮华。

九

光绪二十四年四月初一（1898 年 5 月 20 日），暮春的微风吹不动那枝繁叶茂的西府海棠，只有叶尖在随风轻轻摇曳。王府朱红色的大门徐徐打开，一身便服的载滢悄声迈步进来。

去年的今日，婉贞故去了。早在一个月前，载滢就向太后请旨上醇亲王府祭拜，并探望醇亲王。去年开春后，慈禧迫不及待地住进了三海，载滢每日坚持去请安。夏日一到，慈禧又搬到颐和园消暑，载滢也不辞劳苦奔波两地。因载滢一年多的恭顺和辛苦，加之这日是婉贞忌日，太后便准了载滢的请求。

朱漆大门打开的那一刻，奕譞难免激动万分，父子二人相见还是一年前，那时载滢听闻婉贞病重前来探视。今年元月天现日食，元旦宗亲宴席便停了。这一晃就是一年，奕譞忍了又忍，总算眼泪没有掉下来。可是一想到今日府上的生客，奕譞心中又隐约感到一丝不安。

前日，文廷式亲自登门探望。文廷式是光绪十六年的榜眼，如今为翰林院侍读学士，乃翁师傅的得意门生和亲信，又是珍妃与瑾妃的老师，因与二妃的兄长是故交，深得皇上看重。文廷式说，翁师傅时常挂念王爷，他此来便是受翁师傅之托代为探望。其间他顺便提到，翁师傅画了一幅画作相送，装裱得慢了些，大约于两日后差人送来，请王爷款待来人。奕譞当即说道，皇上两日后来府上探望，恐两日后不便待客。没想到文廷式说，皇上早知此人，又不想下旨召见，便趁微服探视王爷时见见即可。奕譞心中不安，便仔细打听来人情况。文廷式说，此人是光绪二十一年进士，如今做工部主事，当年曾上书皇上，说法颇为新颖。今年一月，皇上收到其上书，对他颇有兴趣，却又不知此人是否有真才实学，不便贸然召见，便决意微服出访时见识一下。若谈得来，便可委以重任，若看不上，不声张便是了。

那人今日巳时刚过果然到了，报上名号，姓康名有为，说是替文廷式送来翁师傅亲笔绘画，顺便拜访王爷。坐下闲谈不到半盏茶的工夫，载湉便来了。

载湉进门后，并不急着去见那康有为。他先拉着奕譞的手，仔细打量，不一会儿眼眶便有些湿了。

"臣奕譞拜见皇上。"奕譞正准备下跪，载湉一把将他拽起："醇亲王，不必多礼，今日还望替朕隐瞒身份。"

奕譞猛然想起此事，慌忙起身。

"带朕先去祭拜一下福晋吧。"

奕譞将载湉带至家庙，载湉进得屋内，红着眼睛，对生母的牌位三叩首，却不知该说什么好。想到他叫额娘有违礼法，叫福晋又显得不孝，实在太难为这孩子了，奕譞又落下泪来。

载湉呆立了一会儿，拉着奕譞的手说："醇亲王，朕见你近来头发全白了，气色也不甚好，还是要仔细调理，莫要为其他事操心，好好怡养天年才是。"

"臣一切都好，皇上切勿挂念，还望皇上保重龙体，臣才可心安。"

"朕身体好得很，醇亲王莫为朕担心。如今国事堪忧，海战北洋全军覆没，大清割地赔款，国库空虚，民众积怨。去年德意志强占胶州湾，朕怎堪此辱！朕每日只想着如何富国利民，强我大清。"

"此事非皇上之过，皇上切勿自责，忧愤伤身啊！万望保重龙体。"

"朕不想成为一代昏君，日日勤政，却每每遇到阻滞。多亏有翁师傅、文廷式等人相助，不然朕真是寸步难行。"

"皇上，臣有一言相劝，无论何时，都不要忘记，皇上的一切、臣之一切，均为太后恩赐。便是与天下人反目，对太后也万万不能。还望皇上记住老臣的话。"

载湉一听此话，面色有些忧伤，不过马上说道："太后对朕虽严，却是关爱有加，朕自然知晓。何况我大清以仁孝治天下，孝顺太后乃君王责任，请醇亲王放心。朕无论如何，都会善待太后的。"载湉沉默了一会儿，似是还有话要说，却又不知说些什么好，便起身道："朕不便久留，现在去见见你府上的那位客人罢。醇亲王只说朕是远亲，称呼礼节莫要错了。见见便罢，一会儿朕走后，你陪他闲聊一会儿再遣他走。"

"臣遵旨。"

进得客厅，便有一股扑面而来的松香木的清凉气息，与宫中那些甜腻旖旎之味大不相同，却让人心旷神怡。载湉看见了一个矮壮的背影，待他转过身来才看得清晰，此人四十岁出头，面孔黝黑，大眼厚唇，留着小胡子。

"康先生见谅，方才我的远房侄儿德青来府上，怠慢了先生。德青听闻先生带来了翁师傅的画作，定要来看看。"

"康先生，德青有礼了。"载湉拱了拱手。

"见过德青贤弟。"来人声如洪钟，带着一点广东腔。

"青儿，这位康先生本王也是头一次见，姓康，名有为。"奕譞将翁师傅送来的卷轴攥在手中，只等一会儿打开给载湉看。

"哦？康先生，可是那位南海先生？"

"正是在下。"康有为微微露出得意之色。

坐下后，载湉却似乎全然忘记书画的事了。"对于先生的主张，在下略闻一二，今日得见，愿闻先生教诲。如今我大清列强环伺，为人鱼肉，朝廷第一要务，余以为当富国强兵。"

"德青贤弟年纪轻轻，却颇具见识。吾国已至危急时刻，先有法兰西侵占越南，后有东师之辱①，割台补款，今德意志人据胶洲湾，英俄列强窥伺。如今大地忽通、万国竞长，不同于汉、唐、宋、明一统之情形。各国治法、文学技艺、制造财富、武备之盛，亦不同于匈奴、突厥愚犷之风。吾国若一味闭关，则如旧药难治新症。故今日之国是，在于尽革旧习，变法维新。近俄与日本、暹罗均实行变法维新，终与西方列强并立。吾皇当效法俄国之大彼得、日本之明治，富国强兵，思变图存。"

---

① 指中日海战失败。

"康先生见识果然非同常人。依康先生之见，当如何变法维新？"

"参照日本之维新，有三件要务，一为大誓群臣，诏告天下以革旧维新，采天下之舆论，取万国之良法。二为开制度局，将一切政事、制度重新商定。三为设待诏所，许天下人上书。吾以为维新之根本，在富国、养民、教民。废科举、办西学，广纳人才，方可反弱为强。"

"康先生乃策士也！"奕譞看到载湉的眼中散发出热切的光芒，"先生若得重用，我大清必能自强。今日听闻先生一席教诲，实在荣幸之至。可惜余尚有公务在身，不能与先生畅所欲言。唯愿日后还能相见。"

"贤弟青年才俊，日后定有一番作为。既有要事，康某不便耽误贤弟时间了。"

载湉走时回首深深望了奕譞一眼。奕譞明白，他是嘱咐自己多保重，不觉心头一热；但是看着他这样兴冲冲的样子，奕譞却分外担心。他看康有为其人，夸夸其谈，兴许有些见识，但为人傲慢猖狂，似是华而不实，有欠稳妥。得文廷式推荐，想来也是翁师傅之意，如今载湉被他鼓动得跃跃欲试，实不知是福是祸。

那康有为并不着急的样子，又对自己一番游说鼓动。原来他数次上书皇上，多被人挡下，未达天听，估计想着自己是皇上生父，希望自己代为转达吧。但奕譞突然间想到了太后，不知她得知此人，会如何看待？载湉在自己的私邸微服会见康有为，若太后得知，又会如何看待？奕譞变得越发烦躁，根本无心再听，便支吾两句把康有为打发走了。临走时没忘记嘱咐他，切莫对人谈起此次见面，不然会惹来许多不必要的麻烦。康有为答应得爽快，说这也是文廷式嘱咐他的，奕譞这才些许放心。

快到正午，奕譞却一点儿都不饿。海棠树早已卸下了花枝，换来满树沉甸甸的叶子，饱满鲜绿。花园中的池水静静不动，似是不知微风光顾，兀自想着自己的心事，把不相干的一切统统拒之门外。

今日见了载湉，奕譞不免又想起了婉贞。前几日，听闻六哥病重，他特意前去探望，估计也就这几天的事儿了。婉贞去年走了，今年六哥也要走了，人活一世，就是要眼见着身边的人一个一个都离去，而后终有一天，也要离开舍不得的亲人而去。他也终将离开载湉、载沣、载洵、载涛这几个孩子。不知人在临走的时候，到底是开心解脱的，还是痛楚不舍的。但人这一生，无论是来还是去，终归都是孤独的吧。

奕譞方才想起，这康有为是替翁师傅送画来的，那画卷至今都未打开过，一直攥在自己手中。奕譞轻轻拆开线绳，在手中展开，却原来是一幅海棠图。画中的海棠繁花满枝，香气似要从画中飘出来。奕譞看了看自家的海棠，繁花早已落尽，换上了一树绿妆。他轻轻摇了摇头，慢慢把画轴卷了起来。

夏天就要到了。

四月二十三日（6月11日）的黄昏，载瀛来到王府，喜形于色地告诉奕譞："王叔，皇上正式实行维新变法了！"

"哦？"奕譞想起一个月前载湉在王府会见康有为的情形。但还是装作不知地问："变的哪门子法？"

"王叔，今日皇上颁布诏书，我大清要变法自强，开特科、裁冗兵，改武科制度，无论王公以及士庶，皆以圣贤义理之学，植其根本，又博采西学之切于实务者，为求成为有用之才。不仅如此，皇上说还要废除旧制，允许民众上书言事。"

"谁都可以上书言事，那还要朝臣做什么？岂不是乱了规矩？怕是不妥。"

"王叔，皇上说了，大清落后，为列强宰割，如今富国强兵为第一要务。唯有变法维新，培养人才，选拔能臣，官民同心协力才能自强。"

奕譞内心喜忧参半。喜的是，载湉一心想成就一番事业，要做一个有为之君。无奈这许多年来，太后专政，载湉身为皇帝，却手无实权，寸步难行，以至于与太后失和的传闻渐起，奕譞心中难免担心，载湉千万不要为别有用心者所用。如今他能顺利颁布变法维新的诏书，说明此事必然已得太后首肯，载湉得偿所愿，心中定然畅快。忧的是，他自知看人不会有错，这康有为夸夸其谈、华而不实，非可托之能臣。载湉倚重于他，最终或许会失望。再有，文廷式等人常指责李鸿章，这其中自有翁师傅的原因。他们看中的康有为，口口声声革旧维新，他们要推行变法，定要排除异己，李鸿章或许就是他们口中的"旧"。而太后对于李鸿章，信任倚重多于常人。若新旧相争，两派相斗，这变法能走多远？

喜也罢，忧也罢，奕譞明白现在自己什么都不能说，传出去会惹事端，不如索性装糊涂。

"唉，王叔实在不明白这变法是何意，载瀍啊，这变法到底是谁的主意？"

"皇上两日前在勤政殿召见了提出变法主张的康有为，听闻他还有一个学生，叫梁启超，维新变法便是此二人之主张，翁师傅也支持。"

"哦，在三海见的，那太后定是同意了。只要太后和皇上都同意的变法，那定是好的了。"

"皇上说，无论王公大臣还是平民，各宜发奋为雄，学习泰西之文化、技艺，以成通达济变之才。王叔，侄儿弄了几本书带来，您也看看吧。"

"唉哟载瀍你快别折腾你王叔了，我这一把年纪，还学什么西学，你还是陪王叔喝茶下棋吧。"

"哈哈王叔，侄儿逗您呢。今日圣上诏定国是，侄儿心中高兴，给您画一幅千里马如何？"

"嗯，妙极，这个王叔喜欢。周全，快备笔墨，把我的御赐龙井拿来。"

许久以来，这书房之中终于又有了笑声。

海棠树叶从鲜绿变成了成熟的深绿色，梧桐、栾树、槐树、榆树、栎树都变得枝叶繁茂，小径上有了连成一片的浓密树荫。月季花开了，荷花开了，渐渐有了蝉声、蛙声。不久，炎热而慵懒的天气很快便被一阵轻爽的风送走，天空也变得高远起来，丹桂飘散出蜜一般的香气。夏日便在这平平淡淡中不疾不徐地流逝，如同许许多多个平凡的日子一样，有实实在在的一日三餐，有许许多多个雨打树叶的不眠之夜，有偶尔的亭中小酌和池边午坐，有每日的读书吟诗和栽花闲兴，也有载沣他们兄弟几个以及载瀍带来的欢乐和满足。

这个夏天，奕譞陆陆续续从载瀍口中得知，载湉下诏命陆军改练洋操，北方新建陆军、南方自强军均由营弁学成者教习。载湉再次召见工部主事康有为，任命他为总理各国事务衙门章京。官职虽不大，但十分倚重，各项主张均出自于他。还赏其弟子梁启超六品衔，命其办理译书局。又听说，载湉罢了翁师傅协办大学士之职，且言辞颇不留情面。皇上说原打算严惩，但念及翁师傅在毓庆宫行走有年，即开缺回籍以示保全。

奕譞心中有些可惜。不管怎样，载湉教养得好，翁师傅功不可没。载瀍说，皇上不满于翁师傅对康有为的态度发生变化，以前称其为"真策士"，后又不屑一顾。但奕譞却觉得，载湉在这件事上未必真做得了主。听闻当年翁师傅恢复军机大臣时，太后欲下旨让其不再担任帝师，是载湉再三恳请太后才收回懿旨。也许那时太后便对翁师傅不满了。

奕譞还听说，皇上下令办京师大学堂，命孙家鼐管理。孙家鼐乃咸丰九年状元，与翁师傅一道，同为帝师，为吏部尚书、协办大学士。此外，皇上颁诏改定科举新章，停了新进士朝考，并罢了词赋考试。皇上还命八旗两翼诸营一半改习洋枪，命奕劻等管理骁骑营，崇礼等管理护军营。直省各属书院改为兼习中西学的学堂，并命各州县保护教堂，还颁布了士民著书、制器奖励章程，鼓励举荐制造、驾驶、声光化电人才。

三个月来，变法措施一项接着一项，让人眼花缭乱。听闻，皇上罢了许多官员，还罢了李鸿章总理各国事务衙门行走，赏内阁侍读杨锐、中书林旭、刑部主事刘光第、江苏知府谭嗣同并加四品卿衔，参预新政。幸而奕譞知道，这是太后准了的，不然他一定会为载湉担心。这些日子，载湉除了差人送过一次宫中特制的药丸和安眠熏香，就一直没有什么消息。奕譞心中为载湉祈愿，希望他能有所作为，来日九泉之下，他奕譞也无愧于祖宗。同时他也为载湉捏了把汗，希望这孩子明白，太后在这世上一日，便做得了一日的主。他自己心中的那些主张，只有待日后才真正有机会去实现。

十

八月十五，一轮满月挂于中天。奕譞倚靠在恩波亭的栏杆上。方才全家在亭中吃月饼赏月，现在刘佳氏与三个孩子各自回房去睡了，奕譞自己又喝了些黄酒，轻轻咬了一口枣泥馅的月饼，这枣泥甜中带着微酸，奕譞最是喜欢。

园中一片静寂。这几日以来，奕譞尤其感觉气氛与往日不同，王府周围出奇地安静。十天以来，他的右眼也一直在跳，这让他心里有些许的不安。银色的月光透着清冷，让人微觉寒意。奕譞想起儿时的中秋，年年都有赏宴，吃着肥美的螃蟹、精致的月饼，与父皇及众兄弟赏月吟诗，那是多么久远的事了。如今自己都已年近花甲，婉贞都走了，婉贞的孩子们除了载湉也早已相继去了，奕譞越发觉得中秋不似从前那般温暖热闹。

忽然，似隐约听得门口有些骚动。这几日府中的宁静使得些微的声响都能吓人一跳。周全去查问，又一溜小跑地回来，气喘吁吁地回道："王爷，瀛四爷来了。说有急事。"

载瀛怎么会这么晚上门？会有什么急事？奕譞心中一惊。

载瀛被直接请到了花园，他一进来就扑通一声跪下，还没来得及请安便压低声音叫道："王叔，大事不好了。"

奕譞慌忙将载瀛拉起来。"孩子，快起来，到底怎么了？"

"王叔，听说太后把皇上软禁了。"

"啊？怎会发生这等事？到底因何缘故？"

载瀛稍微定了定神。"八月六日晚，太后忽然从颐和园回宫，之后便宣布垂帘于偏殿训政。诏告康有为结党营私、莠言乱政，褫其职，令将其与其弟康广仁、其弟子梁启超逮捕下狱。但康有为、梁启超逃了。户部侍郎张荫桓、翰林院侍读学士徐致靖、御史杨深秀、杨锐、林旭、刘光第、谭嗣同皆被逮捕下狱。太后还下令逮捕文廷式、孙文。这些事侄儿原本不知，直到几日前，听闻皇上有疾，征医天下，我到处托人打听，这才问清了原委。听闻，皇上事实上已经被太后囚禁于瀛台。当日我便着急来告知王叔，怎奈皇城四处禁卫森严，这后海一带轻易进不来，今日我是托了关系找了通行腰牌才入得皇城，此次与王叔相见，是担了风险的。前日，杨深秀、杨锐、林旭、刘光第、谭嗣同、康广仁六人已被斩首，张荫桓谪赴新疆，徐致靖监禁。王叔，康党或被斩首贬谪，或被追拿，看来皇上主张的变法维新是不能继续了，如今还没有人见过皇上，侄儿心里十分担心。王叔快想想办法，至少要确认皇上是否……安全无事。"

奕譞跌坐在椅子上，心中乱成一团，完全没有了主意。

"这次太后清算康党，起因是皇上革了礼部尚书怀塔布、许应骙、侍郎堃岫、徐会沣等诸多大臣之职，那怀塔布是太后亲戚，一直心怀不满，便联络多人天天跑到太后那里告状。太后向皇上施压，让他莫得罪太多旧臣，皇上维新受到诸多阻滞。那些变法之人……担心皇上安危，便想出了囚禁太后的主意……"

"囚禁太后，这是大逆之罪啊！皇上这是糊涂了吗？怎能做此等悖逆之事。"奕譞急得掉下泪来。

"侄儿觉得这并非皇上的主意，皇上也并不知晓。听闻谭嗣同秘密找了袁世凯，要他出兵囚禁太后。袁世凯嘴上答应了，背地里却向荣禄一五一十都交代了。荣禄赶到颐和园禀告了太后，太后想必震怒，便连夜入宫囚禁了皇上。如今荣禄被任命为军机大臣、直隶总督兼北洋大臣，颇受倚重。"

这荣禄，奕譞知晓，家世雄厚，地位尊崇，当年曾跟随恭亲王一道督办军务。

奕譞的头发似乎一夜之间全白了。他缓缓登上园中最高处的箑亭①，极目远眺。院子外便是后海，再往南是北海，与北海一桥之隔，便是中海、南海，在那里，便是囚禁载湉的瀛台了。婉贞去了，如今在这世上只有载湉，是他和婉贞之间唯一的联系了……

奕譞赶忙回到书房，打起精神，写了封亲笔信，又找出他的御赐腰牌，嘱咐周全务必将书信和腰牌送入宫内。

这个中秋的夜晚，是如此漫长。

他迷迷糊糊地睡了一会儿，睁开眼，四周仍是一片寂静。又等了半天，天亮时周全回来了，书信和腰牌也都带了回来。

"王爷，奴才办事不力，请王爷责罚。"

"你没有将东西呈送进去？"

"奴才去的时候是寅时，奴才想着太后休息不便打扰，回头事办不成怕是惹恼了她老人家，便在宫外跪到卯时，才敢请人去通报。那人把书信和腰牌都拿了进去，一个时辰后，那人把东西又原样带了回来，一句话也没有。奴才再三追问，他还是什么都不说。"

"周全，你没有错，是本王心急疏忽了。替本王梳洗更衣，

---

① 箑（shà），扇子。此处指醇亲王府内的扇形亭子。

我这就去面见太后。"如今载湉生死攸关，便是豁出自己的性命，也一定要入宫面见太后，说服她，饶过载湉这一次。

奕譞身体不好，又闲散惯了，许久未曾入宫，如今穿戴好朝服，已是气喘吁吁。奕譞特意穿上以前太后御赐的黄马卦，太后见了，兴许会念及以往自己的种种好处。

街上果然比往日肃静萧条，禁卫森严，偶尔一两声狗吠叫人心惊胆战。想来是追拿康党一事还未过去，奕譞心中不由得一沉。

到了神武门，奕譞报上名号，说只求见太后一面。

侍卫进去通传。过了好一会儿，小关子亲自出来了。因为小顺子的关系，奕譞对小关子十分有好感，便忙上前打听皇上和太后的情况。小关子却一句话也不敢多言，只是代传懿旨："你的来意哀家都明白，皇上除了身发疾病，并无其他不好。哀家替皇上广征天下名医，定会尽心医治，请醇亲王放心。醇亲王年事已高，身有旧疾，还应好好将息，保重身体，莫要奔波劳累。"之后，小关子便轻轻俯身作了个揖，默默看了一眼奕譞，便转身进去了。

厚重的红色宫门缓缓关上，熟悉的宫墙、台阶被阻挡在大门之内，四周寂静无声。这几日以来，世间的一切都是这般寂静。奕譞无奈，只得返身回府。载湉到底怎样，奕譞仍旧不确定。什么样的疾病，要广征天下名医？太后不会容不得载湉吧？唉，千错万错，还是载湉这孩子，错信了那康有为。当时奕譞便觉得这康有为狂悖不可信，果然是个难堪重任之人，把载沣害苦了，他自己倒是逃得无影无踪。奕譞心中好生懊恼，真希望能把这康有为抓到，斩首也好下狱也好，他的罪过怎能让载沣一人来担当！

清晨天寒露重，奕譞受了凉，加上急火攻心，回府之后便发起了高烧，一病不起。几日后方才退烧，咳疾却愈发严重，竟一下子在榻上躺了数月，汤汤水水的苦药喝了一肚子，以致每日看到汤药碗便犯恶心。

这一年冬十月，载瀛说，皇上祭奠了太庙，是由礼亲王世铎摄行的，之后的郊庙祀典则是遣人代行。奕譞算是放下了一半儿的心。以前他怕太后想要了载沣的命，如今看来，载沣性命无虞，只是行动不自由。后来，小顺子托人辗转带来口信，皇上目前住在瀛台，身体还好，只是有些没精神，前几日还来了几个洋大夫来看病，请醇亲王放宽心，莫惦记。

只要活着就好，奕譞想。太后想禁着他也好，废了他这个皇帝也罢，都不重要。只要载沣能活在这世上，将来好歹诞下一儿半女，他就算对得起婉贞，对得起列祖列宗。如今只有不去烦扰太后，待她消了气再作打算吧。

望着窗外的一树枯枝，奕譞轻轻地叹了一口气。外面的湖水都结冰了吧，即使数月未曾出屋，奕譞仍能感觉到外面应是一幅天寒地冻的景象。这个冬天，似乎出奇地漫长。

十一

奕譞的身体每况愈下，整日多数时候都躺在床上，连屋子都没有出去过。如今他年逾花甲，同辈之人大多已经作古，作为一个老亲王，享受亲王俸禄，吃穿不愁，便也越发懒得与他人交往走动。幸而孩子们都听话懂事，特别是载沣。载沣今年十七岁，已经能够独当一面，府中大小事务尽可以交给他处理。载瀛也时常来探望，让他尚能知道这王府高墙之外的许多事情。

载瀛说，太后忽然立了载漪之子溥儁为大阿哥。载漪是五哥奕誴之子，原是载瀛的亲哥哥，儿时过继给瑞亲王绵忻为孙。他的福晋，是太后亲弟弟照祥的女儿，他们的儿子溥儁如今十五岁。太后立溥儁为大阿哥，大概是气愤难消，想要废帝吧。废便废吧，载湉做出这等糊涂事，只要太后留着他的命，便是天大的恩赐。奕譞不求别的，只求载湉的平安。若能在自己的有生之年，还能让载湉在身边尽孝，也是不小的福分。只是早就听说这载漪不爱读书，刚愎自用，喜欢舞刀弄枪。溥儁的为人，他亦略有耳闻，听说既不读书，又不习武，比起载湉，实是差远了。想想自己的儿子载湉，不仅相貌俊秀，出类拔萃，难得的是饱读诗书，孝顺懂礼，年纪轻轻，就心怀天下，想要有一番作为。这样的孩子，却遭受命运捉弄，落得如此地步，真是可惜了。想到这里，奕譞黯然神伤。

日子在百无聊赖、思虑与惆怅之中悄然流逝，光绪二十六年庚子年（1900年）无声无息地到了。这一年是皇上三旬庆辰，刚过元旦，太后宣布加宗支近臣恩赏。不知为何，太后并没有废帝，但显然也没有消气。奕譞能做的，以及他期盼载湉做的，都只能是等待。

冬去春来，躺在病榻上的奕譞听到了黄鹂的鸣叫。每日清晨越来越早出现的熹微晨光，都在悄悄宣告春的来临。周全岁数大了，去年冬天又闪了腰，如今服侍奕譞的是周全最看重的年轻人张文志。这几个月里，奕譞卧病在床，睡眠却少，脑子里总是想早年的事，有时还会突然说几句满语，以致这府里除了周全外，所有近身服侍的仆从都被他起了满语名字，他给张文志起的满语名字是"喀拉莽阿"，意为"优秀的普通人"。

喀拉莽阿敲了敲门，随即进来送上一碗莲子粥。奕譞微微抬起身子问道："今日是何月何日了？"

"回王爷，三月十一。"

奕譞点了点头，缓缓转过身去，嘴里喃喃道："三月十一……往年，西院的海棠花早就开了啊！如今我却卧病在床，无缘这百花齐放的盛景。"

"回王爷，海棠花确是开了。玉兰、樱花都已经开过了。"

喀拉莽阿做事利索却不善言谈，他默默服侍着奕譞起来喝粥。奕譞只喝了半碗便喝不下了，摆了摆手。喀拉莽阿连忙停下。正当他用帕子为奕譞擦嘴时，奕譞突然说："喀拉莽阿，你一会儿能否去西院，为本王采一支海棠花放在瓶子里？"

喀拉莽阿感到有些意外，随即点了点头，揣起手帕，起身去西院采花。奕譞望着喀拉莽阿渐行渐远的矫健背影有些发愣。

不一会儿，喀拉莽阿回来了，带着两枝海棠枝丫，上面有七八朵盛开的海棠花，虽没有往年绯云连天的盛景，但到底给这满是药味的屋子带来些许生机。奕譞盯着花瓶里的两枝花出神。

或许是喀拉莽阿走得急，一片花瓣悠然飘下来，落在格架上那落了轻灰的朝珠盒子上，似是一抹孤寂的粉红色落进了无边的灰暗中。

一丝惆怅再度涌上奕譞的心头。

没过几天，这一点点春日生机，也被一个坏消息彻底葬送了：义和团入了京师。

奕譞听说，今年元月时山东起了义和团，号曰"义和拳会"，假仇教之名行劫杀之事。没想到这么快便闹到了京城，王府里立刻被紧张的气氛所笼罩。不久又听说，义和团在永定门外杀了日本使馆书记官杉山彬，京城一下子陷入恐慌。

朝廷派马玉昆前往京西剿杀，无奈义和团还是入得京师，滋扰五城，街头流血不断，人人自危。不久，义和团烧了正阳门城楼，周遭街市一片灰烬。

更坏的消息接踵而至，外军以剿灭义和团之名义，攻打大沽口。

奕譞感慨如今内忧外患，世道艰难。当年英吉利和法兰西入侵北京之时，他年仅二十岁。这其间虽然他的人生有起有落，但总还算太平。没想到有生之年，他将再一次亲历兵荒马乱。载湉亲政之时，他所期盼的寰海镜清，可能只是虚无的幻象，如今泰西强盛，大清又遭受东师之辱，重振祖宗江山不知要待何时。年轻时他阅读圣祖的故事、高宗的诗词歌赋，那种对于太平盛世的仰慕在记忆中是那样遥远而模糊。

内有义和团闹事，外有洋兵攻城，载沣和喀拉莽阿最是紧张，他们增加了府中岗哨和护兵的巡逻次数，还安排府中老小调整了卧房。喀拉莽阿挑选了十几个精壮的仆从，就睡在中院的北庑房内，里外两进院落都腾出房屋安排护卫夜间轮值。喀拉莽阿带领四名护兵就在奕譞卧房的外间打地铺，每日只敢和衣而眠。即使如此，全府上下仍是人心浮动。

如今对于洋人的进攻，朝廷分为两派。一派以载漪为主，多次上奏，坚持主张对洋人作战。支持他的有载勋、载濂、载澜、徐桐、崇绮、启秀、溥良、徐承煜等，人数众多；另一派则只有吏部侍郎许景澄和太常寺卿袁昶等少数几人，认为杀外国使臣有悖公法人伦，应剿灭义和团。奕譞不知什么原因，对载漪颇多不信任，认为载漪说的必是错的。他对载瀛说："载漪虽则为你至亲兄长，然自幼并未得五兄教诲，既无学识，亦无雅趣。自言喜好结交武林之人，却都是些无知愚民。他偏信义和拳民，说什么刀枪不入，有如神助，那不过是些骗人的杂耍技艺。"

不久，奕譞又听到一个坏消息——义和团在崇文门内杀害了德国公使克林德。不日，太后罢了崇礼的步军统领，以载勋代之。这意味着，朝廷要向洋人宣战了。两个月后，反对对洋人用兵的许景澄、袁昶被杀。奕譞此时真正感到大事不好。他挣扎着起身，让喀拉莽阿搀扶着，到家庙给祖宗下跪磕头，求祖宗保佑载湉和一家老小平安，王府不要毁于这乱世之中。

果然，一个月之后，德、奥、美、法、英、意、日、俄八国联军攻陷京师。奕譞听闻太后带着载湉逃往太原，之后一路向西安而去。

这义和团和洋人一闹，世道混乱，各王府之间的联络更是多了起来。奕譞年纪大了，天天卧床，自是谁都不想见，加之各府多是年轻人袭了爵，他便把迎来送往的一应事宜都交给了载沣。他唯一惦念的是李中堂，得知他住在贤良寺，便常让喀拉莽阿等送去书信食物等。

听闻洋人进了紫禁城，还穿着皇上的朝服坐在宝座上拍照，想来宫内的值钱之物也取了不少。王府一带由日本人管辖，那些日本人对王府上下人等倒是客气。听载沣说，他们时常来府拜会，主要就是想索要字画，载沣给他们写几个字，他们便会满意而归，倒也不为难。有时，日本军官还回赠些日本刀作为礼物。如此，奕譞悬着的心放下了一些，便嘱咐载沣和喀拉莽阿，他们要字画，便写给他们，若载沣不想写，拿些家里的古玩字画给他们也是使得的，阖府老小安危最重要，不必吝惜钱财。

虽如此说，日子过得还是艰难。府中老老少少几百口人，吃穿用度并未减少，如今物资奇缺，物价高企，吃喝简朴了很多。奕譞以往吃惯了庆云楼的点心和酒水，如今兵乱，喀拉莽阿忠心，每日冒着危险去庆云楼给奕譞买点心，无奈庆云楼生意难以为继，一日比一日萧条冷清，最终关了门面。喀拉莽阿不愿主子失望，只能从街上打些酒水回来，却大多掺了水。

最糟的是王府两次遭贼。第一次北海发生火灾，府中一片慌乱，竟使贼人溜了进来，丢失不少珠宝玉器。第二次，紫禁城武英殿方向失了火，火光冲天，烧了整整一晚，府中人等只顾着在箑亭上观察火势，竟未发现王府大门被贼人损毁，丢失物件较上次更多。奕譞倒也不十分心疼，在这乱世，没有什么比府中老少的安危更重要的，金银器皿本就是身外之物，此时此刻还不如一顿好饭值钱，丢了便丢了罢。

光绪二十七年（1901年）夏，京城又暴雨成灾，一场大雨还没下完，第二场又来了。王府中积水甚深，多亏了载沣和喀拉莽阿他们，请来了洋人帮忙疏通，总算把府中的积水都放了出去。

雨季过后，这一年秋七月，全权大臣奕劻、李鸿章终与十一国公使议订和约十二款项。这和约的头一项便是道歉，朝廷要派皇族中的大员到德国和日本就其使节被杀一事道歉，派谁去却迟迟未决。最让奕譞心疼的是赔款，大清要赔偿各国共四万万余两海关银，年息四厘，三十九年内还清。大清的国库掏空，也未必还得上啊！

条约签订后没多久，李中堂过世了，享年七十九岁。听到这一消息奕譞十分难过。这日的天气也怪异，忽然间狂风大作，落叶翻飞，如漫天抛撒的冥纸，更平添了一丝伤感。中堂仙逝，两宫震悼，诏赠太子太傅，晋一等侯爵，谥号文忠，得以入祀贤良祠。

李中堂去世后没几天，传来让奕譞高兴的消息，太后下懿旨撤去载漪之子溥儁大阿哥的名号。早在去年，太后出京后没多久便已反悔，载漪被罢官削爵，发配新疆。不过，太后对主战派进行了清算，载勋、英年等人被赐自尽，毓贤、刚毅、徐桐等一批大臣被下令处斩……

冬十一月，太后终于带着载湉回宫了。

刚过完元旦不久，下了一夜的雪，北风呼号。奕譞躺在床上，听着风声，望着窗外的树枝在黑暗中不停摆动，难以成眠。"入夜雪逾紧，因风纷扑窗。光凝灯黯黯，声换栎双双。嫩竹扫书幌，残梅浮酒缸。卷帘闲小立，趣拟钓寒江。"

清晨，雪已停了，风声仍未减，喀拉莽阿采了几枝腊梅插在奕譞卧榻旁的花瓶之中。有人来禀告，府上来了一个三十岁左右的年轻人，说是宫中之人，却并未报上姓名。

奕譞问了问他的长相，还是不知是谁，便让喀拉莽阿服侍着，花了大半个时辰穿戴好衣服，让把来人叫进来。

载沣和喀拉莽阿带了个人进来。那人一进门，叫了一声王爷，便扑通一声跪下，眼泪流个不停。奕譞眯起眼睛仔细看，他穿着厚棉袄，戴着毡帽，皮肤白晰，瘦瘦高高的，奕譞吃惊得张大了嘴："这，不是小顺子吗?"

"王爷!"小顺子咣咣咣地不住磕头，却泣不成声。

"喀拉莽阿，快把小顺子扶起来。小顺子，你别哭了，快坐下，皇上怎么了？"

"王爷……皇上自西安回京后……奴才原以为没事了，没想到，太后竟没让皇上住到宫里，又让他回了瀛台……而且……"小顺子再次泣不成声。

奕譞心里着急，又不好催他，便叫喀拉莽阿给他上杯茶来，又递了块毛巾给他。

小顺子缓了缓，终于又开口了："李公公将皇上身边服侍的人减了一多半，皇上的膳食……"小顺子又抽泣了一会儿才接着说，"简陋得实在是连奴才都不想吃。李公公，不，李莲英说，太后有旨，大清要赔巨款，所有人等都要节衣缩食，共克时艰，皇上也不例外……冬日里皇上屋里极冷，没有炭火，窗子也破了，奴才叫小毛子去跟他们说一声，把窗子糊上，可小毛子去了之后就没有回来……奴才，奴才自己去找了纸和浆糊把窗子糊上。可今日，奴才就被赶出宫了，他们说奴才私拿了东西，是盗贼，不打死就不错了。奴才好说歹说，临出宫前与皇上见了一面……以后，奴才便不能伺候皇上了，他身边，再没有贴心的人了……"

小顺子已经泣不成声。

"怎的，竟然如此！"奕譞一急，哇的一下，刚刚吃下的药全都吐了，他跌坐在椅子上，咳个不停，等他好容易顺过气来，帕子上竟留下了血丝。

载沣急了，忙让人去叫医官。他站在奕譞身后，一边哭一边不停给奕譞顺气，又扶着他半躺在床上。

奕譞轻轻摆了摆手，又冲小顺子招了招手，让他坐到近旁来。

小顺子吓坏了，觉得都是自己的过错，又哭个不停。

"好孩子，你出宫前，皇上有没有嘱咐什么话？"

"皇上让奴才来找您，把这个给您。"小顺子从棉袄胸口处掏出个叠好的帕子来，打开后，里面竟是有三四层的帕子，中间包着一张相片，相片上是载湉，骑在马上，冲着奕譞在笑。奕譞一下子止不住，竟失声痛哭起来。

"王爷，这是珍主子亲自给皇上照的相片。皇上与太后离宫西行之前，太后命人将珍主子投到了井里……皇上西行什么也没拿，只拿了这张相片，一直在他身上揣着。这下奴才被轰出宫，皇上便只拿了这个给奴才，让我把他交给王爷……皇上啊……"小顺子刚才还使劲忍着，这下便不顾了，索性大声哭了起来。

奕譞也抚摩着相片，低头垂泪。医官进屋诊视了一番，奕譞浑然不觉。过了好一会儿，他才回过神来，问小顺子："孩子，将来你有什么打算？是说轰出宫，还是说轰出京城？"

"只说出宫。奴才入宫时，便打算老死在宫中，断然是不能再回家了的。莫说找不到家在哪，便是找得到，奴才有何颜面回去呢……"

"如此甚好，你便留在府中罢，和他们一样，我给你起个名字，你今后便叫他尔哈哩。沣儿，喀拉莽阿，你们记住了，今后在我醇亲王府，必然有他尔哈哩一口饭吃。"

　　小顺子跪在地上哭着磕头。奕譞强撑下地，将他搀扶起来。"他尔哈哩，快起来，你是我家的恩人，本王要谢你才是。你陪着本王，正好说说皇上的事儿。"奕譞说着，又忍不住哭泣起来，载沣和他尔哈哩陪着他一道哭。

　　这日之后，奕譞的身体一落千丈。近年来，掺了水的酒、药水以及滋补之物，各种杂七杂八的东西喝下肚去，奕譞的肠胃早就坏了。小顺子带来的消息，无异于一记重棒，让奕譞万念俱灰，神思恍惚，再加上年事已高，到底还是扛不住。载湉如何，竟也是顾不上了。

　　春天，西院的海棠花开得很是旺盛，仿佛用尽所有的力气开花一般。一棵树上，花朵与花朵之间，竟是没有一点缝隙。

　　奕譞强撑着起来，拖着病体走到西院中，仰头，看见一树海棠怒放。可海棠花后的那片灰白色天幕，好像在一点一点地黯淡下去……

第五章

身世浮沉雨打萍

余本有名曰伯涵、园名闲园，

今又取别号为静云、仲泉，弟曰痴云、叔源，弟曰野云。

——载沣

一

光绪三十四年十一月初九（1908 年 12 月 2 日），紫禁城太和殿。

监国摄政王载沣拉着儿子溥仪的小手，经过高高的金漆云龙金柱，缓缓走向被雕满飞龙的紫檀大屏所护卫的金漆雕龙宝座台。透过香炉中袅袅上升的青烟，宝座左右的匾联越来越近：帝命式于九围，兹惟艰哉，奈何弗敬；天心佑夫一德，永言保之，遹求厥宁。上方是高宗所书的匾额"建极绥猷"。

宝座为飞龙所环绕，两条飞舞的龙被巧妙地雕刻成了扶手。龙头正视着南方，似正在检视群臣，又像在俯瞰天下，龙须飘动着，如跃动的火焰。龙首上端的金漆比别处浅淡，先帝们的手经常抚摩，表层的漆被磨掉了。载沣将溥仪抱到座位上，眼角不经意扫过明黄色织锦软垫，发现边角有一处开线了，露出了一个小口子。

静鞭声响起，一共三响，群臣行三拜九叩之礼。天空并不晴朗，云朵低压压地盖在上空，似将群臣恭祝万岁的声音也挡在了紫禁城内。载沣端详着眼前的紫禁城，当年明成祖朱棣迁都燕京建紫禁城，到如今，一共有二十四位帝王曾坐在这龙椅上，可他们之中又有几个能够名垂青史、万古流芳？这一道道宫墙，究竟锁住了多少历史、多少悲凉、多少别离！城墙是那么老，有的墙角已经破败，露出了因为沧桑而特有的斑驳。当年，诗人崔涂过洛阳故城时曾写下"三十世皇都，萧条是霸图。片墙看破尽，遗迹渐应无"。不知为何，载沣竟然一下子想起这几句诗……

此刻，身旁传来一阵咕噜咕噜的肚子叫，想来溥仪饿了。今日天未亮他就起身更衣，待天明后，先着丧服到大行皇帝几筵前行礼，又回宫更换礼服，到皇太后处行礼。午初初刻到中和殿受内大臣、侍卫、翰林院、礼部、都察院执事各官行礼，再到太和殿升座。这一套礼仪对于一个三岁的孩子来说，实在是太过繁琐冗长。

载沣轻轻侧身，瞥了一眼儿子。明黄色的朝服穿在只有三岁的幼童身上显得很不合身，黑狐皮面的朝冠上，金龙镶嵌东珠的三层顶子如同厚重的枷锁压在孩子头上。溥仪手中紧紧握着一只玩具布老虎，扭动着身子，像是坐不住了，小脸上满是困乏、无助，两眼茫然而又胆怯地看着眼前的一切。

看着儿子的样子，载沣很是心疼。若是在往日，此刻溥仪可能已经用午膳了，额娘会亲自张罗孙子的饭食，还会亲手喂他。载沣拉起溥仪的小手，轻声说了句："就快好了。"溥仪低下头，两条小腿无聊地晃动着。

好容易挨到了颁诏，礼成还宫，载沣长长地出了一口气。溥仪如同一匹脱缰的小野马一般扑倒在载沣的怀中。载沣的内心百感交集，将年仅三岁的亲生骨肉独自留在紫禁城，让他和一群陌生人生活、长大，实在是太过狠心了。可溥仪是天选之子，大清的帝王，作为他的生父和监国摄政王，这份责任又怎能推脱得掉？隆裕太后命载沣典礼之后去照料溥仪，载沣便一整天都在养心殿逗留，陪着溥仪嬉戏玩耍，弥补内心对于儿子的亏欠。

快到日落时分，太阳才终于现出了身影，旋即又隐身到了云层之下，为刚刚变晴便要被黑夜吞噬的靛青色天空留下一抹淡粉色的晚霞。

"皇上，臣出宫了。您一定照顾好自己啊！"溥仪此时正被奶娘抱着，他尚且听不懂载沣的意思，只是用粉嫩的小手胡乱摸着载沣的衣领。载沣硬生生将眼泪憋了回去，目送奶娘抱着溥仪走远，消失在宫墙拐角处。这离别时的不舍，很快淹没在紫禁城的夜色中。

此时宫城是这样寂静，青灰色的石砖上只有载沣孤单的脚步声。为了防止外人挖地道入宫，这宫中的砖石铺有横七层、竖八层。紫禁城就是这样，把无数帝王将相的名字埋到了这些石砖下方，没有人知道这些砖石承载了多少历史，抑或是见证了多少悲欢离合。

二

光绪三十四年十月二十日（1908 年 11 月 13 日），溥仪登基前二十天。那是晚秋一个清寒的早晨，阴云密布。天空布满乌头云，已经半个月了，载沣一直没有见过阳光。更奇怪的是，自十日之前太后寿诞算起，他只见过太后两次，最近更是连续五天未蒙召见。而在过去的三个月里，太后几乎天天都召见他们几个军机大臣。载沣心中隐隐有一种不祥的预感。

早朝时听说，光绪皇帝突然病重，并下旨"派载沣恭代批折"。载沣在心神不宁中度过了整整一个上午，手中拿着折子，坐了半天却一个字也没有看进去，总是忍不住向着外面灰白色的天空张望，觉得有什么事情将要发生。

午后，庆王奕劻赶到宫中。他不久前被太后派去东陵查看，今日刚回。此时，慈禧派人来宣载沣和奕劻，前往三海仪鸾殿。

三海为北海、中海和南海的总称，因位于紫禁城西，被称作"西苑"。光绪皇帝所居住的瀛台，便位于其中的南海。慈禧太后最近一直居住在三海的仪鸾殿。

仪鸾殿前院门口有两株玉兰树，那是当年重修三海时慈禧老佛爷命人种下的。若是在春日，那细嫩的枝叶必会开出羊脂白玉般的花朵，一派生机勃勃。可在这晚秋的寒冷午后，就连花木也生出一股颓败之气，仿佛马上就要枯死在冻得僵硬的泥土中。

仪鸾殿内暮气沉沉，仿佛所有的光都照不进来，殿内的一应陈设都如积年旧物一样暗淡无光。老佛爷今日没有坐在她的黑漆雕龙木椅上，而是躺在东配殿的床上。载沣与奕劻请过安后，听得茜红色的帐子后一声虚弱的"赐座"，之后半天没有动静。二人谁也不愿意率先打破这难堪的沉默，屋子里寂静得似乎能听到心跳声。载沣不经意地望向别处，看到的是一对象牙雕的白象，母象比公象高出不少，装饰也更加璀璨夺目。他赶忙移开眼睛，却又看到了床帐子上的刺绣——凤凰在前，飞龙在后，凤凰比龙高出半个头。载沣慌张地收回了自己的目光，望向眼前的地面。

半晌，帐子后一阵窸窸窣窣的响动，有一个眼疾手快的姑姑小跑上前拉开帐子，又悄然退了下去。那姑姑载沣每日进宫都能见到，眉毛极长，嘴唇极厚，应是个少言寡语、雷厉风行之人。

帐子内忽然伸出一只手来，那手极为枯瘦，青筋暴起，上面戴着一只祖母绿戒指、一枚玉扳指，几只珐琅掐丝镂空金护甲殷红色的丹蔻衬得那双手十分惨白，没有一点血色。随即，慈禧太后露出半张脸来。

载沣极力控制住自己，才没有被这张脸吓到殿前失仪。他觉得难以置信，慈禧虽然年事已高，身体有些老态龙钟，可面容依旧神采奕奕，处理起政事更是毫不含糊。十日前老佛爷过七十三岁寿诞，在颐和园里还有说有笑。五日前载沣也来过仪鸾殿，未觉有什么太大的异常，只是觉得老佛爷有微恙。怎么短短几天，那个容光焕发的太后变得这样形容枯槁，如油灯即将熄灭一般。

老佛爷似乎已经病入膏肓，头发也好久没有梳洗了，像一把干枯的稻草。皱纹横生的脸上涂了一层厚厚的脂粉来掩饰病容，却衬得脸更加苍白。她一开口，厚厚的粉虚浮在脸上，那一张涂满了鲜红色口脂的嘴也显得颇不合时宜。

"来人，宣旨吧。"

"是。醇亲王载沣着授为摄政王。钦此。"

载沣十分意外，忙领旨谢恩，却琢磨不透太后的用意。庆王依然一声未吭，苍老的脸上是与这屋子一样的晦暗阴沉。

又是沉默，慈禧紧闭着双眼，在这静寂的大殿之中，她的喘息声尤其粗重。

载沣不知该沉默地等着还是该知趣地告退。又过了好一会儿，他定了定神说道："太后身体有恙，万望珍重，我等……"

"载沣，接旨。……宣吧……"

"是。醇亲王载沣之子溥仪着在宫内教养，并在上书房读书。钦此。"

"啊？太后，溥仪刚刚三岁，又无过人之天分，何德何能，得太后宠爱？望太后三思啊！"

"载沣，你……不要说了，快接旨吧。"

"太后，万万不可啊，请恕小臣难以从命。小儿刚刚三岁，是小臣的额娘一手带大，如他进宫，岂不要了额娘的命吗！求太后体恤小臣。"载沣跪到地上，使劲地叩起头来。

　　"皇帝无后，哀家，打算把他过继给皇帝……自然……要选岁数小的。你和皇帝是亲兄弟，只有……只有你的孩子最合适。"

　　"太后，皇上正值春秋盛年，身体康健，他定会有自己的子嗣，求太后……"

　　"载沣，你要抗旨吗？还不快领旨谢恩。"慈禧尖厉的声音在这殿内回响，载沣吓得打了一个激灵。兄长光绪皇帝的悲剧是王府里永远挥之不去的痛，如今，这一幕又要在自己儿子的身上重演。载沣却不敢再辞了，只好哑着声音说："小臣，遵旨。"

　　"去吧，你现在就去，把溥仪带进宫来。快去吧。"

　　慈禧缩回到帐子之中，帐子后传来一声轻微的叹息声，连同一声痛苦的呻吟。

　　出了仪鸾殿，庆王一句话不说径自走了。载沣抓住一个太监问道："太后这是怎么了？"

　　"王爷，太后寿诞那天，在颐和园吃坏了肚子，患了痢疾。她老人家好强，不愿说，所以王爷您没注意到。只是近几日越发厉害，太后便谁也不见了，唯独今日……"

　　此时，一个满脸和善的老太监走过来行礼道："奴才张谦和给摄政王请安。太后命奴才随摄政王回府宣旨，伺候小主子进宫。车驾已经备好了，太后催得紧，摄政王，还请不要叫奴才为难。"

　　载沣深深地叹了口气，与张公公一同向宫外走去。

　　王府与宫城离得极近，载沣只恨这一路太短，他还不知该怎么面对额娘。

　　到了王府，载沣下了轿，也不说话，更不敢去跟额娘解释，只低着头等着府中人都到齐了，跪下听旨。旨意刚宣读完，载沣就听得背后一声高呼"老夫人"，回身一看，额娘刘佳氏已经晕倒在地上。载沣慌了，忙命人将额娘抬到卧房，又是掐人中，又是灌姜水，乱作一团。这边额娘还没醒过来，只听得溥仪屋中传出哭闹声，他又忙跑过去。任张谦和带来的内监和丫鬟怎样哄，溥仪哭闹着就是不让抱。载沣不知该怎么办，又听说额娘醒过来了，马上又奔到额娘屋里，在这深秋初寒的天气里，豆大的汗珠顺着这位年轻摄政王的脸颊往下淌。

　　刘佳氏摇头大哭着捶打着载沣，口中哭喊叫骂的是什么根本听不清。载沣心中万分痛楚，溥仪是额娘一手带大的，额娘每夜亲自起来看视溥仪一两次，为了不吵到孩子，她过来时常常光着脚，连鞋都不穿。这么突然就把她的宝贝孙子抱走，岂不是要了她的命吗？载沣跪在地上任额娘捶打，泪水不自觉地流了下来。

　　张谦和进来，为难地看着他，扑通一声跪下："摄政王，主子不让奴才们抱，还请摄政王拿个主意，太后还等着呢，奴才实在是怕她老人家发脾气。"

　　载沣狠了狠心站起身，冲到溥仪屋里，准备不管三七二十一，抱起孩子就走。这时，溥仪的奶妈王焦氏走了出来，行了个礼说："王爷，让奴婢来吧。"她走上前，抱起溥仪，侧过身子喂起奶来。溥仪一下子安静下来，不一会儿，竟睡着了。载沣轻声对奶娘说："你抱着他随本王进宫，今后你便留在宫中吧。"

待奶娘抱着溥仪上了轿，载沣才发现，不知不觉已到申时了。天空中依然是阴云密布。这一队车轿走在路上，全无声息。不知当年兄长进宫之时，是否也是相同的景象。

众人带着溥仪来到仪銮殿，溥仪一见慈禧便哇哇大哭。慈禧不耐烦地挥了挥手，众人慌忙将溥仪抱了下去。载沣听着儿子的哭声越来越远，这才真正意识到，从此在王府再也见不到自己的长子了。额娘总是埋怨阿玛窝囊，虽然皇上不是额娘所生，但王府中每个人对于慈禧当年的霸道都十分不满，便也不满阿玛对于慈禧的一味迁就忍让和奉承。如今，怕是自己也要落下窝囊的名声了。

慈禧道："载沣，我知道你心里怨我。"载沣慌忙躬身说道："小臣不敢。""当年载湉入宫时，你阿玛也舍不得。唉，罢了，都是上一辈的陈年旧事了。载沣，哀家看重你醇亲王府，你们要为哀家分忧……将来，哀家要倚靠你了。袁世凯……你要防……"说到后面，老佛爷已是极虚，额头上开始不断地冒冷汗，冲淡了脸上的脂粉，显得有些可怖。老佛爷摆了摆手，示意载沣下去。

出了仪銮殿，天已经黑了，连续多日的阴暗天气，把黑夜也罩上了一层灰蒙蒙的雾气。一天忙下来，载沣疲惫至极，汗水与泪水早就凝干，却让这晚秋的夜晚透着刺骨的冷意。他想回府，跪在额娘面前任额娘打骂出气；他想独自到溥仪的屋子里，肆意地哭一场。可他是摄政王，他还有很多事要办。载沣长长地叹了一口气，打起精神，去了庆王府。

第二日清晨，载沣觉得浑身的骨头都散了架一样，真想就这样躺着，告病不去上朝。但想到独自在宫中的溥仪，他又挣扎着爬了起来。如果他今天告病额娘定会骂他，他必须入宫去守着溥仪。载沣觉得昨天一天像是过了好几年一样，喀拉莽阿为他梳洗时，发现了两根白发，可他还不到二十六岁。

京城的天气也不知是怎么了，连日阴云密布，莫不是什么不祥之兆？今日上朝时听闻皇太后病重，整个朝堂都是人心惶惶，愁云惨淡，人们都在小声议论，谁也没有心思看折子议事。载沣更是焦愁万状，多次通报想要拜见皇上和太后，却未蒙召见，只等到了一道圣旨："朝会大典常朝班次，摄政王着在诸王之前。"之后是皇太后的懿旨："派恭代朱圈。"挨到申正时刻退朝，载沣原想见一下溥仪，但太后和皇上都病重，连他们都见不到，又怎么能见到儿子呢？载沣有些六神无主，觉得自己应该做些什么，又不知该做什么好，只得满脸愁绪地回了府。

脱下朝服，换上便装，载沣一口饭都吃不下，只想躺下好好睡一觉。可他自己也知道，即使额娘不来骂他，福晋不来数落他，这两天经历这么多事，他也不可能安心睡得着。

他尔哈哩泡了一壶平安如意茶，他喝了两口，这平日里他最爱的茶，如今喝起来却全无滋味。他去了毓格的房间，"毓格"是长女的乳名，老佛爷亲赐的。过两天毓格就百日了。小姑娘在摇床上睡得正香，长长的睫毛覆盖着眼睛，小嘴嘟着，小手旁摆着摇铃、拨浪鼓。载沣轻轻地晃动着摇床，抚摩着女儿的小手，一股温情涌上心头。他现在又害怕面对额娘了，便披上蟒皮袍，踱到了花园中。

天早就黑了，在阴沉的天气里，整个花园笼罩在一层薄雾之中，空气中凝结着厚重的水气，让人无法呼吸。载沣想念晴朗日子里冷得透明的空气。

"恩波亭"，这三个字为嘉庆年间成哲亲王永瑆所书，为感念嘉庆皇帝将玉泉山的水引入王府之中。自那以后，这块匾额后人便再也没敢动过。也许从那时起，这座府邸便承载了太多恩光福禄。二哥载湉入宫当了皇上，如今溥仪也被抱入宫中教养，醇亲王府荣华富贵无人能及，可这些真的是恩赏吗？

连日来发生这么多事，纷乱如麻，载沣打算静下心来仔细想一想。可就在这时，他听到府门前一阵骚动，不一会儿，他看到喀拉莽阿带着一个内监慌慌张张跑了进来。连通报都不通报，直接就进花园，真是没规矩！未待载沣责怪，那个内监连滚带爬地扑到了他脚边："摄政王，摄政王，皇上，驾崩了！"

"啊！皇上……"载沣身后传来一声悲哭声，回身一看，原来是一直跟在他身后的他尔哈哩，已经晕倒了过去。"不，不，不会的，这不是真的，不是……"载沣口中喃喃说着，慌忙回房换上朝服，急匆匆向宫中赶去。

空气中郁结的水汽终于化作细密的雨滴，落在脸上，冰凉冰凉的，不一会儿地上便结了一层薄冰，片刻工夫薄冰之上又结了一层浅淡的白色。载沣伸出手去，落在掌心的分明是雪。阴沉了多日，今日京城下雪了……

夜里，载沣与奕劻、张之洞、世续、鹿传霖、袁世凯等几位军机大臣被召到福昌殿面见皇太后。慈禧命人宣读了懿旨："摄政王载沣之子溥仪着入承大统为嗣皇帝。着摄政王载沣为监国，所有军国政事，悉秉承予之训示裁度施行，俟嗣皇帝年岁渐长，学业有成，再由嗣皇帝亲裁政事。"

载沣脑子里一团乱麻，什么都来不及多想，便忙着将大行皇帝从瀛台迁回乾清宫，进行大殓。他当晚就宿于西苑军机处，刚打算好好想想这几日发生的事，却不由得想起明日还有一堆要办的事情。他现在是监国摄政王，莫说军政要务，便是大行皇帝的身后事，溥仪的登基之事，他都要一一过问，明日第一件事是尊慈禧为太皇太后……雪越下越大，屋外的宫灯一闪一闪的，微微光亮很快便湮灭在大雪之中。

迷迷糊糊地，他好像又见到了阿玛。阿玛扮作郭子仪，与他尔哈哩等人在王府的小戏台上唱《满床笏》，戏词却改成了："财也大，产也大，后来子孙祸也大；若问此理是若何？子孙钱多胆也大。天样大事都不怕，不丧身家不肯罢。"这分明是阿玛留下的家训。接着阿玛笑着对他说："沣儿，你二哥终于可以回府了。"之后他便看到了皇上，那明明是光绪二十八年十二月十三日的场景，他奉谕与皇上同赴大高殿，为京城入冬雪水稀少的缘故拈香祈福。那是他此生第一次单独与皇上如此近地相处。皇上仍被禁足瀛台，虽性命无虞，奈何失去爱妃，为太后所怨恨，没有行动的自由，没有知心之人，郁郁寡欢，形容憔悴。但一看到他，皇上英俊的脸上立刻满是笑意："载沣，你今年快二十了吧?""是，皇上。""听说你的小马死了，你可将它葬了?""是，皇上。臣将它葬于西山。""西山好，朕也想葬于西山。"载沣诧异，这不合规矩啊……"载沣，你叫我一声二哥吧。""啊? 皇上，臣不敢。"光绪皇帝像普通人家的兄长那样拍了载沣一下："别怕，让你叫你就叫，二哥再送你一匹马。""是。二哥。""嗳! 五弟。"

载沣突然惊醒了，这才发现原来是个梦，但是"五弟"两个字却清晰地在耳边回响。想到皇上真的驾崩了，载沣心中再次塞满了无尽的悲伤。那日在大高殿，皇上碍于礼制什么话也没对他说，但确是用那样温柔的目光看着他，笑容里满是暖意。血浓于水的手足亲情，是无需语言就能感受到的，无法割舍，无法忘怀。载沣不禁落下泪来。

雪已经停了。载沣穿好皮袍推门出去，东边天空云层的缝隙里透出粉红色的微光。太阳终于要出来了。载沣好久没有见到这样艳丽的日出了，晨光为天边的薄云涂抹上一层血色，万丈金光直穿云层，却显得那朝霞红得奇异艳魅，让人不敢直视，又不忍挪开目光。墙角，昨夜那一场绵密湿冷的雪很快化成一汪映着天光的净水。

这日午后，慈禧崩于西苑福昌殿。

三

离开紫禁城，载沣的白色双马四轮轿顶车向王府方向慢慢行去。

载沣倚靠在车轿的角落里，轻轻地闭上眼。他感觉疲累之极。从先皇和先太皇太后驾崩到溥仪登基，二十天来他一直宿于宫中，奔忙无休，许多事情来不及细想。如今突然空闲了下来，虽然身体乏到只想倒头酣睡，但脑子却不肯歇着，桩桩件件事情一下子都冒了出来。

第一件便是先皇的驾崩，这件事对于谁而言都难以置信。按照规矩，皇上患病之后药方要每日抄送内务府各大臣，如患重病药方则要抄送到每一位军机大臣。皇上突然病重之前，御医的记录只是偶感风寒，脉案平常，药方并未抄送军机。更有宫中太监传言说，皇上病危前还好好的。如此说来，皇上可能是为人所害。害他的人会是谁呢？

载沣眼前闪过慈禧的脸。会是她吗？醇亲王府对于慈禧的态度十分复杂，这是载沣从小就感受到的。慈禧的为人众所周知，她常常会为了一己之私而要人性命，又将权力玩弄于股掌之上。从辛酉夺权，到慈安先太后的离奇死亡，再到戊戌年囚禁先皇，以及庚子年与洋人达成协议，哪一次她不是险中求生、牺牲别人保全自己？听他尔哈哩说，慈禧年岁越大性情越暴虐，太监宫女的命在她眼里有如草芥，一不高兴就要将人打死，谁在她跟前当值都会提心吊胆。但醇亲王府的荣耀却也真真切切来自于她。对于辛酉年间的事，外人不知是谁帮慈禧向恭亲王奕訢传递了消息，载沣知道，那人便是自己的阿玛。否则慈禧怎会让醇亲王府享有绝世的尊崇荣耀，怎会选中二哥入宫作嗣皇帝，又怎会选中溥仪呢？可是这件事，却深深地伤害了二哥，害了自己一家。

如果先皇是她害的，她知道自己命将不久吗？载沣摇摇头，不对，她的头一道旨意是让摄政王"秉承予之训示裁度施行"，后一道才是"予病势危笃，恐将不起，嗣后军国政事均由摄政王裁定"。事情发展之突然事先看不出任何征兆，她选中溥仪时，分明是打算重演一次垂帘听政。

她说要防着袁世凯，还曾调庆王去视察东陵陵寝，如今载沣隐约明白了。庆王素来与袁世凯交好，溥仪入宫前，慈禧把庆王支开，是要把北洋段祺瑞的部队调往涞水，把亲信铁良的部队调进京城，看来都是防着袁世凯的。那么她选中溥仪，让自己监国摄政，也定有同样的目的。她知道醇王府深恨袁世凯，当年若不是他，先皇也不会幽禁至死。载沣突然想起，先皇驾崩后，他赶去瀛台处理后事，从隆裕太后那儿得到一份先皇的衣带密诏："杀袁世凯。"先皇和慈禧先后离世，会不会是袁世凯所为？想到这儿，载沣突然感到脊背发麻，热血上涌，头发根都竖了起来。

袁世凯不惜巨资笼络庆王，除了找个皇族的靠山，还有没有别的打算？早有传言说他想废帝，另立庆王的儿子载振为帝。当时载沣只当作一个笑话来听。奕劻乃嘉庆皇帝之弟、庆僖亲王永璘之孙，与文宗①这一脉隔得甚远，就算自己答应，小恭亲王溥伟肯定也不会答应。难不成袁世凯真用此等花言巧语哄骗得庆王信以为真，才会让老佛爷有了戒备之心？

载沣想得头疼，用手轻揉着太阳穴。

溥仪入宫那一天，慈禧嘱咐他防着袁世凯，他当晚便去了庆王府，一来想探听一下庆王的口气，二来想安抚和拉拢一下这位老伯父。毕竟这天下是大清的天下，岂有亲汉臣而远亲人之理。不料庆王顾左右而言其他，始终装糊涂，难道自己这个监国摄政王所能给予他的，还抵不上袁世凯所能给的吗？袁贼实在可恶，阴险狡诈，出尔反尔，害苦了二哥，更是在朝中苦心经营，结党营私，如今军机处竟然过半为他所用，果然是狼子野心，此贼非除不可。载沣攥紧了拳头，重重打在了自己腿上。

当年圣祖除鳌拜的壮举让多少后人崇敬，如今除袁世凯也须用此法——出其不意，在他入宫时将其捉拿。只是当年圣祖有孝庄太皇太后相帮，而今除袁世凯，必须也得有人相助才行。载沣决定过些日子去找张之洞，坦诚告知自己的计划，求得张相的支持。此外还得去找庆王，再作一次争取。庆王贪财又傲慢，唯有顺着他，满足他的欲望，瓦解他与袁世凯的同盟，才能保证行动的成功。

---

① 咸丰皇帝。

　　马车沿着什刹海缓缓行进，冷风吹在载沣脸上。上了银锭桥，水岸和天空在暮色中朦朦胧胧，却是一片萧索凋敝，湖边的柳树上顶着一团团凌乱的秃枝。靠近王府，载沣突然觉得心里如同这景象一般，空落落的。这二十天，他一直没有单独面对额娘，今日是躲不过去了。

　　进得府门，载沣直奔额娘的卧房，发现房间是黑着的，料想额娘睡下了，便去了溥仪的房间。满屋凌乱的衣服玩具还摆在原处，想来是额娘不忍动吧。这个院子出了皇帝，按照祖制，载沣不该再住在这里了。宗人府已经安排了新的府邸，只是新府正在修建之中，载沣只好暂居于此。他环顾四周，耐心地将儿子的东西一件件收好。猛然看见床头的一个玩偶，再想想住在紫禁城里的儿子，不禁又伤心起来。

　　载沣听到身后的梨木雕花门发出轻微的响声，忙收起眼泪，转头一看，果然是满面愁容的刘佳氏。

　　"额娘，儿不孝，您责罚吧。"载沣扑通一声跪下，低着头，他希望额娘在溥仪的屋子里能把心中的怨气都发泄出来。

　　刘佳氏再一次绷不住了，涕泪四溅，边哭边无力地用衣袖捶打载沣，口中还含糊不清地骂道："我怎么有你这么个儿子，不护着自己的孩子也就罢了，还事事顺着慈禧老佛爷的旨意。她都要死了还要控制我的孙儿,凭什么！当年你阿玛狠心送走了载湉，如今你又狠心送走午格①，你们父子俩一个样。你六弟、七

---

① 溥仪乳名。

弟被我好好地养到那么大，她慈禧说过继给谁就过继给谁，我们欠了她什么啊！你们爷俩怎么都不敢和一个女人争辩啊！"

刘佳氏连珠炮似的说个没完，直呼了先帝和老佛爷名讳，还顺便抱怨了阿玛。

"额娘……"载沣正欲劝说，刘佳氏却又哭了起来："我亲手把午格带到三岁，饭是我亲自喂的，每天夜里我都睡不踏实，起来好几趟看看他怎么样了，如今说抱走就抱走，你……你这个儿子也太不中用了！别人家的老太太都能享受天伦之乐，额娘我为什么这么命苦啊！"

载沣的福晋瓜尔佳氏悄无声息地默立在门旁。载沣耳朵灵敏，听见她的到来，却没有回头。瓜尔佳氏是溥仪的亲额娘，可因为溥仪自幼被刘佳氏抚养，她这个生母反而像个陌生人，小家伙平时对她笑都不笑，远不如对刘佳氏那样亲昵。溥仪出生三年了，她甚至没怎么抱过溥仪。

载沣默默跪着，陪着额娘流泪，过了好一阵刘佳氏才稳住了情绪。

"沣儿啊，你每日多去养心殿看看。若能见着午格……"

"额娘，轻声些。今日皇上登基，虽在自己家，也不能直呼皇上名讳。"载沣自幼便看到阿玛的谨言慎行，如今自己是监国摄政王，更是马虎不得，不能让人抓住丝毫把柄。

"额娘明白，"刘佳氏虽是婢女出身，不懂得朝堂之事，但当年奕譞的不易她到底是明白一些，如今也格外理解儿子载沣的不易，"王爷若能见到皇上，就告诉他，想要玩什么吃什么，我们都给他准备，让他听太后的话，平安健康长大就好。"

"儿子明白，还请额娘宽心。"

"还有那王焦氏，以后就全靠她了。她那二两的月银我们仍然出，只要她尽心。"

"额娘放心，儿全都照做。冬夜里凉，额娘早些回房歇息吧。"

刘佳氏招呼瓜尔佳氏一起向屋外走去，出门前回头看了一眼儿子落寞的身影，轻轻叹了口气。

载沣虽是疲备至极，此时却无心入眠，便向花园走去。忽然发现他尔哈哩还跟在身后，眼睛红肿，眼里憋着泪，随时都要哭出来的样子。载沣鼻子一酸，叹了口气，轻轻地拍了拍他的肩膀，"他尔哈哩，本王想独自走走，你先回去休息吧。"

院子有多日没有打扫了。这些天接二连三发生各种大事，府里一片混乱，下人们也无心洒扫，地上堆满了深秋时掉落的树叶，已经干枯卷曲。载沣轻轻走过，院子内一片清脆的叶碎之声。

此时，载沣异常想念六弟、七弟，他想起三个人一起在这园中玩耍的情形。两个弟弟小的时候，爬不上太湖石山，他便一个一个地把他们背上去，拉着他们一起看园中的风景，却因此被大福晋责骂。他还想念三妹妹，想起春日里他们一起在恩波亭中写字的时光。

载沣来到海棠树下。他记得，小时候就经常看到阿玛在花荫之下饮屠苏，每次饮酒他便暂时忘记了烦恼。载沣与阿玛不同，他只在高兴的时候才喝酒，心中烦闷时便滴酒不沾。他伸手触摸到了离他最近的一条枝丫，指尖轻轻一用力，那枝条便折了下来，落到地上，消失在那无数的落叶残枝中。

载沣靠在树干上，闭上眼。他觉得自己也像一根抽干了的细弱枝条一样，傍依着一棵古老而飘摇的大树。若有一天掉落了，也会辗转在深渊中，周遭一片黑暗。

四

北风萧瑟，万木凋零。这是载沣记忆中最冷的冬天。

每日进宫，载沣都想办法去看一看溥仪。溥仪异常听话，既不哭闹也不嚷晦。宫内的气氛使他早已失去了孩童应有的纯真与活泼，明黄色的朝服禁锢住了他飞奔的脚步，厚重的朝冠压抑了他好动的身躯。

载沣眼见着，一个小小的孩童，眼睛里却不再有飞扬的神采，变得黯淡下去。

载沣不愿意去想。他还有更多的事情要去操心。

最重要的一件事便是除掉袁世凯，这是他自己内心所想，更是二哥临终所托。

多年前德国国王的弟弟威廉·亨利亲王曾告诉过他，欲强皇室，必抓兵权；欲强国家，必修武备。如今，最强的武装北洋实际上掌握在袁世凯的手里。载沣发誓，他这个监国摄政王要做的第一件事，就是除掉袁世凯，把军权控制在自己手上。

大部分皇族亲贵都支持他，尤其是肃亲王善耆、小恭亲王溥伟和镇国公载泽。这几人比他还心急，整日围着他问什么时候行动。

载沣明白，从文宗、穆宗①到德宗②，朝廷一直重用汉臣。曾国藩、左宗棠、李鸿章、张之洞这些汉族名臣，也确为大清股肱之臣，有赖于他们大清一度出现中兴之势。但长久以来，皇族亲贵对此多有怨言，如今他们希望借着自己手握重权，在朝堂上重新获得一席之地。

老佛爷临死前曾特意嘱咐过，要保持满汉均势。当年她把袁世凯和张之洞调入京城，如今看来一是担心他二人在地方势力过大，二是维持军机处的满汉力量平衡。载沣却做不到，他要除掉袁世凯，只能倚仗皇室宗亲的力量。为今之计，必须尽快让溥伟、载泽这些少壮派掌握实权，还有胞弟载洵和载涛。

最难的一关，便是如何说服那几位军机重臣，而庆王是最大的障碍。上次拜访庆王无功而返，载沣不想放弃，他必须再试上一试。下朝后，载沣换上一件便服，直奔庆王府。

"伯父，您乃朝廷重臣，小侄今后还要仰仗于您。"

"摄政王过谦了。本王蒙圣恩，必当仰承遗训，奉献忠诚。"

---

① 同治皇帝。
② 光绪皇帝。

"伯父如今为领班军机大臣，劳累非常，小侄看在眼里，感念于心，准备代皇上拟一道圣旨，封伯父亲王世袭罔替。"

"如此谢过摄政王了。"

载沣发现奕劻一直以来的轻慢敌对态度缓和了许多，便接着说："先皇和先太皇太后驾崩，小侄悲痛不已。先太皇太后驾崩前，曾嘱托于我，袁世凯的势力过大，已威胁到朝廷，不可不防。小侄细细想来，果真如此。北洋新军为袁世凯一手建立，虽则他本人已离开北洋，但他入得军机，又是外务部尚书，与北洋的关系千丝万缕，任其发展，恐将来无人能掣肘。如此，我大清如何稳固？"

奕劻这回倒是没有立即反驳，低头想了想说："摄政王所言有理，但据本王观察，袁尚书赤胆忠心，摄政王是不是过虑了？"

"伯父，知人知面不知心，那袁世凯一贯出尔反尔，善于蛊惑他人。若此时不做打算，将来发现他的狼子野心，恐怕为时已晚。你我皆为大清皇族，他是汉人，必不如我等对大清忠心。对于小侄而言，而今当务之急，为壮大我皇族势力。过几日，小侄还将代皇上拟旨，赏载振食贝勒俸。"

载沣此时提到载振，一是想表示恩赏，二是提醒庆亲王，他曾经帮过奕劻载振父子俩。

光绪三十二年（1906 年），袁世凯的手下段芝贵花重金买下天津女伶杨翠喜送与载振，又借来十万两银子送给庆王贺寿，不久段芝贵便升任黑龙江巡抚。御史赵启霖拿此事弹劾段芝贵，慈禧便派载沣与大学士孙家鼐调查此案。袁世凯听说后，慌忙动用关系掩盖事实。载沣派人去调查时，账目已被做了手脚。载沣一一见过本案涉事人员，包括杨翠喜的父母，他们早就统一了证词。由于时间紧迫，袁世凯补救的手段并不高明，明眼人一看便知是怎么回事，但载沣却并未继续追究。没想到，此案害得御史赵启霖遭革职，赵启霖背后的瞿鸿禨、岑春煊均遭到贬斥，反倒帮袁世凯、奕劻一派清除了宿敌。载沣没有一查到底，事实上包庇了庆王父子，心里一直后悔，但他当时那样做，确实也出于无奈。他力量单薄，没有把握找到实证，若不收手便是与庆王为敌。不能一下子扳倒奕劻，只会为醇亲王府惹来无尽的麻烦，或许会是灾难。若今日再有这样的机会，他必定会试上一试。现在他重提此事，只希望借这个人情说服庆王，共同对付袁世凯。

"谢过摄政王。不过，摄政王所言袁尚书一事，依本王之见，着实太难。袁世凯在北洋新军威望极高，摄政王想要动他，必要有动他的资本，还要有十足的把握。本王知道摄政王出于公心，本王也不再劝阻，若摄政王不信大可一试，只是莫怪本王没有提醒。"

这样的结果虽令人失望，却是载沣料到的。袁世凯在庆王府的经营不是一日两日了，这些王爷中，庆王可能已经成为最富有的一位了。载沣给出亲王世袭罔替和载振享贝勒俸的条件，若能让庆王府不捣乱，不多言，便是最好的结果了。

过了几日，载沣亲自登门拜访张之洞。

张之洞已经年过古稀，一把稀疏的白胡子长长地垂下来，嘴角向下耷拉着，一副不苟言笑的模样。张之洞是同治三年的探花，光绪年间在湖广地区先后创办了五六所新式学堂，又兴办了汉阳铁厂、湖北枪炮厂、湖北织布局、湖北缫丝局、湖北纺纱局、湖北制麻局等众多实业。如今放眼望去，其忠心与才干无人能及，理所当然成为中枢重臣。张之洞在朝堂上叱咤风云近三十载，从未出过岔子，总是能准确判断赢得先机。即使上了年纪，老先生眼中依然闪烁着智慧的光芒。

"摄政王有话不妨直说。"张之洞从前因一些政务曾与载沣有过不同意见，后来二人交际不深，关系却也不曾恶化。

"张相为国之栋梁，小王一向崇敬有加。先帝与先太皇太后将大清托付于小王，小王还有赖于张相指点。如今先皇与先太皇太后突然驾崩，皇上正值冲龄，稳定为第一要务。小王虽监国摄政，军政大事由小王裁度，无奈手中却无保大清稳定之军队，着实心中难安。再看袁世凯，北洋新军为其一手建立，他入得中枢，又与北洋牵扯不断，将军政大权握在手中。他若忠心便也无妨，他若有异心，可如何是好？"

"北洋壮大，这对我大清来说，并不是坏事。摄政王所言，也确有几分道理。只是下官不知，摄政王要如何动袁世凯？又以什么理由去动袁世凯呢？"

"张相，提防袁世凯，为先太皇太后口谕。小王还得到先皇临终密旨，要诛杀袁世凯。先帝遗命，便是理由。"

"万万不可！主少国疑，不可轻易诛戮大臣。袁世凯党羽众多，又有旧部分散于新军。诛杀袁世凯，会引起朝堂大乱、军队大乱、天下大乱！……先皇遗旨，当时既未正式颁布，依下官之见，如今更不可贸然公之于世。若先太皇太后留有遗命，摄政王不如将袁世凯逐出中枢……"

载沣细细思量，自己为了除掉袁世凯扶持满臣，张之洞心中必然不快，或许这是他阻止诛杀袁世凯的原因。张相哪知，对于自己而言，二哥的遗命便是他唯一的目的，为了除掉袁世凯，他做什么都在所不惜。虽然没能说服张相诛杀袁世凯，但将袁世凯赶走、夺回兵权，张相是支持的。载沣见张之洞身子骨也不大好，不便久留，嘱咐他多多保重，起身告辞。

张相府外四下无声，突然一阵狂风大作，随即雨水夹杂着雪花淅淅沥沥掉落下来，天地间一片雨雪朦胧。细雪湿衣，载沣顿时打了个寒战。

可是还未待载沣开始行动，袁世凯已经有所警觉。被慈禧调到涞水的袁世凯亲信段祺瑞、冯国璋，因担心朝廷诛杀袁世凯，在保定大搞练兵。他们还抓住机会，借口几个士兵的摩擦小题大做，嚷嚷要镇压叛乱，制造声势，威胁朝廷。载沣这才意识到，庆王和张相一个说"杀不了"，一个说"杀不得"，果然不假。既然不能把袁贼安个罪名杀掉，只有先夺了他的权，再作其他打算吧。

光绪三十四年十二月十一日（1909年1月2日），载沣代皇上下旨："袁世凯现患足疾，步履维艰，难胜职任，着即开缺，回籍养疴。"

夜深了。袁世凯在天津的宾馆别墅里环视着四周。这是一栋漂亮的双层小洋楼，临着渤海，清风徐来，水波不兴。客厅里，水晶吊灯把周围照得亮如白昼，地上放着三四个皮箱，那是袁世凯此行的全部行囊。京城无法容身，河南老家他不敢回，他正打算从天津前往日本避祸。摄政王年轻气盛，不按常理行事，何况当他心中充满仇恨，而手中又握有权力时，什么事都有可能做出来。

袁世凯自小习武，喜爱兵法。青年时期在朝鲜初露锋芒——甲申年平定了政变，得到李鸿章的赏识。后创办新建陆军，在天津小站练兵。这支军队就是后来的北洋新军，成为大清陆军的主力。正是凭借于此，袁世凯成为朝廷重臣。

在袁世凯心里，那些看似坚如磐石的靠山，其实都是靠不住的。奕劻那些老朽们城府极深，他也只是逢场作戏，用金钱维系与他们之间的共同利益，但从不让自己被他们左右；即使是一手带出来的军营弟兄，他也不敢完全信任，他会把跟随已久的人调离嫡系部队，对于他而言，任何人都有随时背叛的可能；而他早就建立了深厚交情的各国使臣，也不过是希望能在关键时刻起些作用。

比起这些人，他宁愿相信自己的对手，因为他们更真实，既没有机会欺骗，也没有机会背叛。不过在他心里，所有的对手终将成为过眼云烟，当初的瞿鸿禨、赵启霖、岑春煊等人如此，将来的皇上、太后和摄政王也必定如此。龙椅上坐着的不过是个小娃娃，隆裕太后是一个无能的女流，载沣在他眼里也徒有其表——虽然表现得杀气腾腾，但那是仇恨在作祟，他把载沣的性情一眼看透了，本性宽仁，不够决断，关键时候下不去手、狠不下心。不过，眼下他不得不认真应对这位被仇恨之火点燃的摄政王给他造成的危机。

袁世凯走到桌台前，拨通了电话。电话那头，是英国驻华大使朱尔典。袁世凯对朱尔典说明了原委，力求英使保他生命安全。朱尔典与袁世凯相识多年，关系亲密，还从袁世凯那里得到过不少好处，便爽快答应了。

袁世凯又拿起电话，打给了直隶总督杨士骧，说明来意，请求一晤。不久，他等来了杨士骧的长子毓瑛。毓瑛带来父亲的口信，劝袁士凯不要在天津逗留，万一朝廷发现他没有返回河南老家而是在天津，降旨捉拿，事情便难以挽回了。父亲已为他专门准备了三等车两辆，并备好马车送他去车站，请他乘车回京，并请他抵京后务必立即前往河南。

袁世凯细想觉得有理。当时性命堪忧，他出于本能逃到了天津，那是他在军队养成的逃生本能，也是他在官场摸爬滚打多年的生存之道——他袁世凯的命是自己的，别人安排不了。但既然朝廷下旨开缺回籍，便没有理由再补一道旨意捉拿或者加害于他。而他逃到天津便是抗旨不遵，岂不是给了载沣一个借口。况且流亡海外，如康有为之流，何时能回来更是遥遥无期。袁世凯只用几分钟的时间飞快地做了决断，二话不说，给北京打了几个电话，提起箱子就上了门外的马车，第二天一早便回到了北京。在北京西车站，有昨晚通知到的几位友人见证，他直接登上了南下的火车，真真正正地"开缺回籍"了。

火车驶离京畿，沿途是一片肃杀荒原，远处的山丘皆为冻土，灰白两色占满了光秃秃的山头。袁世凯从车内探出头，回头望了一眼身后愈来愈模糊的城郭，这是他想要封侯拜相的地方，不知何日才能回来。

不久，除了两个儿子，一家老小全部南下与他会合。起初，袁世凯住在卫辉府。只是经历了三场淅淅沥沥的春雨后，由于院中长久积水，居住条件不好，袁世凯便举家回了祖籍河南辉县。辉县远比他想象的还要萧条，卫生条件不足，但袁世凯毕竟是袁世凯，在给别人的信中每每言及自己在苏门百泉"拄杖看山""优游啸咏""引泉灌竹"，描绘了一幅悠然的乡野闲居之趣。怎奈家人相继染疾，他不得不再次举家搬迁，在彰德洹上村定居下来。

这一次，他终于找到了满意的居住之所，买下一处占地两百亩的别墅，花重金整修改建，起名"养寿园"。园子里小桥流水，亭台轩榭，他似乎过上了渔樵耕读的世外桃园般的生活。他游园、烹茶、望月、赏花。"海棠带雨湿红妆，乞护重阴昼正长。蛱蝶不知花欲睡，飞来飞去闹春光。"为了表示自己从此不问政事，好让摄政王放心，他特意找人拍了张头戴斗笠，身披蓑衣，乘一叶扁舟在洹上垂钓的照片登在报纸上。他的诗歌也时常"不经意"地流传出来，成为他闲云野鹤、田园牧歌般生活的佐证：

背郭园成别有天，盘飧尊酒共群贤。

移山绕岸遮苔径，汲水盈池放钓船。

满院莳花媚风日，十年树木拂云烟。

劝君莫负春光好，带醉楼头抱月眠。

袁世凯知道载沣在看着他，其实，京城发生的每一件事，同样都落在袁世凯的眼里。宣统元年二月二十九日，载沣将善于用兵的铁良开去训练禁卫军大臣之职；五月二十八日，载沣下旨任命自己代理陆海军大元帅；同一天，载沣派他的六弟、郡王衔贝勒载洵和提督萨镇冰为筹办海军大臣；五月二十九日，载沣下旨专设军咨处，由他的七弟载涛贝勒管理。

为了掌控军权，载沣清除了一批有与自己有沾连的人，这不奇怪。可铁良是个将才，分明是当年慈禧用来钳制他袁世凯的。袁世凯打听到，隆裕太后召见铁良，说要让铁良取代载沣，招至摄政王的迅速反击。袁世凯一听便明白了七八分，奕劻不经意地帮他实施了离间之计——奕劻此时正在不遗余力地通过太后身边的太监小德张①拉拢隆裕。载沣心中对他的仇恨已经变为深深的成见，只要沾上他袁世凯或者奕劻，载沣便不分青红皂白一概清除，铁良显然不明所以便被连累了。不过对于这位岁数几乎比自己小一半、屡次想置自己于死地的摄政王，袁世凯好像并不感到憎恶。

---

① 张兰德。

洹水河静静地流淌，天空不够清明，水天之间似蒙着一层轻轻的薄纱，一片云水苍茫。对岸的芦苇似有似无，远处山丘上的白杨林在薄雾中若隐若现。袁世凯坐在河边。他今年五十岁，身材胖硕，膀阔腰圆，须发已经花白了，唇上依然留着那两撮标志性的小胡子。已显苍老的圆脸上，却长了一双孩童般单纯明亮的眼睛，这双眼睛里满是好奇和赤诚，不知道因此骗过了多少人。望着北面隐于云雾中的山顶，袁世凯嘴角露出一抹难以觉察的微笑："果然还是个孩子！给哥哥报仇不计后果，提携两个弟弟毫不遮拦，为了儿子，岂不是凡事皆可为了？倒是重情重义！如此多的牵绊，当家尚可，何以监国？！"

这一抹微笑荡漾开来，终于按捺不住，袁世凯索性由着自己笑出了声，随即放声吟诵起来：

> 百年心事总悠悠，壮志当时苦未酬。
> 野老胸中负兵甲，钓翁眼底小王侯。
> 思量天下无磐石，叹息神州变缺瓯。
> 散发天涯从此去，烟蓑雨笠一渔舟。

五

一转眼到了秋天，云淡风轻，天地澄明，整个京城又到了最美丽的时候。推开府门漫步到银锭桥，或是登上篁亭极目远眺，满眼都是静谧的秋色。银杏的叶子泛着金黄，点缀在侧柏、泡桐、杨树、榆树正变得苍老的墨绿色之中，树影轮廓如山丘般轻轻地起伏，绵延到远处。阳光还带有夏天的余温，但少了几分烦闷燥热。光影温柔地交错在后海的湖面上，匆匆游过水面的野鸭身上也被照耀得如同覆盖了一层金色的绒毛。只是有些可惜，今年王府中海棠果熟得早，又未及时采摘，很多果实已经红透了，掉落在地上。院子里弥漫着熟过了的果香，甜腻腻的，散发出果酒的味道。

天已经黑了。海棠树下支着张小圆桌，铺着西洋餐厅特有的白色桌布，上面摆着橘饼、柿霜、荔枝干、蜜枣、桂花饼、莲子酥、佛手酥和烤栗子，还有一壶平安如意茶。载沣坐在藤圈椅中，捧了杯洋酒，一个人小酌。他今年二十六岁，眉目俊朗，体态端庄，风姿秀逸，穿了件深色夹褂，乍一看，就是位举止不俗的大家公子，谁会想到，他是大清国的监国摄政王。

载沣喜欢这样的时刻，没有朝堂之争，没有烦心之事，就守着这个静静的园子。最好亲人都在身边，看看戏，聊聊天，听三妹妹讲笑话，逗一逗女儿毓格，和弟弟妹妹们打打牌，即使钱都输光了，也是开心的。

刚刚他邀三妹妹来府上看法国西洋戏法。三妹妹都嫁了人，回到府里还是像个小姑娘一样，看到精彩处咯咯咯地一直笑。每次看到三妹妹开心的样子，载沣就很满足，笑容也重新回到脸上。

他留三妹妹在府上用了膳，叫人开着府里的洋汽车送她回宅。他不想这么早睡，不想浪费掉这样一个美好的秋夜，就叫他尔哈哩支上桌子，他准备在这海棠树下再消磨一会儿时光。

载沣记得，当年阿玛最爱这两株海棠树，"酌酒海棠下，山肴杂落英。邀来一明月，相伴到三更。""二更漏尽又三漏，万朵花攒成一花。欲向坡仙乞银烛，月轮影转粉墙斜。"阿玛的诗稿载沣都悉心地收藏。他还记得，阿玛常常自己爬梯子去采海棠果，并且自己酿果酒喝。周全一到秋天就让府里的厨师做海棠果酱。周全是从阿玛一出生就到府里的，他那一双大手不仅常常抱小孩子，还能酿出香甜的果酱、果酒。阿玛过世后不久周全也去了，现在这些事喀拉莽阿不大做，也许是因为自己对于饮食没有阿玛那样热心吧。他还记得，阿玛晚年睡不好，天气好的时候，在园子里的竹躺椅上倒是睡得香，于是花园各处都摆了躺椅，这海棠树下是阿玛常常打盹的地方。

缪姑太太也最喜欢这两株海棠。缪姑太太叫什么名字载沣并不清楚，只知她是云南人，早年孀居，后来入宫成为孝钦显皇后的代笔女官，工于花卉。此后她将兄长缪嘉玉推荐给了

---

① 慈禧谥号。

醇亲王府，现为王府书画师傅。孝钦显皇后驾崩后，缪姑太太便出了宫。今年年初，载沣替她在王府隔壁找了个独门独院，也好让他们兄妹两人互相照应。缪姑太太春天来这府里看到了西府海棠后，爱得不行，便也计划着在自家院子里种满海棠，载沣倒是很想看看缪姑太太画的海棠是什么样子。载沣曾得过两幅孝钦显皇后的御笔赏赐，一幅《罗浮真影画》，一幅《梅花水仙画》。《梅花水仙画》极似缪姑太太手笔，载沣私下拿给缪姑太太看，想从她的表情里找到蛛丝马迹。不料缪姑太太表现得完全不露痕迹，兴许是被她识破了。

这时福晋瓜尔佳氏进了花园。瓜尔佳氏今晚出去打牌，这么晚才回来。待她来到跟前，身后的他尔哈哩躬身行礼："给老爷子请安。"之后就退后站到了远处。瓜尔佳氏喜欢学从前的老佛爷，让别人用男子的称呼叫她。载沣心中闪过一丝不快，脸上却没有表现出来："福晋怎的回来这样晚？""王爷还说呢，方才我打电话回来，说汽车送三妹妹去了，我等了半天。今儿手气太差，输了一千两百吊，明儿静荣还拉我去呢，王爷再给些体己吧。"静荣是载泽的福晋，隆裕太后的亲姐姐。因为载泽总来府上，静荣便也成了醇亲王府的常客。载沣瞥见瓜尔佳氏手上又戴了个新的玉镯子，心情有些烦躁。除去私产，他这个监国摄政王每年五万两的双俸仍不够瓜尔佳氏挥霍。载沣想要和她理论，又不想这美好的秋夜被破坏了，便淡淡然答应她"好好好"。瓜尔佳氏心满意足地走了。

"王爷，奴才给您泡壶新茶去。"他尔哈哩说着转身去了厨房。

每次瓜尔佳氏一来，不是要钱就是抱怨，下人们不忍心让载沣难堪，都站得远远的不去听。他尔哈哩定是怕他原本的好心情受影响，才会去泡些新茶宽慰于他。载沣长长地叹了一口气。

二哥进宫后，他就是这王府的长子，不到两岁就被封为不入八分辅国公，不到六岁便晋封奉恩镇国公。阿玛晚年身体不好，府中大小事务都是他在周全的帮助下亲自打理，各府之间的应酬走动也是他一人张罗，那时他还不到十岁。这么多年来，他对长辈谦卑恭谨，对弟妹呵护有加。阿玛过世他袭了亲王，不仅在朝中做事，还要操心两个弟弟一个妹妹的亲事，维系和各个姻亲的关系，应酬各府宗亲之间的交往。他常常会想，若二哥不进宫，他是不是就可以像六弟和七弟一样，有兄长关照着，找一门自己满意的亲事，过上闲散舒心的生活。

作为醇亲王府事实上的长子，他连名字都是先太后赐的，更别说婚事了。

光绪二十六年四月，慈禧做媒把阁学福懋之女许配给他。婚事还没办，洋人侵入天津和北京，未婚妻担心受辱自尽身亡了。他出使德国回来，额娘又为他找了一门亲事。那姑娘清秀雅致，温婉动人，载沣一见倾心，两家人都满意，已经下了大定，老佛爷却突然把大学士荣禄之女幼兰指给他为福晋。额娘气得破口大骂，载沣心里也十分懊恼，那是他第一次感到作为一个亲王是多么无奈，第一次痛恨自己生为皇室之子。但他仍跪地恳求额娘不要违逆老佛爷，迎娶了瓜尔佳氏。

皇室子弟的一切都身不由己，何况他是这个大家庭的一家之长。王府的安危荣辱皆系于他一身，额娘子女弟弟妹妹都需要他的照顾。这么多年下来，他早已习惯遇到责任时一人承担，事关亲人、家族时牺牲自己。

他尔哈哩把茶端了上来，还拿了几支糖葫芦。"王爷，奴才知道您爱吃糖葫芦，只是不知这么晚了您还想不想吃。奴才自作主张让厨房给您做了几支，您别怪奴才。"

载沣心里涌起一股暖流："他尔哈哩，本王现在想吃得紧呢。"载沣和六弟、七弟、三妹妹，从小便都最爱吃糖葫芦，载沣从他尔哈哩口中得知，二哥生前最爱吃的也是糖葫芦。二哥曾对他尔哈哩说，糖葫芦酸酸甜甜的，不顺心时吃上一口，能让人忘记一切烦忧。

收留他尔哈哩大概是阿玛一生中最大胆的一个决定。换作载沣，他也会毫不犹豫地把他尔哈哩留下。载沣看了一眼正在忙碌的他尔哈里，他尔哈哩比载沣大十多岁，但自出宫来了王府，他的外貌好像就没有再变过，白白净净、瘦瘦高高的，即使裁缝给他量着裁做衣服，穿在他身上也总是不合身，上身显得过于宽大了，而下摆又向上吊起，露出细瘦的脚踝，像是小孩子突然长了个儿，衣服显短了一样。他尔哈哩有一双像鹿一样温柔纯洁的眼睛，透过那双眼睛，可以感知到他的温良纯善和体贴细心。当年定是因为有他的陪伴，二哥才能安然度过那些冰冷的幽禁岁月。

他尔哈哩侍奉过先皇，认识他的人不在少数，载沣便只让他在府里办事，遇到有客来访也从不让他来侍奉，迎来送往或者办事跑腿的事都交给喀拉莽阿和特木尔博赫。载沣未回府的时候，他尔哈哩什么事都干。额娘倒也罢了，瓜尔佳氏使唤他，他也尽心尽力，不像别人那样想方设法躲得远远的。不过虽然他尔哈哩没有表现出来，载沣却看得出，他尔哈哩心中最爱做的事情是照看毓格。

想到毓格，载沣脸上露出笑容。他有二子一女，长子溥仪由额娘带大，次子溥杰由福晋带大，长女毓格也养在额娘屋里，却是他最疼爱的。每日回府，载沣给额娘请过安后便迫不及待地直奔毓格的房间，定要抱上一抱，亲上一亲，把毓格逗得咯咯直笑，他才会觉得这一日没有白过。上个月的十三号是毓格的周岁生日，毓格抓周时第一次抓了算盘，第二次抓了历书，第三次抓了苹果，逗得载沣开怀大笑："我的韫媖①是要当女账房先生，还是要当女算命先生？你做什么为父都答应。"那一天对于载沣实在是开心的一天。载沣希望爱女快点长大，她想要什么就给她什么，将来给她说一门她喜欢的亲事，就像他为三妹妹做的一样。

载沣疼爱三妹妹。载洵和载涛少年时都被老佛爷指派过继到了别的王府，他和三妹妹在一起的时间远远多于两个弟弟。

---

① 毓格大名。

正因为如此，载沣在两个弟弟长大后格外关照他们，他们对于他这个哥哥也分外亲近，总是轮流坐庄请载沣去吃早饭或者晚饭，每个月更是来府上好几次。有多少次，兄弟三人在这园中饮酒畅谈，消磨到深夜，那便是他人生中最开心的时刻。

昨天是载涛离京出洋考察的日子，载沣走不开，特意找人代为相送。载涛自小就爱习武，尤其善于骑射，能在飞奔的骏马上倒立，还能躺在马背上射中靶心。载沣希望七弟能尽快独当一面，接手陆军。如果两个弟弟都能帮他，把军权掌握在爱新觉罗家族手中，不用再忌惮袁世凯或者别的什么人，大清江山才能稳固，他才能睡得安稳，溥仪才能过上不同于二哥的生活。

一周前张相去世了，载沣十分痛心。在几位军机老臣中，他最为敬重张相的才干人品。张相虽然也曾为袁世凯求情，但载沣明白，他是出于公心，与奕劻不同。只是载沣为了除掉袁世凯倚重皇族亲贵，引来张相的不满。特别是他提拔六弟、七弟，张相更是明着反对。他知道张相是对的，但他别无选择，消除袁世凯的影响，摆脱袁世凯带来的梦魇，把军权控制在自己手中，他只有这一条路可以走。可惜一直到张相去世都没有取得他的谅解，载沣感到十分遗憾。

他想到了李傅相①。李傅相去世得早，载沣无缘共事，但自小载沣便钦佩李傅相的才能。李傅相与张相虽为汉人，但

---

① 李鸿章。

都是大清的中流砥柱，股肱之臣。能得这样的治世能臣，怎会在意他是满是汉，怎会舍得去打压呢。他一直只是希望得到理解而已。

载沣脑海中闪过在德国埃森克虏伯私邸所悬挂的李傅相的画像。李傅相既有惊世之才，又善于用兵，更是与洋人周旋多年，不卑不亢，常以诙笑解纷难，阴阳开阖，风采凛然，为大清的安定立下汗马功劳，同样也受到了洋人的尊崇。画像上的他目光坚定，温和又睿智，似乎能洞察世情，又温文尔雅地回报自己的宽忍。

那次德国之行只是几年前的事，但感觉已经像是上辈子一样久远了。庚子年闹义和拳，德国公使克林德被杀，引发洋人入侵。载沣那时不满十八岁，却对朝堂之事有了自己的见解。无论是当年的变法维新还是庚子年之事，他都站在二哥一边，认定老佛爷错了。事后老佛爷反悔，诛杀了一些主战大臣，派奕劻、李鸿章为全权大臣与洋人达成了协定。依照协定，大清要派遣一名使节前往德国道歉。此事议定之后，又拖了一段时间才真正实行。阿玛过世他袭了亲王，地位尊贵，成为最合适的人选，阿玛的丧事办完才一个月他便奉旨西行了。

载沣头一次担当如此重任便不负众望。香港、吕宋、西贡、吉隆坡、锡兰①、亚宁②……所到之处，他这个来自东方的年轻

---

① 斯里兰卡。

② 也门古城，位于阿拉伯半岛西南端。

亲王引起了不小的轰动，无论执政官还是外交官，都对他的风姿与修养赞不绝口，报纸上充斥着对他的褒扬。在意大利那波里，载沣得知，觐见德皇时有下跪一项，为保全大清国颜面，到达瑞士巴在尔[①]后他便托病不再前行，停留在客栈之中。后经再三交涉，免去此礼，载沣才如约前往柏林。载沣维护了大清的尊严，回来后老佛爷对他赞赏有加。

德国之行让载沣看到了当年李傅相所见过的大清以外的世界，那是他终生无法忘记的。同船有几百名返乡德国士兵，每日在船上操练两次，下午由管带验察枪支军器军装，礼拜休沐之日操练也从未停止，连军犬都训练如常，让人从细微处感受到德国陆军之精。西蒙士[②]电机厂，生产电灯、电光、电机、电车等，每年可造电灯四万盏；来福炮厂最快的枪载沣亲自试过，每分钟能放五百发，炮厂正在为俄国陆军生产快炮；伏尔铿船厂，自建厂以来共造兵船、轮船近二百五十艘，大清水师的镇远、定远等均出于此，船厂正在赶造俄国订购的头等快船和德国政府订购的铁甲舰；克房伯炼钢甲厂，每一新式钢甲炼成都以巨炮试之，只取合格的钢甲用于战船。煤矿、盐矿，矿井深处天气管、电灯、铁轨俱备，高效有序……若我大清有此等工厂装备和军队，何惧各国列强。

德国的先进与生机勃勃让载沣羡慕迷恋。德国与日本都实

① 巴塞尔。
② 西门子。

行君主立宪，德国拥有欧洲最强大的陆军，日本以一小国之力打败强大的俄国，足见君主立宪的好处。老佛爷当年派五大臣出洋考察后，颁布了预备仿行宪政的谕旨，并宣布以九年为限，她驾崩前的三个月，常常召见军机大臣商讨此事。

今春载沣已代皇上下诏重申预备立宪，命各省年内成立咨议局。若能实现君主立宪，既可保皇权永固，又可减轻内忧外患。他作为监国摄政王，有责任推进这一变革。

他尔哈哩轻悄悄地换上一壶菊花茶，为载沣披上了一件薄棉袄，把一条薄毯搭在他腿上，又默默退到几步开外。夜已经深了，花园里悄无声息，一丝风都没有，偶有一两片树叶掉落下来，发出清脆的声响。今天是八月二十九，墨黛色的天空中没有云朵，一钩蛾眉弯月好似一张微笑的嘴，正发散出魅惑耀眼的银光。

载沣突然感受到汹涌的困意，又懒得动弹……黑色海水的印度洋，暴雨倾盆；商贾云集的波塞①，满是洋楼和行色匆匆的人流；帆樯密集的折奴阿②，山青水碧的鲁生③，景物绝美的莱茵河，行宫，花园，古堡，油画，鹿角，马戏，兽园里从未见过的驼鸟、袋鼠……

载沣就这样睡着了，在当年老醇亲王经常打盹的海棠树下。

---

① 塞得港，埃及东北部城市。
② 热那亚。
③ 洛桑。

六

又过了一个冬季，载沣生命中沉睡了一般的死寂的日子已渐渐远去。

袁世凯被赶走了，安心地做了一名洹上渔翁。他的部下段祺瑞被冷落，冯国璋这两年和皇族亲贵走得很近。载涛和载洵将分别接手陆军和海军，立宪会议在筹备之中，似乎一切都走上了正轨。先皇驾崩以来，载沣第一次感到一丝轻松。

他在王府里的时日渐渐多了起来。一有空他就抱着女儿，晚上经常陪额娘听戏，每周都邀六弟、七弟和三妹妹来，陪额娘在树滋堂吃西餐，在九思堂观剧。一家人还第一次在宝翰堂观看了电影。六弟、七弟时常出洋考察，但在途中也不忘给他发电报。瀛四哥常来府上聊天，每次瀛四哥走时，手中都被载沣塞满了东西。

载沣在听雨屋旁修建了一间小屋，取名"畅怀处"，这是他们兄弟三人畅聊到深夜的地方。他给花园起名"闲园"，戏台旁的小亭起名为"凤来"，请缪姑太太写字。

后海的冰渐渐融化了，站在簞亭，载沣听到了河水轻快的流动声。水面上出现了一条碧痕，过不多久，碧绿色便映满了眼帘。杨柳拂岸，草长莺飞，早春的景色让人愉悦。迎春花开了，园中的花朵很快会次第盛开，争奇斗艳，梅花、樱花、桃花，还有这两株海棠，载沣期盼着，到时一定不能错过它们的花期。

清晨，晨光透过老槐树细密的树叶照射下来，在林荫路上留下神奇的光影，载沣突发兴致，步行去了北海。他欣赏阐福寺乾隆皇帝的对联，尤爱"鸢飞鱼跃同澄彻，云影天光会渺茫"；他爬上三层高的万佛楼眺望远处，走到极乐世界细看二百二十六尊罗汉佛像。天朗气清，苍松翠柏掩映中的古刹有一种超越时光的美。载沣意犹未尽，在这万物生长的季节，他身体里似乎也蒙发了无穷的力量，第二天一大早，当他被第一声莺啼唤醒，便起身穿上轻便的羊灰色棉褂，再次步行去了北海澄怀堂、快雪堂。载沣自幼写得一手好字，喜欢观看名帖，温暖的阳光照进金丝楠木的大殿，他在赵孟頫临《快雪时晴帖》石刻前消磨了一个上午。中午他仍不觉疲倦，步行了半个湖岸，到团城承光殿去瞻仰整块玉石雕成的佛像。下午又上了琼岛，一路赏碑观景，一直登上白塔前的铜殿。从高处俯瞰，夕阳西下，将对岸大西天琉璃牌楼映照得别样鲜红艳丽。载沣兴致不减，下了琼岛又绕回大西天、罨画轩，消磨到天边最后一抹霞光也消失在深蓝色的天空中，方尽兴而归。

这是载沣想要的生活。若日子就如这般过下去，静谧、舒心，载沣再无其他所求。他哪里知道，风暴将至，宁静的外表下已是暗流涌动。

宣统二年二月二十四日（1910 年 4 月 3 日），巡警在东桥[①]下搜到了异物，发现是炸药，而此处为摄政王入宫必经之路，

---

① 什刹海旁甘水桥。

事关重大，立即禀告了载沣。

两周之后，肃亲王善耆和贝勒毓朗来府上通报了东桥之事的调查结果，埋炸药的匪徒已经缉获，其中两名为入京刺杀摄政王的革命党，为首的唤作汪兆铭①，另一人唤作黄复生，此外他们还有一名在京城接应的同伙罗世勋。汪、黄二人来京后，在罗世勋所在的"守真照相馆"落脚。他们每日在摄政王府旁蹲守，观察到摄政王每日必经东桥，便深夜到东桥下埋藏炸药，不想有人经过，炸药被人发现。汪兆铭决定过些日子再行动，便没有逃跑。警察根据盛炸药的铁罐追查到了骡马市大街鸿泰永铁匠铺，店主指认铁罐为守真照相馆订制，这才抓到了人。警察在照相馆里还搜出了《革命之趋势》《革命之决心》和《告别同志书》等手稿。

载沣心下甚惊。他为人宽厚，处事也小心谨慎，未曾利用手中的权力滥杀无辜。不想这革命党人竟对他仇恨至此，为了杀他丝毫不吝惜自己的性命。几个月之前，载洵结束欧美海军考察，从俄国西伯利亚乘火车回国时，革命党人熊成基也试图实行暗杀，因事情泄露暗杀未成……载沣知道同盟会的孙文，说要"驱除鞑虏，恢复中华"，不过虽然多次试图造反，却一次都没有成功。没想到这么多年了，革命党竟然闹到了京城，还到了自己眼皮底下。载沣心中蒙上了一丝阴云，他命法部将汪、黄二人永禁，罗世勋监禁十年。

---

① 汪精卫。

四月，载沣在夜空中看到了彗星，出现于东北方向，彗尾指向西南。晴朗夜空中的彗星明亮而耀眼，却转瞬即逝，这代表了什么？整个夏天都溽暑郁蒸，载沣的心情也如这天气一般，不再清明澄澈。

宣统二年九月初一（1910年10月3日），资政院终于成立了。这本是载沣期盼良久、引以为傲的一件事，为此他亲自动笔写了开院发言，特意坐着洋车而不是马车来参加开院典礼。不想各地学界请愿此起彼伏，舆论沸腾，纷纷要求速开国会。局势发展出乎载沣意料。他喜欢事情按照原有的计划有序推进，现在却不自觉地被民众的愿望裹挟，身不由己。一个月后，在怅然若失中，载沣代发上谕，宣布将于宣统五年召开国会，次年成立责任内阁。

然而激进宪政团体反应依然激烈，认为九年仅缩短了三年，令人失望。地方督抚也表示不满，坚持要求速定内阁人选。

十月二十一日，北京咨议局召开全体会议时，一些议员竟因一些小事抗议，发动投票弹劾全体军机大臣。

这一天恰恰是先皇二周年的忌日，从早上起天空就飘起了大雪。载沣记得两年前的这一天也是雨雪纷飞。鹅毛般的雪花飘飘扬扬一整天，直到傍晚时天空才放晴，王府之外，后海水岸一片素白，只有岸边的垂柳留下隐约的剪影。放眼望去，远处被白雪覆盖的西山清晰可见。载沣突然想起，梦中二哥对他说，西山好，他也想葬于西山。大约，从西山也能望到后海的王府吧。载沣心中一阵酸楚，泪水浸湿了双眼。

载沣说不出地沮丧。他所推进的君主立宪应当是有序的，平缓的，没想到出现了如此混乱的情形。

十一月，又有人发动联名请愿，希望明年召开国会，载沣一改往日的谨慎作风，斩钉截铁地予以拒绝。他在代发的上谕中明确警告："如不服劝谕，纠众违抗，即行查拿严办。"并下令将请愿的东三省代表送回原籍。载沣事后有些后悔，他行事一贯宽厚稳重，但这次竟然全无耐心，连上谕中都夹带了火气。

宣统二年的最后一天，除夕夜过得并不舒心，宫宴气氛也十分沉闷。宴会上回响着低沉婉转的乐曲，伴奏只有月琴、竹笛、单皮鼓三样，透着一丝单调和忧伤。隆裕太后与其姑母一样酷爱戏曲演乐，只是慈禧太后注重排场，宴会钟鼓齐鸣、琴笛齐奏，宫宴所用器皿奢华讲究，服饰鲜艳华美。当年的宫宴气氛是那样热闹，而今人人各怀心事，沉默不语。

载沣在宫中能常常看到溥仪，但在这紫光阁的皇室宗亲宴上，他的目光还是始终落在儿子身上。溥仪长高了，好像变瘦了，不那么爱笑，依然坐不住，无聊地在座椅上扭来扭去。

夜宴很快便散了。出得紫光阁，载沣感到一阵刺骨寒风。他见到了来接溥仪的奶娘王焦氏，她正等着张谦和帮溥仪更衣。

王焦氏鞠了一躬，轻声对载沣说："王爷，皇上在宫中一切安好，只是调皮好动些，请王爷放心。"

"若有什么事，记得托张公公告诉我。"载沣一边说着，一边从袖口里取出一锭银子，塞到了王焦氏手里。

"王爷，这不妥。"王焦氏欲拒绝，载沣却已经把手收了回去。

"王爷，其实……"王焦氏欲言又止。

"对本王不要有所顾忌，说吧。"

"平日里太后待皇上很好，每顿都有美味佳肴，但是太后都是自己用过膳后，才让皇上用的。基本上都是些残羹冷炙了。有公公说，当年先帝就是因为总吃孝钦显皇后剩下的，吃出了胃病。如今皇上年纪尚幼，奴婢有些担心。"

溥仪从小受到额娘百般宠溺，不曾挨饿受苦。皇太后先用膳是宫中规矩，王焦氏自然不知晓。"本王知道了。你可时常看看御膳房有没有热羊汤，每天给皇上用一点暖暖胃。"

"奴婢记下了。"

载沣张了张口，想告诉王焦氏她的亲生女儿已经感染时疫去世，又把话咽了回去。王焦氏是溥仪在这宫中唯一亲近的人，若她走了，溥仪怎么办？

"王爷若没有其他事，奴婢这就去迎迎皇上，请恕奴婢先告退了。"王焦氏行了礼，快步离开，消失在闪烁的灯影之中。载沣望着她的背影，心中涌起一丝愧疚。王焦氏身世可怜，三岁时家乡闹水灾，父母带着她和哥哥逃难，路上无数次狠狠心把她扔了，又每一次都捡了回来。一家人流落到京城乞讨，幸而王焦氏的哥哥被人收作学徒，一家人得以熬过了冬天，父母带着她回了乡。庚子年她十三岁时洋人入侵，便逃到京城投奔哥哥。哥哥也养不起她，把她半卖半嫁给一个王姓的差役。丈夫对她时常打骂，刚生下女儿，丈夫便去世了。碰巧溥仪出生，王府选奶娘，她被选中才得以进府。王焦氏为人良善，性情温和，溥仪自小被额娘惯坏了，入宫后任性妄为，淘气无状，但总是听她的。如今她的女儿没了，载沣出钱葬了她，却出于私心将此事隐瞒，也许这份愧疚只有待到将来弥补了。

一阵猛烈的穿堂风吹过，有如呜咽声在宫墙间回荡。载沣第一次觉得，这宫城之中的风那么冷。

七

春天如约而至，载沣却全然没有了去年的心境。待他有一日漫无目的地踱到花园时，发现遍地掉落的海棠花瓣，绿色的枝叶已密密麻麻挤满枝头。载沣心中失落，他错过了今年的海棠花期，错过了这个春天。

重重压力之下，成立责任内阁之事提上议事日程。

载沣与奕劻的较量从来没有停止。载沣希望溥伟或者载泽担任内阁总理，奕劻却早已对这一职位觊觎已久，并且成功地把隆裕太后拉到自己这一边。较量的结果是奕劻得到内阁总理，与他走得最近的那桐和徐世昌将出任内阁协理大臣。不过载沣总算是通过载涛和载洵把持住了陆海军，又以载泽为度支大臣把持住了财政预算审计大权。

宣统三年四月初十（1911年5月8日），载沣代发上谕，宣布成立内阁，除内阁总理、协理大臣外，梁敦彦为外务大臣，善耆为民政大臣，载泽为度支大臣，唐景崇为学务大臣，荫昌为陆军大臣，载洵为海军大臣，绍昌为司法大臣，溥伦为农工商大臣，盛宣怀为邮传大臣，寿耆为理藩大臣。旧设的内阁、军机处和会议政务处一并裁撤。同时宣布成立弼德院和军咨府，载涛和毓朗均授为军咨大臣。载沣尤其看重军咨府，想把它建成如同日本陆军参谋部的机构，由它来统一管理调配军队，责任内阁将不再管理军事事务。

谁知责任内阁一公布，反对的浪潮比以往更为汹涌。人们称新成立的责任内阁为"皇族内阁"，要求皇族不得担任内阁总理。奕劻为人贪婪，民众对他多有不满。载泽为人公允，德高望重，载沣多么希望借此机会将奕劻拉下马来，把载泽推上内阁总理之位。无奈载泽也是皇族，加之载沣希望通过军咨府集中军权的目的即将达到，他不希望不仅内阁总理没有得到，得之不易的军权也弄丢了，便以沉默来应对这股反对风潮。

但是如今的民众似乎已经很难用一纸上谕轻易说服了。一直到六月，各省咨议局议员仍纷纷上书，希望朝廷能够改变这种局面。载沣的忍耐已经到了极限，对皇族的否定最终激怒了他。他要保护的本就是皇族统治下的大清，排挤皇族，与孙文一党的"驱除鞑虏"有何不同？载沣立即代为下达了严厉的谕旨，再一次斩钉截铁地拒绝了议员所请。

事情似乎渐渐平息了，立宪以来的吵吵闹闹也似乎过去了。载沣又回归了宁静的生活，看马戏，邀弟弟妹妹来府吃饭，到北海泛舟，摘食新鲜可口的莲蓬。毓格过了三岁生日，新府也已经建好，载沣去进行了检视。他已经致电德皇，邀请德国皇太子明春来访，届时可在新府设宴款待……

没有人知道，即将到来的一场风暴将改变所有人的命运。

宣统三年八月二十日（1911年10月11日），庆王府送来一份电报，犹如晴天霹雳，载沣看后大吃一惊。武昌的新军在革命党劝说下谋反了！黎元洪被推举为湖北都督。

载沣怪自己疏忽了。数月前，载沣采纳邮传大臣盛宣怀的建议，代颁诏书宣布铁路收归国有。具体则实施抓大放小的办法，干线实行铁路国有政策，支线由商民量力酌行。同时由盛宣怀出面，与外国银行缔结了借款合同。载沣本想借此发展铁路，建成像德国那样高效的铁路网，不想具体执行时，盛宣怀对于川汉铁路的处置过于急切，民众认为不公，纷纷请愿抵制。四川总督赵尔丰进行弹压，却导致民众的抗议愈发激烈，竟发展到围攻成都。载沣怕事情闹大，想迅速平息，便下令抽调湖北新军赴川。怎料鄂地空虚，被革命党钻了空子。

载沣急急赶入宫中，隆裕太后把奕劻、那桐、徐世昌都召集到仪銮殿商议对策。以往革命党发起过数次行动，载沣都没有放在心上。但这次，他感到事态异常严重。谋反的不是普通民众，而是大清新军。会不会有其他地方的新军效法？该派谁去剿乱？

仪鸾殿内焚着麝香，甜腻的动物香气隐隐散发出危险的气息。与三年前相比，如今这里素净得实在不像太后的寝宫。以前老佛爷雕龙宝座后的屏风四季常换，如今却还是老佛爷归西时的仿古菊花画屏，因为失于保养显得破败陈旧。雕龙的座椅和绣满龙的坐垫撤走了，新换了把海棠花图案黑漆座椅，上面却垫着豆青色蔷薇花缎子面坐垫，与屋内其他陈设极不协调。隆裕太后缩在宽大的座椅里，戴着长长护甲的手指不安地绞动着一条丁香色真丝手帕。

站在仪銮殿的另外三个人全都默不作声。奕劻是袁世凯在朝廷中最大的靠山，那桐也没少得袁世凯的好处，徐世昌更是袁世凯的拜把子兄弟。他们定然都在等候这个时刻。不行，坚决不能让他重新回到这朝堂之上，好容易得到的陆军和海军指挥权也绝不能再回到袁世凯手里。

载沣一改往日的优柔，决定派陆军大臣荫昌前往武汉。

第二日，坏消息接踵而至，汉阳和汉口也落入革命党手中。载沣急命海军统制萨镇冰率长江水师迅速前往武汉江面驰援。他心中有一种不祥的预感，但还是准备搏一搏。陆军除了荫昌之外，还有谁既善于用兵，又不是袁世凯的死党呢？想来想去，似乎只有袁世凯的老部下冯国璋。冯国璋这两年在官场结交皇室权贵，似乎已经融入了新的政治环境。此时最要紧的，是在火势迅猛之前将其浇灭，不能给革命党以喘息之机。载沣顾不了太多，只能冒险一试。

第三日，是艰难等待的一日。奕劻终于按捺不住，提出重新起用袁世凯。载沣不等他把话说完便严辞拒绝。他是想做给其他人看，此事没得商量，休要再提。然而载沣心中的不安却越来越强烈，压得他喘不过气来。傍晚回到府中，载沣茶饭不思，坐卧不宁。他隐隐觉得，这一次，好运不会站在他这一边了。当年放过袁世凯，无异于放虎归山。他虽然成为清军的最高统帅，两个弟弟分别被安排进陆军和海军，但其实他手中并没有太多可用的将才。当年驱逐铁良，也许真的是个错误。而对于袁世凯的旧部，他又清除得太不彻底。

秋日的夜晚透着凉意，一轮半月悬挂于寂寥的夜空，非圆非残。冷风拂过，光影忽明忽灭，榆树枝叶的影子在窗户上张牙舞爪，伴着刷拉拉的响声。载沣忽然觉得，自己只是个无兵的统帅，有名无实，而袁世凯虽口口声声说他不过是个洹上渔夫，却仍牢牢掌握着北洋。

第四日，漫长的一天。等来的全是坏消息。荫昌虽是将才，却指挥不动北洋士兵，走到半路不得不驻扎下来。冯国璋压根儿无心剿乱，磨磨蹭蹭，装模作样，大概在等着袁世凯出山。

御前会议上发生了激烈的争吵。奕劻再提起用袁世凯一事，那桐紧跟着附和，徐世昌装作中立，最后仍忍不住说，如果袁世凯真如当年曾国藩剿灭太平天国一样，大清或许会再现中兴盛世。隆裕太后早就被他们说服了，巴不得这事早早解决。肃亲王善耆、恭亲王溥伟、度支大臣载泽极力反对，仍在据理力争。只有载沣沉默不语。

这时总管太监姚公公禀报,良弼求见。

良弼也是皇族之后,毕业于日本陆军士官学校,成绩优异,为人俭朴上进。他与众多北洋新军中毕业于日本陆军士官学校的年轻将领一样,颇受载沣所倚重。

良弼一进仪鸾殿,便跪地请缨赴鄂剿乱,请朝廷给他一支军队,还痛陈万万不得起用袁世凯。良弼的到来让善耆、溥伟等人十分振奋,但良弼的建议遭到奕劻的坚决反对。他说袁世凯不仅在新军威望高,而且做过军机大臣,良弼只是一个小小的都统,如何能指挥得动北洋新军。再者,日本是革命党的大本营,此次新军造反,就是因为新军被革命党策反。良弼去剿乱,是否会手下留情?

载沣心里清楚得很,奕劻这是在强词夺理、公报私仇。良弼为人正直,当年奕劻之子载振强抢民女,正巧被他遇到,将载振暴打一顿,从此便与庆王府结了怨。

在激烈的争执吵闹声中,载沣却突然变得出奇地冷静。若在从前,他想也不想会站到良弼一边,此刻他却犹豫了。

他在权衡,若派良弼赴鄂,到底会有几分把握。荫昌指挥不动袁世凯的旧部,冯国璋也在等袁世凯出山,与他同样威名远扬的袁系虎狼之将段祺瑞,更是难以为朝廷掌控。良弼要朝廷给他军队,朝廷拿哪支军队给他呢?他会不会像荫昌一样,虽有将才,却无法施展?若他失败,岂不是更增加了袁世凯的筹码?袁世凯一直宣称支持君主立宪,这与朝廷的目标并无不同。袁世凯若能平乱,溥仪还会是君,他袁世凯依旧是臣;若不用袁世凯而导致革命党成势，我大清皇族的命岂不都要被革了去。起用袁世凯，输的是自己一个人；不用袁世凯，输的却可能是大清的江山。

载沣闭上眼，这个决定做得异常艰难。但为了自己身上的责任，为了溥仪，这也许是最好的选择。过了许久，他长叹一口气，开口道："禀太后，臣，赞同起用袁世凯。"

他不去看良弼、善耆、溥伟和载泽的目光。他知道，他们一定惊诧不已，不敢相信自己会说出这样的话。但他主意已定，不想被任何人动摇。他一开口，善耆、良弼等人便不再强争。这一天，他代皇上下诏，重新起用袁世凯。

载沣不惜牺牲自己，原以为为大清做了一个正确的抉择，却没有想到，他与大清从此一步步地落入了深渊。

袁世凯先是考虑了许久说自己足疾未愈，不便领兵。载沣只好再三相请，又派出徐世昌亲赴河南。袁世凯接着又狮子大张口，让徐世昌代为转达他的若干条件。载沣没有办法，只得一一答应，包括调荫昌回京；授袁世凯为钦差大臣，全权指挥剿乱之事；拨度支部军饷一百万两给袁世凯作为军费。

颁诏的这一天，载沣看到了日食，黑色的太阳挂于中天，天地一片昏沉沉，那样奇异邪魅。

三天后，阎锡山在山西反了。南忧北患，人们越发把希望寄托在袁世凯身上。

宣统三年九月十一日（1911 年 11 月 1 日），袁世凯被正式任命为内阁总理大臣。奕劻、那桐、徐世昌和载泽等均不再担任国务大臣，载涛也不再担任军咨大臣。但袁世凯怎会亏待奕劻、那桐和徐世昌？他们这边刚刚卸任，那边便坐上了弼德院院长和弼德院顾问大臣的位置。载沣被架空了。

袁世凯要的远比这多得多。拥有了军政大权之后，他瞄准了皇室的钱财。他一面提出要四百万军费，一面减慢了剿乱的步伐。奕劻装模作样地带头捐了十万两银子，隆裕太后拿出了八万两。载沣知道奕劻捐出去的只会变成更多的回报，也知道袁世凯是在借机敲诈，怎奈如今他已经骑虎难下，只好认捐六万两。

权力和金钱都有了，袁世凯这才高调地回到北京。载沣却不得不放低姿态，差人前往袁府问候，并赠宴为他洗尘。

载沣觉得疲惫之极。他已经完全失去了主动，一直被袁世凯牵着走。像是坐上了在德国参观矿井时乘坐的小车，飞快地向地之深处滑落，除了紧握扶手别无他法。他不是袁世凯的对手，输得彻彻底底。如今他能做的，也许只有尽力保护皇上，保护自己的亲人。

十月初四，载沣的二女儿出世了，载沣给她取名韫和，希望她将来内敛而谦和，如玉般温润，如轻风一般柔和。这件喜事总算给阴沉黑暗的日子带来了一丝光亮。载涛的第三子溥佺也在同一天出生，载沣似乎比七弟本人还高兴，他最愿意看到的就是亲人的平安和家族的兴旺。四天后，官军克复汉阳，载沣听闻后心中甚为欣慰，自己的牺牲终究是值得的。

如今，袁世凯和奕劻的眼中钉，只剩下他载沣一个了。奕劻已经明里暗里在向他示意，这当然是袁世凯的授意。罢了，如今长江以南几乎全部落入革命军手中，如果袁世凯真能帮大清度过这一危机，如果溥仪还坐在那把漆金龙椅上，便是牺牲自己这个摄政王又如何？主意已定，载沣面见太后，当面请求辞退，从此闭门谢客，不问政事。

天气半晴半阴，云层低低地压着，却又无法挡住太阳的光亮，就这样一动不动地排列在天空中，映现在后海的冰面上。两岸的垂柳如同黑色线条的剪影，静静默立，无声无息。载沣觉得如释重负。他做了三年自己本不想做也不擅长的事，现在终于可以过上平静的生活。他神情淡然地回了府，直接去了二女儿的房间。

小姑娘还不到一个月，安静地躺在摇床中酣睡，小嘴半张着，惹人疼爱。载沣凑低了身子去亲了亲她的小脸，泪水不自觉地涌了出来。载沣不得不承认，他还是最喜欢女孩儿。养女孩儿多好，不会自小被抱入宫中，不会过继他人，长大后也不要担负那么多责任，嫁人之前会一直陪在他这个阿玛身边。

瓜尔佳氏还没出月子，听说他回府，把自己关到屋子里放声大哭。刘佳氏远远望着他的背影，什么也没说，转身叫人准备午膳去了。

几日之后，载沣从官报上看到，双方已经停战，开始议和了。

晚间，瀛四哥来到府上探望。载瀛今年四十出头，个子很高，肩宽背阔，相貌堂堂，神情中总带着一种超脱于世外的悠然自在，目光却又让人感觉甚是温暖。他小心地回避着政局，只谈书论画。载沣心中有些过意不去，从小他便得到了瀛四哥兄长般的照顾，这份恩情还没有报答，如今又要这位大哥来宽慰自己。

"瀛四哥，小弟准备将味道斋东边的小室起名为'退庵'，瀛四哥可喜欢？"

"好名字！来，为兄给你写这两个字。"载瀛的字清华朗润，如同他的为人。

这时良弼、溥伟、载泽、六弟和七弟一起来到了府上，似是约好了的。载沣把他们请到了思谦堂。这里曾是阿玛的书斋，原来唤作畅襟斋，阿玛改作思谦堂，大概是想表达自己永不出头、谦逊恭忠的心意。

溥伟气愤难平，一坐下便大骂袁世凯两面三刀，明里剿乱，实则早在背地里与革命党交易。载泽也说，如今才知袁世凯从一开始便根本没有真正打仗，还厚颜无耻地向朝廷要这要那。他如果剿灭了革命党，用什么去要挟朝廷？良弼则大骂奕劻身为皇族，卖国求荣。大家你一言我一语，个个义愤填膺。良弼说："袁世凯身为汉人，哪里会为大清卖命？这个窃国贼子，人人得而诛之。""对，人人得而诛之。不仅要诛杀袁世凯，还要诛杀这些革命党！""他们搞暗杀，我们为何不可，我们现在就去杀汉人！"……

载沣一直沉默不语。这时载涛冲他道："五哥，你发句话，我们还拥戴你当摄政王！"

　　载沣心中异常平静，站起身道："承蒙各位兄弟抬爱，载沣一直以来得各位鼎力相助，心中不胜感激。今请辞回府，便决心不问政事。载沣从来不针对汉人，当年只欲诛杀袁世凯一人。一为先皇遗愿，二为大清除去祸端。而今在下输了，又亲自将他请回剿灭乱党，便不可食言。若他能坚持君主立宪，无论是战是和，都非最坏情形。各位多是皇室宗亲，于载沣而言，不是至亲便是好友，载沣不愿看到各位兄弟不顾身家性命行危险之事，还望各位莫要莽撞。"

　　"五哥，难道我们就白白被他欺负了不成？你怎么那么胆小啊？"载涛又急了。

　　"涛七弟，莫要这样和沣五哥说话。"载瀛说道。

　　载泽性子最为平和沉稳，明白载沣的心意，便宽慰一番，提出告辞了。众人也都跟随散了去。载瀛走在最后，轻轻地拍了拍载沣的肩膀说："沣弟，你做得对。涛弟岁数小，口无遮拦，沣弟莫往心里去。过几日为兄再来看你。"

　　载沣心中涌上无数感激的话语，却只说了一句："瀛四哥保重。"

　　众人散去，王府里一下子安静了下来。夜深了。花园外，两排细竹静静立在墙脚，纹丝不动。忽然，天上飘下了细密的小雪，在竹叶上划过，响起一片沙沙之声。雪越下越大，不过片刻工夫，地面铺上了一层白色。

　　载沣想起，明日便是二哥的三周年祭了。二哥离开的那一天便大雪纷飞，这三年里，每年此日，雪花都如约而至。是二哥在对自己诉说什么吗？载沣脑海中又想起梦中二哥的样子：
"载沣，叫我一声二哥吧。"载沣仰起头，迎着铺天盖地飘落而
下的雪花，望向深不见底的黑色夜空，轻轻地喊道："二哥。"

八

然而，载沣并不能真正不问政事、赋闲在家。

宣统三年十一月初七（1911 年 12 月 26 日）晚间，载沣同
时收到六弟和袁世凯的来函，告知形势甚危，参加谈判的内阁
代表唐绍仪电奏，民军代表伍廷芳坚称，人民志愿改建共和政
体，而非君主立宪。两日之后，载沣与奕劻、善耆、载泽、载
洵、载涛、溥伟这些皇亲被隆裕太后召到养心殿，与内阁总理
大臣和内阁大臣共同商议这一事件。隆裕太后手中一个劲儿地
绞弄着手帕，人们个个愁眉不展，又想不到更好的办法。最终
只得宣布，近期召集临时国会，付之公决。

又过了三日，载洵来到府上住宿，谈及时事，令载沣骇诧
不已。革命党在南京的十七省代表正式选举了临时大总统，刚
刚回国不久的孙文高票当选。他们宣布，将于明日建立中华民
国，孙文将正式就任中华民国临时大总统。

南方即将出现一个与大清并立的政权，载沣不禁深深地忧
虑。袁世凯还在跟武汉军政府僵持不下，江山政权却已经只剩

下一半，若袁世凯也弃大清而去，作为大清的皇室，他们会受到怎样的对待？历史上的末代皇室有哪个受到善待？革命党声称要驱除鞑虏，到那时，他该如何保护这一家老小的性命？溥仪是大清皇上，该怎么办？

这一夜，载沣失眠了。事情落到如此地步，他这个曾经的监国摄政王罪不可恕。若能牺牲他一个人而保护全家，保护皇室宗亲，保护溥仪，那么他这条命拿去便是了。

冬日的夜是那样漫长，呜咽的北风像是在吟唱一首悲歌，门窗被吹得呼啦啦直响，在这漆黑的夜晚徒增恐惧。谁也不知道，明天会有什么事情发生。

天明之后，载沣还有更现实的问题需要面对——派喀拉莽阿去宗人府购买爱国公债。按照两万元收入以上捐百分之十五计算，载沣五万两的年俸应捐银元九千三百七十五元，合库平银七千五百五十两。载沣让喀拉莽阿捐了库平银八千零三十二两，合银元一万一千三百二十五元。

原以为没事了，这时庆王又提出要各府捐出关外私地，换作军饷。一时间人心惶惶，忧愁和疲惫让载沣老了好几岁。他一方面又购买了一万两爱国公债，一方面不得不托人说情，目前王府经济状况窘迫，希望将自己衔名撤下。载沣不想醇亲王府被剥得一文不剩，祖产旗地被变价卖掉。幸而此事最终作罢。

载沣第一次感受到作为普通人的无奈。规则是他人定的，奕劻有袁世凯撑腰，无论怎样他都不会受半点损失，如今载沣却只能任由他人宰割。为了府中老小，他不得不放下身段，一日打数次电话去询问、解释、托人情。

形势胶着不明，时局纷乱不堪。孙文的南京国民政府、充斥于京城搞暗杀的革命党、袁世凯奕劻一伙、洋人、反袁世凯的皇室宗亲……一股股势力交织较量，在这个风云波动的时代，醇亲王府又怎能安然于世外呢？让载沣不安的是，似乎身边的每个人都瞒着自己做着什么。瓜尔佳氏开始私下见一些人，载沣发现都是她阿玛荣禄的旧部。七弟不常来了，偶尔来时也总是背着自己和六弟轻声交谈。载沣意识到，无论他们做什么，一定是针对袁世凯的。

可还没待他们有所行动，革命党人却先对袁世凯实施了一场暗杀。袁世凯的卫队长等十人被炸死，袁世凯却逃过一劫。两天之后，良弼、毓朗、溥伟、载泽、铁良以及载涛，以君主立宪维持会的名义公开发布宣言，准备夺回袁世凯的内阁总理职权，拥戴毓朗、载泽组阁，铁良出任清军总司令，誓与革命军决一死战。

载沣听闻之后，只觉眼前一黑。他急急火火找到七弟，劈头盖脸一顿数落，之后又苦口婆心劝他不要参与。载涛哪里听得进去，但他知道哥哥是为他担忧，也没有顶撞，只是低着头不说话。

载沣心中悔恨不已。他感到自己实在太没用了，他已经有负于大清了，若不能保护好弟弟，怎么对得起阿玛的在天之灵？！

担心的事情还是发生了。腊月初八这天，良弼回府后刚下马车，一个叫彭家珍的革命党人冲了上去，跑到近前引爆了炸弹。彭家珍当场身亡，良弼被炸掉一条腿，第二天不幸去世。良弼临死前，载沣、溥伟、载泽和载涛等人都在，那一幕载沣永远不会忘记，良弼忍受着巨大的痛苦，笑着夸赞彭家珍"真英雄也"，并用尽力气喊了最后一句话："余死后大清亡矣。"

多日以来的屈辱、悔恨、愤怒、恐惧交织在一起，在那一刻爆发了。载沣第一次控制不住自己，痛哭失声。他懊悔当初犯下的许多错误，懊恼自己怎么没有良弼一样的勇气。他回想起良弼走进仪鸾殿请缨出战的情景，若是那时他站在良弼、善耆、载泽和溥伟一边，誓死力争，让良弼出战，即使良弼战死沙场，也得偿所愿，好过如今的情形。如果他当年顶着压力，就在宫里设伏把袁世凯绑了杀了，如今良弼怎会成为袁世凯和革命党的眼中钉？如果当初他没有把铁良赶走，大清怎么指望袁世凯一人。如果当初面对各省议员的请愿，他不是那样武断，局面或许不会发展到今天这个地步。如果……如果……

这一切本应由他承担，不应该是良弼。载沣越想越自责，越想越难过，趴在良弼床前，哭得上气不接下气。整个下午，良弼家里哭声震天，人们无不真心惋惜难过，为良弼的死，为大清晦暗不明的将来。一直到日落西山，人们才终于想到要办后事。那天日落的天空一片血红，如血色的海，美艳至极，久久不曾褪去。哭过之后，望着一点点变冷变暗的天空，载沣冷静下来，他轻轻抹掉脸上的泪痕，死死抓住载涛的手，连拖带拽地把他弄回了王府，不许他离开半步。

这令人伤心的一日还没有过去，各府便接到段祺瑞电报，恳请立定共和政体。载沣心下一凉，他知道，一切都无法挽回了。果然当他们把手中的一切都交给袁世凯之后，被袁世凯出卖了。

载沣顾不得伤心自责，他有许多事情要做。局势危急，载沣告诉自己，这次不能再出半点差错。

他抓紧变卖了一些东西，给两个弟弟各准备了十万两银票，并收拾好了一些细软。他交代两个弟弟，东西先准备好，若为形势所迫一定要走，就由两个弟弟带上三妹妹和额娘、瓜尔佳氏、溥杰、韫媖、韫和先走，或前往关外避祸，或他联络外国使馆安排出洋。他自己还要留在京城保护溥仪。

他把喀拉莽阿、他尔哈哩叫到跟前。

"你们跟随本王这么久，本王无以为报。如今形势紧迫，你们是汉人，跟着本王或有危险，若你们想离开王府，本王必定会支付足够的生活费用。"

"王爷，喀拉莽阿从小在王府里长大，老王爷和王爷待奴才如同家人，从未打骂过，喀拉莽阿誓死效忠，绝不离开。"

"他尔哈哩一直感激王爷收留，若没有王爷，他尔哈哩活不成。奴才自小入宫，早不知自己家人在哪，亦无别处可去，奴才至死都跟随王爷。"

载沣鼻子一酸，感激地拉起他们的手："你二人忠心，本王知晓。你我虽为主仆，却形同家人。本王也离不开你们，你们不走，便是于王府有恩。若能躲过这一劫，本王有一口饭吃，定然也少不得你们的。今后你们不必再叫满名了，恢复以前的汉名吧。本王今后也改口，称你为王文志，称你为齐顺。特木尔博赫，哦不，徐文峻是孤儿，他定不走，待他回来，你们三人问问府中其他人等，若有谁想离开，便支付三个月的月银吧。"

"是，王爷。"

九

腊月的风格外寒冷，天上的云层十分厚密，就连一缕阳光也照射不进来。

袁世凯下了车，被冷风吹得打了个哆嗦，随即整了整军服的衣领，稳步走过空旷的广场。孙文昨日在电话中答应他，只要他让小皇帝退位，实行共和政体，便让他做这中华民国的大总统。孙文空有声望，无枪无炮，自是无法与他相争。只要他坐到最高的位子上，管他君主立宪还是共和呢？微笑在他唇边荡漾开来。

隆裕太后刚刚年过四十，身材极瘦，皮肤黝黑，端坐在鸾椅上显得有些拘谨。她的眉眼之间像她姑母三分，只是目光没有那么凌厉。但她一言一行都尽力学着姑母的样子。

"启禀太后，袁大人到了。"

"宣。"隆裕将茶盏放回桌上，理了理铺在腿上的貂皮。

袁世凯走了进来，一对极长的平眉、一绺八字胡，再加上一个微微隆起的将军肚，显得不怒自威。

隆裕虽然打小就跟着姑母慈禧太后学习管理后宫、打理朝政，可每次见到袁世凯，心中都不免害怕，袁世凯与围在他身边的奕劻之流毕竟不同。她极力掩饰着，做出镇定自若的样子。袁世凯心中好笑，却还是准备把戏演完。他扑通一声跪在地上："太后，臣谈判不力，臣有罪，请太后责罚。"

"袁世凯，民军怎么说？"

"他们说，不同意君主立宪，只赞成共和政体。请皇上退位。"

"你答应了？"

"民军强大，臣担心皇上安危，所以自作主张。请太后降罪。"

"那，共和政体，能不能给皇帝保留一个虚君之位？"

"臣也是如此说。他们说，断无可能。"

"皇帝还小，退了位，我们孤儿寡母该怎么办啊？"

"臣罪该万死！臣左右斡旋，争取到皇上和太后得以居住在宫中，每年四百万两银子的保障。"

隆裕听后心中一动。但她旋即换上一副惊讶的表情："一年四百万两怎么够我们娘儿俩用啊？你知道这宫中以往花销都有多少吗？你知道四百万两还不够当年老佛爷的一个生辰吗？还有丫鬟仆役，厨子花匠，侍卫郎中等，花银子的地方多了，你怎么能这么轻率就答应了！这不够用了，哀家找你去要吗？"

"臣办事不力，请太后降罪。臣想到法兰西革命，国王与王后丢了性命，实在担心太后与皇上安危。臣费尽口舌争取到留住宫中和岁银四百万两，生怕民军反悔，便自作主张答应了。"

"什……什么，谁丢了性命？袁世凯，你好大胆！"

"臣不敢。"

空气突然安静下来。火盆里的炭火依旧熊熊燃烧着，蹿动的火苗屡屡跳出火盆，似乎要吞没那金属的围栏。隆裕突然感到一阵刺骨的寒冷，不禁打了个寒战。

她心里早已接受了，但仍想努力保持矜持的姿态，便端起了茶杯，无奈端茶的手在颤抖，茶杯与杯碟发出清脆的碰撞声，在寂静的大殿里回响。隆裕强撑着慢慢伸出左手，将茶杯稳住，呷了一口，赶忙把它放回原处，昂了昂头："哀家代皇帝接受民军的条件。你要保证哀家和皇帝的安全。"

"臣愿以性命，保证太后和皇上的安全。"

"袁大臣辛苦了，你退下吧。"隆裕说话的声音也已经微微地发抖了。

"是。"

袁世凯躬身退了出去。出了大殿，他飞快地挺直身子，扭过身，掏出手帕掸了掸双膝上的灰，将手帕向身后一抛，大步流星向宫外走去。

载沣听说了这次会见，悬了多日的心总算放下。看来，他们一家不必逃离京城了。

　　载沣还听说这次会见之后，奕劻急得吐了一口老血，大骂袁世凯窃国，从此一病不起。各府素来与庆亲王府疏远，谁也不去探望。载沣心中感慨，他与袁世凯斗了多年，不是对手，认输便是。庆亲王为虎作伥，此时才幡然悔悟，既可恨又可怜。但毕竟都是皇室宗亲，何况庆亲王是长辈，载沣心中不忍，便派人去庆王府代为问候。他自己则告了假，不再上朝。

　　宣统三年十二月二十五日（1912 年 2 月 12 日），隆裕带着溥仪坐在养心殿的漆金雕龙椅上。隆裕满脸愁容，像要哭了出来。皇帝溥仪在她身边，手里握着个玩具青蛙，用好奇的眼神打量着屋子里的人。

　　大殿里稀稀拉拉地站了些文武官员，不足以往的一半，每个人都神情沮丧。

　　太监张兰德有气无力的声音在殿内回响："……今全国人民心里多倾向共和，南中各省既倡议于前，北方诸将亦主张于后，人心所向，天命可知，予亦何忍因一姓之尊荣，拂兆民之好恶。是用外观大势，内审舆情，特率皇帝将统治权公诸全国，定为共和立宪政体，近慰海内厌乱望治之心，远协古圣天下为公之义……"

　　读完退位诏书，隆裕流着泪，拉起溥仪的小手，最后一次用了宝。

　　大殿里的哭声渐渐连成一片。

十

公元 1912 年 2 月 18 日夜。

这是农历的新年。王府外面的街道上偶尔响起一两声鞭炮。

已经是中华民国了。窗外飘着鹅毛般的雪花，密密麻麻，悄无声息。载沣坐在书房，正对着缪嘉玉先生书写的匾额"濠梁乐趣"。这是他辞去摄政王后缪先生送给他的。这四个字似隶似楷，清雅洒脱，看一眼仿佛便能体味到世外隐居之趣。

大书桌两侧摆着地球仪、三球仪还有天象仪，中间则摊满了载沣写的字。今晚全家一起用过膳后，他逗了一会儿儿女，便钻进书房写了一晚上。

院子里十分安静，人们都睡了。载沣仍无睡意，看着外面白茫茫一片，他披上厚棉褙，戴上皮帽，裹上了一条围巾，轻悄悄地出了书斋。

这个冬天下了多少场雪，他已经记不得了。但哪一场也比不了今天的大。他一步一步走在松软的雪地里，寂静无声。那一排孤单的脚印很快又重新被大雪覆盖，不留一丝印记。

走过恩波亭，他看到冰面上一层厚厚的白雪，远远望去，竟分不清哪里是水，哪里是路。道光年间的进士边袖石见到当年明相宅院颓废的样子，曾留诗道："鸡头池涸谁能记，渌水亭荒不可寻。小立平桥一惆怅，西风凉透白鸥心。"

　　登上篋亭，他看到阿玛亲手写的匾额。篋亭在八卦中的巽位，代表风，为阿玛仿狮子林中的扇亭将原来的晚烟亭改建而成。从篋亭向远处望去，后海两岸的彩灯在飞舞的雪花中幻化出若有若无的明灭……

　　走过南楼，他听到雪片拍打窗棂的声音。边袖石当年在此感慨"二百年来人事改"①，如今又有多少岁月过去了……

　　路过听雨屋，他看到六弟写的匾额，这个位置与篋亭相对，八卦中代表雨，阿玛当年以此祈愿风调雨顺，阖府平安……

　　载沣也不知道这座院子到底有多老了。老宅的气息和几百年前一样，夹杂着氤氲的木香。岁月的棱角，在一点一点把它们磨得古朴，覆盖着一层不为人知的秘密。这深宅院落，正在慢慢变成历史，变成遥远的过去。

　　从听雨屋下来，载沣一抬眼，看到刻有嘉庆年间成哲亲王永瑆所书"岁岁平安"的太湖石。载沣知道成哲亲王，是因年少时在恭王府六叔那儿见过《平复帖》，上面有成哲亲王的题跋。溥伟也给他展示过《平复帖》。载沣伸出手，描摹着太湖石上的字，"岁"字中的"少"字被写成了"小"字，载沣轻轻一笑，想来这位成哲亲王是希望每年小一岁，而不是每年少一岁吧。

　　载沣今年二十九岁，这三年经历了多少事，好像有一百年那样漫长。谁能想到，短短三年之中，大清帝国已经消亡了。"白

---

　　① 平泉花木翠回环，相国楼台占此间。二百年来人事改，夕阳青映隔城山。

马金钩挂两廊，设席挂画在中堂。昔日大战昆仑首，朝王回来笏满床。"阿玛以前总唱《笏满床》。曾几何时,醇亲王府也是"笏满床"啊！年轻时他觉得阿玛窝囊，现在他理解了，阿玛只是在用自己的方式保护这个大家族。如今的他像极了阿玛。

漫漫长夜，一盏孤灯散发出细弱的温暖，照亮了地上的皑皑白雪。一片片晶莹的雪花飘落到地上，悄无声息，与千千万万片雪花融为一体，化成一片虚无。只有那刺眼的、无尽的白，在满满堆积，尘封着院子里的亭台楼阁、小桥轩榭。

不知不觉间，他来到了海棠树下。

西府海棠那光秃秃的枝条上压满了白雪。用手轻轻一抹，便传来一阵透心的冰凉。眼前没有花、没有果子，只有飘飘扬扬的雪花，肆意落在昔日花开的地方。

这两株海棠树经历了无数春秋，花开、花谢。海棠还是海棠，只不过在它的树影下流转了太多的人和事，待到繁华殆尽、百花落尽，才知这一切不过是人世浮沉中一场镜花水月罢了。

附记：

1912 年溥仪退位，载沣幽居王府。同年秋，孙中山亲自到王府拜访，对载沣顺应历史潮流的行为表示赞许。1924 年，冯玉祥的军队进入紫禁城，强迫清室小朝廷出宫，溥仪暂避于醇亲王府中。1928 年载沣移居天津。伪满洲国成立后，载沣于

1934年赴伪满探视溥仪，怒斥溥仪投靠日本人，之后返津。1939年返回北平醇亲王府居住。1949年，载沣将王府售与高等工业学校，举家迁走。

后海北沿46号，曾为清朝康熙年间武英殿大学士明珠的府邸、乾隆年间文华殿大学士和珅的别院、嘉庆年间成亲王永瑆府邸、光绪年间醇亲王府和宣统年间摄政王府。现在其东部为中华人民共和国宗教事务管理局，西部花园为中华人民共和国名誉主席宋庆龄故居。

后 记

　　《海棠落日》始作于三年前的春天，海棠盛开的季节。

　　那年我 14 岁，上初二。学校举行历史小说的比赛，我喜欢文学，更喜欢历史。

　　选择题材时，我偶然想起小学 4—5 年级在宋庆龄故居当小讲解员的经历。后海北沿的宋庆龄故居，在清代曾经生活过许多著名历史人物。康熙年间它是武英殿大学士纳兰明珠的府邸，如今园中仍有他的长子、著名词人纳兰性德的生活痕迹；乾隆年间，它是军机大臣、文华殿大学士、历史上最著名的贪官和珅的别院；嘉庆年间，它是清代著名书法家、成亲王永瑆的王府；光绪年间，它是光绪皇帝的生父醇亲王奕譞的王府；醇亲王过世后，他的儿子载沣成为新一代醇亲王，他是清朝最后一个皇帝宣统之父，也是清朝最后一个掌权者。与这座院子有关的人，无不是朝廷重臣或皇族亲贵。他们所处的时代串起来，代表了清朝由盛转衰的过程，他们的故事，可以看作清朝国运的缩影。

　　凭着一股热情，我用清明节的三天假期便写成了一万九千字的初稿。小说写完后，我再次前往宋庆龄故居。时隔多年，当年我当小讲解员时的老师竟一眼认出了我，替我免了票。当时正赶上海棠的花期，园中那两株盛放的海棠散发着岁月的芳香，让人无比留恋。许多看过这篇小说的朋友都因此爱上了花园中的两株西府海棠，小说也获得了学校比赛的一等奖。

　　当时创作的背景知识主要来源于网络，加上时间紧迫，导致小说中出现了不少历史错误。高一暑假就要结束的时候，我决心扩写这部小说。再读当时的作品，电脑屏幕上是一行行稍显稚嫩的文字，但我从字里行间看到了当年的热情。于是我下定决心，钻到浩如烟海的文史资料当中。

　　如今小说完成了，再对比当年小说的雏形，不得不说，大量文史资料的阅读不只是让字数从两万字扩充到将近十六万字那样简单。三年前写作时，我只是把园子的主人与对应皇帝的经历进行罗列，找到他们之间的交叉点，以此为基础设计故事情节，通过园子的主人写皇帝和他的时代。虽然历史涉及得还算详细，但故事编得有些牵强，人物略显脸谱化。如今故事情节在原来的基础上增加了不少，最重要的是有赖于大量的阅读，我对这些历史人物的了解透彻了许多，他们就像是生活在我们身边的人一样。

　　纳兰性德是本书出场的第一个人物。在众多的影视作品和文章描写中，他被刻画成了一个才华横溢却多愁善感的文人。纳兰性德去世后，他的老师徐乾学将他的诗文笔记、友人悼词汇编成《通志堂集》。通过阅读《通志堂集》，我对他的认识变得更加全面。在他身上，我看到了纯粹、善良、坚韧、勇武、负责、孝顺、仗义、忠心等许多美好的品质，再加上他的一双手既能弯弓搭箭，又能妙笔生花，几乎可以说是一个完美的人。

他之所以英年早逝，在我看来，缘于他对于完美的追求所造成的内心矛盾。在小说中，我将它归结为两种矛盾：一是他内心向往文人生活，希望以诗词文章立世；但他作为一个名门之后，又走上了一条便捷的仕途，以武官的身份博取功名。这是他自己的理想与父亲、皇帝期望之间的矛盾。二是忠义与仁孝之间的矛盾。纳兰性德的父亲纳兰明珠素来与索额图不和，两人多年来结党营私，互相倾轧。纳兰性德死后，他的老师徐乾学便指使自己的门生参劾了纳兰明珠，由此可推断，平时与纳兰性德交好的文人士子不满于明珠的所作所为。纳兰性德忠君，不屑与其父为伍加入到与索额图的争斗中去。可他作为人子，又对父亲极为孝顺。从《通志堂集》和《清史稿》都可以得知，明珠生病时，纳兰性德衣不解带地侍奉了四五天，平日里对父母也是百般孝顺体贴。纳兰性德死后，明珠悲痛欲绝，常站在他门外哭，希望他能够再醒来，父子感情之深可见一斑。忠、义与孝的矛盾增加了纳兰性德身上的悲剧成分。

与他相对应，康熙皇帝同样能文能武、年轻有为，更是一位伟大的帝王，可惜纳兰性德去世得早，康熙皇帝的功绩无法尽述，在小说中只能尽力表现他的人格魅力。

在第二章，我花了大量笔墨描写华丽的服饰、膳食、器皿，以此突出了乾隆盛世的繁华富庶，同时也描写了和珅本人奢华的生活。由于后海北沿的宅子在乾隆年间只是和珅的别院，并非长期居住之所，故我选择用一个丫鬟的视角来描写那个时代。又因为乾隆皇帝不仅寿命长，而且执政时间久，所以许多事件都用了转述或回忆的方式呈现。

乾隆皇帝统治时期清王朝出现盛世景象，不过同时他也好面子、好大喜功，他最厌恨别人贪名。他算是个开明的君主，面对义正辞严频频劝谏的臣子，他不会拒绝，但是劝谏之人获得了清名，却没有顾及君王的声誉，乾隆皇帝难免会记恨。和珅虽然贪利，却最在乎乾隆皇帝的名声和面子。想乾隆皇帝所想、忧乾隆皇帝所忧，是和珅的生存之道。他若是和别人发生了冲突，乾隆皇帝自然偏向于他。我认为这是和珅得宠的重要原因。

阅读和珅的传记和他的《嘉乐堂诗集》后，和珅在我眼中就不再只是一个贪官或者喜欢溜须拍马的权臣那样脸谱化。他幼年丧母，继母对他兄弟二人极为苛刻，他与弟弟和琳和家奴刘全相依为命。父亲在福建任上病故，和珅没有钱将他的棺椁运回，派刘全去向亲戚借，屡遭冷眼。儿时对贫穷的恐惧，使他在进入官场、平步青云后，拼了命地敛财，迷失在荣华富贵之中。

但是和珅对于他的亲人却又真心爱护。在他人生的最后几年中，至亲接连亡故，于他而言是沉重的打击。嘉庆元年，他年仅两岁的次子夭折，一个月后弟弟和琳在平叛时病故，嘉庆三年他的结发妻子冯氏去世。他的《嘉乐堂诗集》最后几页都是对于这些亲人的怀念，可以感受到他的悲痛欲绝。他虽是一个贪官、坏官，对政敌不择手段，对普通百姓也无慈悲之心，但他对亲人却又怀有真情。

嘉庆四年乾隆皇帝离世，给了他最重的一击。乾隆皇帝的死不只是靠山倒了，而更像一个长期相处的亲人离世。嘉庆皇帝之所以能够轻易扳倒和珅，我认为部分原因是和珅心中已经放弃了斗争。

美国当代著名中国史专家史景迁先生曾这样写道："当乾隆最终于1799年驾崩时，和珅的权力根基也旋即冰消瓦解……从此，中国历史长河中最繁华的盛世就这样结束了……此时潜藏在大清王朝心脏的强处和弱点交杂在一起，正渐次浮现。"

乾隆皇帝在位时期，正是西方列强崛起之时。英国完成了资产阶级革命，法国爆发了大革命，美国发生了独立战争。马戛尔尼访华，乾隆皇帝却对西方先进的科技视而不见，反给英国使团以重礼显示大国之威。他将快速发展的西方科技拒之门外，使中国与世界失之交臂。

乾隆晚年的的吏治腐败也为嘉庆时期的一系列起义埋下了祸根，白莲教、天理教起义一波未平一波又起。在第三章，我所描写的器皿、饮食、服饰，普遍比第二章的朴素，不仅因为嘉庆皇帝是一个俭朴的人，还为了体现此时清帝国已经辉煌不再。

除了查抄和珅府邸和天理教闯宫时护卫宫城，永瑆与嘉庆皇帝的交集并不太多。我只有通过字画以及他们的大段对话来刻画嘉庆皇帝其人。嘉庆皇帝勤勉、自律、仁厚，与已故皇后感情很深，几乎没有不良嗜好。但他在位期间起义不断，海盗猖獗，主要是因为乾隆末期吏治腐败积弊已深，官吏对百姓的剥削过重。比起前面两位君主，嘉庆皇帝虽然个人德行出众，但政绩上只能说无功无过，没有什么作为。嘉庆当政的二十年是清朝由盛转衰的开始，因此，第三章章名"豪雄意气今何在"显得十分贴切。

醇亲王奕譞的人生显得有些窝囊。作为光绪皇帝的生父，他本该得到应有的礼遇，但由于慈禧大权在握，奕譞不得不俯首帖耳忠于太后，而且总是表现得诚惶诚恐、战战兢兢，给他的恩赏他都使劲推辞，连"皇帝本生考"的尊号都要推却，唯恐自己礼遇太高，成为别人的眼中钉。这是他的处世哲学，他本质上十分圆滑，以做小伏低来保护自己。

由于小说结构的需要，奕譞之死推迟了十二年。实际上奕譞于光绪十六年十一月（1891年1月）去世，在小说中，他于光绪十五年年底辞官回家，成为历史事件的旁观者和叙述人。这样做有两个原因，第一，奕譞人生的高光时刻是组建海军衙门并代皇帝去北洋阅兵。北洋水师的强大军力是他亲眼所见，我也希望由他来讲述北洋全军覆没的甲午海战。第二，我希望以奕譞的眼光来完整表现他亲生儿子光绪皇帝的悲剧命运。

光绪皇帝和以前历任清朝皇帝一样，从小受到完整的教育，勤学苦读，希望将来成为有为之君。在甲午战争、维新变法以及庚子年八国联军侵华等一系列事件中，他都希望有所作为。但在慈禧的专制之下，他远大的政治抱负只是一场幻影。

醇亲王府的悲剧在奕譞的儿子、光绪皇帝异母弟弟载沣身上还在继续。载沣的儿子溥仪在三岁时被慈禧要求抱进宫，成为新君。可惜从他登基到大清灭亡，只有短短的三年时间。

很多人对于摄政王载沣的了解比较刻板。在一些人的描述中，他似乎是个唯唯诺诺，没有主见的人，而在另一些文艺作品中，他又被刻画得异常暴躁冲动。我认为这些都不是真正的他。载沣八岁便成为亲王，王府的一应事务都是他在料理。我阅读了他的日记，大部分都是流水账，几乎不带任何感情色彩，但是这些流水账中用很大篇幅记录了诸如和这个弟弟吃晚饭、和那个弟弟吃早饭、三兄弟一起喝酒、三妹妹来府里看魔术、陪额娘看了戏、全家看了电影、女儿周岁抓周等琐事。从中能够感受到，他非常重视家庭亲情。如果不做监国摄政王，他就是孝顺的儿子，慈爱的父亲，可敬的兄长。所以我在小说中刻画的载沣虽然不是一个一流的政客，但是个典型的封建大家长，和巴金先生作品《家》里高觉新这个角色有几分相像，作为事实上的家中长子，他承担起了家庭的责任。

康熙年间面对三藩之乱，年仅二十岁的康熙皇帝大胆重用汉臣。到了晚清，有曾国藩、左宗棠、李鸿章、张之洞等汉族名臣，一度出现了同光中兴。载沣一门心思除掉袁世凯，为此扶满抑汉，在无形中加速了清帝国的灭亡。

另外，载沣比较老实、守规矩，束手束脚的性格导致他政治上没有建树。他更像一个安于过小日子的人，被错误地推上了清王朝最高掌权者的位置。除了个人原因外，载沣成为摄政王时年仅二十六岁，他的对手袁世凯已经五十一岁了，而他的伯父奕劻被袁世凯收买，成为袁世凯的同盟。载沣背后没有德高望重的长辈支持，又没有人才可用，他摄政以来几乎所有举措都处于被动。更为重要的原因是，清朝已经走过了两百多年，沉疴痼疾难以根治，大厦将倾，时代洪流奔涌向前，他只能被裹挟着走。

但载沣在个人品质方面，并没有世家子弟的不学无术、骄横跋扈，对下人也比较宽仁。小说完成后我发现，我所写到的四个皇帝一个摄政王，就个人而言有较好的德行修养。另外，我写到的这些人大多非常孝顺。清朝统治者从一开始便接纳并积极学习儒家文化，他们宣称以孝治天下，他们中的多数人践行得比较好。

读《通志堂集》(纳兰性德)、《醇亲王载沣日记》(载沣)、《九思堂诗稿续编》(奕譞)、《诒晋斋集》(永瑆)、《嘉乐堂诗集》(和珅)，我渐渐忽略了世人的刻板印象，开始关注这些人物当时的心境。在这些诗集日记中，他们就是平平常常的儿子、丈夫、兄长、父亲。我认为，心灵上的共情是能够跨越时代的，当我真正理解了历史人物的性格、情感，我才能塑造出他们更加细腻的灵魂。

有必要说明一下，因为是历史小说，对于一些历史事件以及历史人物的叙述需要采用当事人的视角。另外为了故事的完整和紧凑，无法保证所有内容完全还原历史真实。比如前文提到的，奕譞其实在载沣八岁时便去世了，而且他很晚才从太平湖搬到后海北沿；婉贞的真实去世时间比小说中早一年；光绪皇帝并未在醇亲王府会见过康有为；载沣赴德时间也比书中早一年；纳兰性德不是十八岁考中进士；纳兰性德前往雅克萨时与经纶相遇不是在宁古塔；康熙皇帝亲自分割猎物以及亲自种稻米的事是真的，但并非纳兰性德所见；宁寿宫并非和珅所修，而是早在多年前就修葺完毕；《双喜图》等画作并非从和珅家查抄出来；钱大人这个人物借用了长芦盐政征瑞的身份；永瑆为恩波亭写的诗其实是他很早以前在岳父傅恒赠给他宅院时写的；许多原话的引用发生了时空错位，为了便于理解也进行了适当修改……还有赵、钱、孙、李、周等许多人物是虚构的，载瀛此人是真实存在的，他也经常去醇亲王府，但他并非书中所写那样年轻，他和两代醇亲王的谈话都是想象的。不过，小说中提到的大部分人物和历史事件是真实的，甚至在光绪皇帝去世当日、两周年、三周年忌日都真的下了雪。

书中人物的称呼存在前后不一致的情形，我希望以此表现他们之间关系的变化。比如慈禧最初对奕譞直呼其名，后来称"七爷"，如同她称呼奕訢为"老六"一样，代表着她对奕譞越来越信任。奕譞对李鸿章的称呼也从"李中堂"变为"少荃中堂"，这个称呼更加亲昵，它真实出现在《九思堂诗稿续编》中。另外，在简短的对话里，隆裕太后对袁世凯的称呼也从高高在上的"袁世凯"转变为"袁大臣"，代表着他们二人地位的变化以及隆裕太后的心理落差。

虽说这本小说距初次成稿已经过去了三年，但作为一个高中生，我真正可以利用的时间只有两个半假期。因为时间太短，难以进行更深入的研究，上面的观点只能称之为浅见，或许有失偏颇，或许只得皮毛。我希望借此勾勒出清朝历史的一点轮廓，引起人们更深入的兴趣。

最后说一下联系五章故事中最重要的线索——海棠。在当初构思时，我想过是否要用纳兰性德亲手栽下的明开夜合树，但我从来没有见过它夏天开花的样子。相反，海棠虽然不是从纳兰性德生活的时代就存在，却也有一百多年的历史了。而且无论是谁，只要见过那两株海棠开花一定会久久难忘。巧的是，后来在扩充小说翻阅书籍资料时，我发现和珅在次子、发妻去世的挽诗中都写到了海棠。《圭塘倡和诗》中也有袁世凯的两首海棠诗。而醇亲王奕譞最爱海棠，他出生便是在圆明园的海棠院，写了多首诗表达对海棠的喜爱之情，尤其爱在海棠树下饮酒。我猜想，现实中这两株海棠可能是他种下的。这些历史人物与海棠的生命交集让我惊喜，也让我体会到了几分物是人非的心境。

五章的《海棠落日》，是不同时间在同一地点居住过的五个人物的故事。他们或许素未谋面，或许有着千丝万缕的关系，但他们的生命与清王朝一样，经历过起与落、生与灭。在历尽百转千回的悲欢离合后，只有海棠树，依旧静守着这四方天地。

"人世几回伤往事，山形依旧枕寒流。从今四海为家日，故垒萧萧芦荻秋。"

我要感谢我的父母，特别是我的妈妈，从三年前小说初稿到现在，她一直给予我鼓励与支持，让我觉得创作的过程并不辛苦，而是充满了探索的乐趣。在我遇到创作瓶颈时她陪伴我阅读海量的史料来扩宽思路。在我看来，父母的支持就像是辽阔大海上的灯塔，给予我动力与方向。

此外，还要感谢故宫博物院、中国社会科学院、中国人民大学和国家民委多位专家学者的鼓励和指导，感谢人大清史所董建中老师提出的修改意见，让小说的历史背景更加专业、准确。

衷心感谢慷慨为本书撰写推荐语的各位师长。特别要感谢陈建功先生。我只是一个普通的高中生，而先生德高望重，作为一位知名作家，他仍给予这部小说最认真的对待，利用十一假期一字不落地阅读了十六万字的文稿，包括附记和后记，还指出了附记中的史实错误以及书中的个别错字，并认真为小说撰写了评语。先生丰富的史学知识、透彻的评论见解、深厚的文字功力、严谨的治学态度以及平易谦和的人格魅力都让人由衷地敬佩。

何佳舒

2020 年 7 月

补记于 2020 年 10 月 12 日

Chinese Crabapple in the Royal Garden

By Jessie HE (Jiashu HE)

July.11 2020 in Beijing

I felt relieved when the writing of this book was finished in the summer of 2020. During the past three years, I have been writing and revising this historical novel *Chinese Crabapple in the Royal Garden*. For me, it is a very impressive journey in which my beloved parents and teachers supported me so much. Special thanks go to my dear mother, who accompanied me checking all the historical references and kept encouraging me to continue my writing.

I grew up in Beijing, where many historical sites are located. Since I was a child, I have visited many palaces, old temples, and royal gardens in this city. Those historical sites made me enthusiastic about learning history. In grade 5, I became a volunteer at Mrs. Soong Ching-Ling's former residence in Beijing. According to some historical records, I learnt that that garden had been the legend mansion of five key figures in the Qing Dynasty of China in the past 300 years, including the most popular poet during the Kangxi era, the most famous corrupt court officer in the Qianlong era, a royal calligrapher in the Jiaqing era, and two fathers of subsequent emperors in the late Qing period. Finally, it became a residence of Mrs. Soong Ching-Ling, the "Honorary President of the People's Republic of China".

I started this novel in the spring of 2017. Initially, it was a 20,000-word project. However, as I read more and more historical materials about Qing Dynasty, including its official history and the biographies of many key figures, this project was expanded gradually. Through the stories of the five residents who once lived in this royal garden, I also explored the history of the five emperors in the Qing Dynasty. Eventually, the length of this book exceeded 150,000 words.

It is true that some of the characters in the novel do not receive positive comments in secondary historical sources, but I focus more on describing their daily life, and try to reflect the empire's destiny in the story, instead of highlighting their political failures. Later, I even formed a spiritual connection with those characters in the book. They were not only the subjects or vassals in the Qing Dynasty, but also fathers, sons, and brothers in their family, and they also expressed different emotions when experiencing different situations. With this in mind, I had a better understanding of my characters, and shared their feelings. The empathy between those historical figures and me goes into my text, and became explicit in chapter 4 and 5, which are the most exciting parts due to the frequent conflicts in them.

In this book, the image of Chinese crabapple appears for many times. Describing the crabapple trees and the environment in detail, I reflect the feelings of the characters and the destiny of the dynasty. At the end of the novel, the crabapple trees were in froze and snow-covered, symbolizing the decline of the Qing Dynasty. In Chinese, we have a saying goes " 物是人非 ", which means the objects are still there, but the men are no more the same ones. In my novel, the crabapple trees were objects that always stayed in the courtyard of the royal garden, and they experienced countless pleasure and tears, as well as brightness and darkness, and witnessed the ebb and flow of the dynasty.

In the middle of 2020, when I was sitting in front of my computer and thinking about this old empire, I understood the irreversibility of history and the destiny of a dynasty. For hundreds of years, those historical figures were like the falling crabapple flowers, whose petals were blown away by the wind, fell to the ground, and mixed with the soil of history.

参考书目：

1. 赵尔巽：《清史稿》，中华书局，1977

2. 纳兰性德撰：《通志堂集》，黄曙辉、印晓峰点校，华东师范大学出版社，2008

3. 纳兰性德：《纳兰词》，凤凰出版社，2012

4.（美）史景迁：《康熙：重构一位中国皇帝的内心世界》，广西师范大学出版社，2011

5. 永瑆：《诒晋斋集》，成都王家藏版

6. 和珅：《嘉乐堂诗集》，西泠印社出版社，2010

7. 陈连营：《百年原是梦——和珅的悲喜人生》，故宫出版社，2013

8. 阎崇年：《正说清朝十二帝》，中华书局，2014

9.《大清十二帝》编委会：《大清十二帝》，中国书店，2011

10. 裕德龄：《慈禧私生活回忆录》，哈尔滨出版社，2013

11. 奕譞：《九思堂诗稿续编》，海南出版社，2000

12. 梁启超：《李鸿章传》，中华书局，2012

13.（美）史景迁：《追寻现代中国：1600—1949》，温洽溢译，四川人民出版社，2019

14. 载沣：《醇亲王载沣日记》，群众出版社，2014

15. 禅心初：《北洋觉梦录·袁世凯卷》，广西师范大学出版社，2016

16. 李文君：《紫禁城八百楹联匾额通解》，紫禁城出版社，2011

17. 向斯：《心清一碗茶》，故宫出版社，2012

18. 刘伟：《帝王与宫廷瓷器》，紫禁城出版社，2010

19. 宗凤英：《清代宫廷服饰》，紫禁城出版社，2004

20. 严勇、房宏俊、殷安妮：《清宫服饰图典》，紫禁城出版社，2010

21. 万依：《故宫辞典》，文汇出版社，1996

22. 爱新觉罗·溥仪：《我的前半生》，东方出版社，1999

23. 袁世凯：《圭塘倡和诗》，袁克文编并抄，云社影印，洛阳右文堂墨印，2020

24.《大清圣祖仁（康熙）皇帝实录》，新文丰出版公司，1978

25. 爱新觉罗·玄烨：《康熙帝御制文集》，学生书局，1966

26. 那桐：《那桐日记》，新华出版社，2006

附录：王府花园掠影（摄影 吴云）

畅襟斋前的海棠，"畅襟斋"为翁同龢所书

两株海棠

恩波亭匾额，成亲王永瑆书

濠梁乐趣，载沣师傅缪嘉玉书

恩波亭

初见园

园　景

"岁岁平安"，成亲王永瑆书

南 楼

"箑亭"，老醇亲王奕譞书

紫禁城中的海棠

雪中南楼，纳兰性德喜欢在此吟诗会友

海　棠

海棠果